Le secret du bayou

NORA ROBERTS

Le secret du bayou

BestSellers

Titre original : PARTNERS

Traduction française de ELISABETH MARZIN

HARLEQUIN®
est une marque déposée par le Groupe Harlequin

Photos de couverture

Barque : © COPYRIGHT 2005/ JIM HAMILTON/FOTOLIBRA
Bayou : © EASTCOTT MOMATIUK/GETTY IMAGES
Arbre : © RICHARD NOWITZ/GETTY IMAGES

83-85, boulevard Vincent-Auriol 75646 PARIS CEDEX 13.
Service Lectrices — Tél. : 01 45 82 47 47
www.harlequin.fr
ISBN 978-2-2802-1783-5

Chapitre 1

La Nouvelle-Orléans, 1984

Branle-bas général. Les téléphones sonnaient sans discontinuer. Assis ou debout, les gens criaient, marmonnaient ou juraient. De tous côtés, les claviers des machines à écrire cliquetaient à des rythmes variés. Il flottait dans l'air une odeur de café réchauffé, de pain frais, de fumée de cigarettes et de sueur. Un asile d'aliénés ? Parmi les personnes présentes, beaucoup auraient volontiers utilisé ce terme pour décrire la salle de rédaction du *New Orleans Herald*, surtout au moment du bouclage.

Pour la majorité des journalistes, ce remue-ménage était aussi naturel que le fait de respirer. Chacun était trop absorbé par ses propres urgences pour prêter attention à celles des autres. Non que le travail d'équipe fût dédaigné. Tous, passionnés ou obsédés par leur métier, étaient solidaires des autres membres du journal. Toutefois, chacun se concentrait sur son propre article et ses propres sources, sur lesquelles il gardait jalousement le secret.

La pression, la confusion et l'ambition d'être publié

à la une sont de puissants stimulants pour un journaliste digne de ce nom.

Matthew Bates s'était fait les dents dans la presse écrite. Il y avait occupé tous les postes, depuis ses débuts comme vendeur de journaux dans le Lower East Side à Manhattan, jusqu'à sa consécration comme rédacteur d'articles de fond. Il avait servi le café, arpenté les couloirs comme garçon de courses, rédigé des notices nécrologiques, assuré la couverture d'obscures floralies.

La capacité à flairer un bon sujet et à en tirer toute la substance, Matt ne l'avait pas acquise à l'école de journalisme : il était né avec. Ses années d'études et d'expérience lui avaient permis de parfaire son style et sa technique, mais son talent était aussi inné que la couleur de ses yeux.

A trente ans, il était un cynique indulgent qui prenait avec philosophie les caprices de la vie. Il aimait ses semblables sans nourrir d'illusions à leur sujet. Les hommes étaient fondamentalement ridicules. Il le savait et il en avait pris son parti. Sinon, comment aurait-il pu travailler dans une pièce pleine d'agités, dont le métier était de mettre à nu et d'exploiter le genre humain ?

Son article terminé, il héla un garçon de courses, puis se carra dans son siège. C'était sa première pause depuis trois heures. Un an plus tôt, il avait quitté New York pour ce poste au *New Orleans Herald*, estimant qu'un changement lui serait salutaire. En fait, à l'époque il ne tenait pas en place, songea-t-il en s'étirant. Il vivait dans l'attente…

Il avait rapidement découvert que La Nouvelle-Orléans était une ville aussi dure et exigeante que New York, même si elle avait des abords plus chic. Ici, il suivait les enquêtes policières et cela lui plaisait. Il plongeait dans un univers impitoyable, où le meurtre et la détresse étaient des éléments indissociables. L'homicide qu'il venait de couvrir était aussi absurde que cruel. Mais c'était la vie. Et c'était de l'information. A présent, il fallait chasser de son esprit la mort de cette jeune fille de dix-huit ans, et passer à autre chose. L'objectivité devait rester la priorité, à moins de vouloir changer de métier.

Matt réprima un soupir. Certes. Toutefois, certaines images étaient difficiles à oublier…

Il savait qu'il n'avait pas un physique de vieux routier du journalisme au cœur endurci. Quand il avait vingt ans, le fait de ressembler à un surfeur plutôt qu'à un reporter l'exaspérait. A présent, cela l'amusait.

Avec son corps mince et musclé, il se sentait plus à l'aise dans un jean que dans un costume trois-pièces. Ses cheveux blond foncé bouclaient sur ses oreilles et sur sa nuque, renforçant son allure de jeune homme nonchalant plutôt fait pour se prélasser sur une plage que pour battre le pavé. Si bien que les gens avaient tendance à lui parler librement, sans soupçonner quel homme se cachait derrière cette façade. Et même si certains finissaient parfois par se douter qu'il était moins inoffensif qu'il ne le paraissait, il était trop tard : il avait obtenu les informations souhaitées.

Il pouvait se montrer aimable, et même charmant. Mais il arrivait que ses yeux bleus pétillants lancent des étincelles, ou pis encore, deviennent glacials. Sa désinvolture apparente cachait une détermination sans faille et un caractère bien trempé.

Un petit sourire aux lèvres, il jeta un coup d'œil à la jeune femme assise en face de lui. Laurel Armand avait un visage aussi romantique que son nom. Il flottait autour d'elle une aura de délicatesse due à ses traits fins et à sa peau ivoire, qui était une véritable invitation aux caresses. Ses cheveux noirs et vaporeux, rejetés en arrière, tombaient en cascade sur ses épaules. Des cheveux dans lesquels on avait envie de plonger les doigts, d'enfouir le visage… Quant à ses yeux, transparents et lumineux, ils avaient la couleur des émeraudes.

C'était le visage d'une belle jeune fille de bonne famille du XIXe siècle, vivant dans l'indolence et l'oisiveté. Sa voix aussi était très féminine, songea Matt. Elle faisait chanter les voyelles et adoucissait les consonnes. Mélodieuse, jamais nasillarde, elle coulait paisiblement dans un flux harmonieux.

Mais la voix était aussi trompeuse que le visage. Laurel Armand était une journaliste ambitieuse, dotée d'une grande vivacité d'esprit, d'un entêtement sans bornes et d'une nature enflammée. Le sourire de Matt s'élargit. Un de ses passe-temps favoris était justement d'allumer une étincelle pour déclencher un incendie.

Le front plissé, Laurel mit la touche finale à son article. Satisfaite, elle enleva d'un geste vif la feuille de sa machine à écrire, héla un garçon de courses, puis regarda son vis-à-vis. Machinalement, elle se redressa sur son siège. Il allait la taquiner et — comme une idiote ! — elle allait mordre à l'hameçon…

— Tu as un problème, Matthew ? demanda-t-elle avec agacement.

— Non, aucun, Laurellie.

A la grande satisfaction de Matt, les yeux de Laurel étincelèrent. Elle détestait qu'on l'appelle par son prénom complet.

— Tu n'as pas un meurtre ou une attaque à main armée qui t'attend quelque part ?

Le sourire de Matt s'élargit.

— Pas pour l'instant. Et toi ? Tu n'as plus de cause à défendre pour aujourd'hui ?

Laurel serra les poings sous son bureau, ravalant un flot d'insultes. Pas question de réagir au quart de tour comme d'habitude. Matt ne manquait jamais une occasion de plaisanter sur la compassion présente dans ses articles, mais pour une fois, elle ne lui ferait pas le plaisir de se justifier.

— Tout le monde ne peut pas être aussi doué que toi pour le cynisme, répliqua-t-elle d'un ton suave démenti par son regard furieux.

— En effet. A ton avis, lequel de nos deux articles aura droit à la une ? Tu veux faire un pari ?

Elle haussa les sourcils.

— Je m'en voudrais de te prendre ton argent, Matthew.

— Pour ma part, je ne vois aucun inconvénient à te prendre le tien.

Avec un large sourire, il se leva et fit le tour du bureau.

— Cinq dollars, murmura-t-il à l'oreille de Laurel. Même si c'est ton père qui possède le journal, nos rédacteurs en chef savent faire la différence entre un reportage et une croisade.

Matt sentit la jeune femme se hérisser. Comme il était tentant de s'emparer de ces superbes lèvres boudeuses pour voir quel goût avait sa colère... Mais ce n'était pas la bonne tactique, songea-t-il en réprimant cette impulsion.

— Tope là, Matthew Bates, mais disons dix dollars.

Laurel se leva. Etre obligée de pencher la tête en arrière pour le regarder était exaspérant ! Et pourquoi avait-il des yeux aussi fantastiques et un regard aussi troublant ? C'était encore plus exaspérant ! Mieux valait continuer à l'imaginer petit, bedonnant et chauve...

— A moins que ce soit au-dessus de tes moyens, ajouta-t-elle.

— Tes désirs sont des ordres. Et pour te prouver que les Yankees sont galants, je t'inviterai à déjeuner avec l'argent que j'aurai gagné.

Un sourire éclatant aux lèvres, Laurel s'approcha de lui à le frôler. Pris au dépourvu, Matt sentit un éclair de désir le transpercer.

— Tu peux toujours courir, lança-t-elle avant de s'écarter brusquement.

Matt la suivit des yeux, tandis qu'elle quittait la salle de rédaction comme un ouragan. Enfonçant les mains dans ses poches, il laissa échapper un petit rire. Dans la confusion ambiante, personne ne remarqua rien.

*
* *

Dans les embouteillages du centre-ville, Laurel ne décolérait pas. Matthew Bates était l'homme le plus horripilant de sa connaissance !

Elle passa à l'orange en maudissant le destin. Si son frère Curt ne s'était pas lié d'amitié avec lui à l'université, Matthew n'aurait jamais accepté ce poste au *Herald.* Et il serait resté un New-Yorkais insupportable, au lieu de passer son temps à l'agacer, jour après jour.

Malgré tout, il fallait reconnaître que c'était le meilleur journaliste de l'équipe. C'était rageant, mais indéniable. Il était perfectionniste, intelligent et doué d'un flair infaillible. Malheureusement, ça ne le rendait pas plus facile à supporter... Laurel pila et donna un coup de volant pour éviter une Buick qui lui coupait la route. Seigneur ! Elle était trop énervée pour jouer à la guerre avec les autres automobilistes.

L'article que Matt avait écrit sur l'homicide était à la fois fouillé et concis. Bref, excellent. Et il méritait la une. Oh, comme elle aurait aimé lui enfoncer ses dix dollars dans la gorge ! Il aurait sans doute eu plus de mal à prendre son petit air supérieur...

Laurel le côtoyait depuis douze mois et son comportement vis-à-vis d'elle restait totalement différent de celui des autres hommes. Il n'avait aucun égard particulier pour elle et jamais elle n'avait surpris la plus petite lueur d'admiration dans son regard. Ce qui était très vexant. Même si elle détestait qu'on lui témoigne de l'empressement...

Pas une seule fois, il ne l'avait invitée à sortir. Elle n'en avait aucune envie, bien sûr, se dit-elle avec la plus grande fermeté. Mais ce serait un tel plaisir de refuser son invitation… Bien qu'il se soit installé dans le même immeuble qu'elle, au même étage, il n'était jamais venu frapper chez elle sous un prétexte ou un autre. Depuis un an, elle en rêvait — uniquement pour avoir l'immense satisfaction de lui claquer la porte au nez.

Laurel serra les dents. En revanche, il semblait prendre un malin plaisir à la mettre hors d'elle. En faisant des remarques sur ses petits amis, par exemple — d'autant plus exaspérantes qu'elles étaient invariablement justes. Ces derniers temps, sa cible favorite était Jerry Cartier, un conseiller ultraconservateur et quelque peu guindé. Si elle fréquentait ce dernier, c'était par compassion et parce qu'il lui donnait de temps à autre des informations. Mais Matt la mettait régulièrement dans une situation impossible en l'obligeant à prendre sa défense avec des arguments auxquels elle ne croyait même pas.

La vie aurait été tellement plus simple si Matthew Bates était resté à Manhattan ! Et s'il n'avait pas été aussi incroyablement séduisant…

Tout en sortant enfin des embouteillages, Laurel s'efforça de chasser Matt et son stupide pari de son esprit.

Le soleil déclinait depuis un moment, mais le ciel restait très lumineux. La chaleur et la lumière, qui filtraient à travers les cyprès, ruisselaient sur la route. Dans l'ombre des arbres s'agitaient avec des sons mélodieux les insectes et les oiseaux, créatures des marais. Les marais qui renfermaient depuis toujours des secrets, des ombres, des dangers… Le charme de la région leur devait beaucoup. Il y avait quelque chose d'excitant dans la certitude qu'une autre forme de vie — primitive, sauvage — prospérait si près de la civilisation.

En tournant dans l'allée qui conduisait à la maison de ses aïeux, Laurel fut envahie par un sentiment familier de sérénité mêlée de fierté. Des cèdres montaient la garde de chaque côté de l'allée, s'inclinant pour former une galerie d'ombre et de fraîcheur. Les rayons du soleil se faufilaient à travers les feuilles pour éclabousser le sol de flaques de lumière. De la mousse espagnole s'effilochait autour des branches, accentuant la grâce intemporelle du lieu, si caractéristique du Sud. Remonter l'allée de *Promesse d'amour* revenait à remonter le temps.

Laurel s'arrêta pour contempler la maison. Combinant style colonial et architecture grecque, celle-ci comportait deux étages de brique blanchie à la chaux, qui s'élevaient au milieu d'une profusion d'azalées, de camélias et de magnolias. Les couleurs vives et délicates, les parfums exotiques et subtils évoquaient l'indolence et la prospérité d'avant la guerre de Sécession.

La vitre baissée, Laurel huma avec délice la richesse des senteurs et la douceur de l'air.

Vingt-huit colonnes doriques conféraient à la demeure ancestrale une majesté qui n'avait cependant rien de prétentieux. Du lierre recouvrait les colonnes d'angle, et tout autour du bâtiment courait une terrasse sur laquelle ouvrait chaque pièce et dont la balustrade en fer forgé avait la finesse d'une dentelle noire. A la fois élégante et accueillante, la maison donnait une impression de pérennité. Laurel la voyait comme une femme de caractère traversant les années avec grâce et distinction. Elle n'aurait pas éprouvé pour elle des sentiments plus profonds si elle avait été de chair et de sang.

Elle monta les marches du porche et entra sans frapper. C'était là qu'elle avait passé son enfance et son adolescence. Dans le vaste hall qui partageait le bâtiment en deux, flottait une merveilleuse odeur de cire d'abeille et de citron, qui se mêlait au parfum des fleurs de camélia disposées dans une coupe. Un siècle plus tôt, le visiteur était accueilli par les mêmes senteurs. Laurel fit une pause devant une psyché pour écarter quelques mèches folles de son visage avant de pénétrer dans le salon.

— Bonjour, papa.

Elle se hissa sur la pointe des pieds pour embrasser une joue rendue rugueuse par une barbe d'un jour. Grand et mince, William Armand avait d'épais cheveux noirs à peine grisonnants. Il dirigeait son journal avec énergie et brio, mais, dans le privé, il adoptait un rythme plus nonchalant. Il sentait le bon whisky et le tabac. Suivant une vieille habitude, il ébouriffa les cheveux que Laurel venait de recoiffer.

— Bonjour, princesse. Très bon, ton article sur le maire.

Perplexe, William Armand vit s'allumer une

étincelle menaçante dans le regard de sa fille. Mais, devant le large sourire qu'elle lui adressa aussitôt, il crut avoir rêvé.

— Merci, papa, dit Laurel avant de se tourner vers la femme assise dans un fauteuil de velours bleu roi.

Des cheveux d'un blanc éclatant, mais aussi épais que ceux de Laurel, encadraient un visage sillonné de rides, dont les joues étaient généreusement fardées. Olivia Armand posa sur Laurel ses yeux verts, aussi lumineux que les émeraudes qui ornaient ses oreilles.

— Grand-mère, quand te décideras-tu à vieillir ? demanda Laurel en se penchant pour l'embrasser.

— Jamais, si ça ne tient qu'à moi.

La voix de la vieille dame était à la fois râpeuse à cause de l'âge et étonnamment sensuelle.

— Tu es comme moi, ajouta-t-elle en prenant la main de Laurel. C'est notre sang créole.

Après avoir pressé la main de sa petite-fille entre ses doigts secs et vigoureux, la vieille femme se cala dans son siège.

— William, sers un verre à la petite et fais le plein du mien par la même occasion. Comment vont tes amours, ces jours-ci, Laurellie ?

Laurel se laissa tomber sur un coussin aux pieds de sa grand-mère.

— Pas aussi variées que les tiennes, répondit-elle en souriant.

Son père lui tendit un verre avec un clin d'œil.

— Quelle misère ! se lamenta Olivia en buvant une rasade de bourbon. Je vais te dire ce qui cloche dans le monde d'aujourd'hui. Trop de travail et pas assez d'amour. Ton problème, Laurellie…

Elle pointa le doigt sur sa petite-fille.

— … c'est que tu perds ton temps avec cet invertébré de Cartier. Il n'a pas le sang assez chaud pour réchauffer le lit d'une femme.

— Dieu merci ! s'exclama Laurel en levant un regard reconnaissant vers le plafond. Je n'ai aucune envie de le voir dans le mien.

— Il est grand temps que tu y mettes quelqu'un, décréta Olivia.

Laurel réprima un soupir, tandis que son père manquait d'avaler de travers.

— Tout le monde n'est pas aussi… obsédé que toi, grand-mère.

Olivia s'esclaffa en donnant un coup sur l'accoudoir de son fauteuil.

— Dis plutôt que tout le monde n'a pas le courage de le reconnaître.

Amusée par le franc-parler de sa grand-mère, Laurel pouffa.

— Curt ne devrait pas tarder, non ? demanda-t-elle.

— Il sera là d'un instant à l'autre, confirma William en s'asseyant dans un fauteuil. Il a appelé juste avant ton arrivée. Il amène quelqu'un.

— Une femme, j'espère, intervint Olivia avant de terminer son bourbon. Ce garçon passe trop de temps le nez dans ses bouquins de droit. Entre vous deux, je n'ai pas beaucoup d'espoir d'être arrière-grand-mère un jour, ajouta-t-elle à l'adresse de Laurel. Vous êtes beaucoup trop absorbés par vos carrières pour trouver l'âme sœur.

— Je ne suis pas encore prête pour le mariage, grand-mère.

— Qui a parlé de mariage ?

Olivia se tourna vers son fils en soupirant.

— Les enfants d'aujourd'hui ne connaissent rien à la vie !

Laurel riait de bon cœur quand elle entendit la porte d'entrée s'ouvrir.

— C'est sûrement Curt. Je crois que je ferais mieux de le prévenir de ton humeur, dit-elle à sa grand-mère avant de se lever.

— Quelle jolie fille, murmura Olivia, après le départ de Laurel.

— C'est ton portrait craché, commenta William en allumant un cigare.

Olivia gloussa.

— Oui, quelle jolie fille…, répéta-t-elle.

Dès qu'elle fut dans le hall, le sourire de Laurel s'évanouit. La mâchoire crispée, elle regarda tour à tour son frère et l'homme qui l'accompagnait.

— Oh, c'est toi…

Matt prit la main de la jeune femme et la porta à ses lèvres avant qu'elle ait le temps de la lui reprendre.

— Ah, l'hospitalité légendaire du Sud ! dit-il d'un ton ironique.

« Mon Dieu, qu'elle est belle, songea-t-il en la dévorant des yeux. Ce feu… Cette passion enfouie sous ses dehors de jeune fille sage… Laurel, un jour, cette passion, nous la libérerons… »

Oui, il en faisait le serment.

S'efforçant d'ignorer la troublante chaleur qui demeurait sur sa main après le baiser de Matt, Laurel se tourna vers son frère. Curt avait la minceur et les traits aristocratiques de leur père, ainsi qu'un regard rêveur qui n'appartenait qu'à lui.

Avec une pointe de jalousie, Matt constata que l'agacement laissait place à la tendresse sur le visage de Laurel.

— Comment vas-tu ? demanda-t-elle à son frère en l'embrassant.

Celui-ci lui adressa un sourire absent comme s'il venait tout juste de se rappeler où il se trouvait.

— Je vais bien. Et je suis débordé.

— Evite cette dernière précision, si tu ne veux pas t'attirer les foudres de grand-mère, dit Laurel en pouffant. Elle est remontée contre nous et nos carrières trop prenantes.

Curt eut un regard tellement navré que Laurel éclata de rire et l'embrassa de nouveau. Pauvre Curt ! Il était si timide et si réservé… Puis elle se tourna vers Matt et l'affronta du regard. Il l'observait avec une décontraction insolente qui semblait masquer autre chose. Quelque chose d'indéfinissable… Un long frisson courut dans son dos, mais elle ne cilla pas. Qui était vraiment Matt ? se demanda-t-elle pour la énième fois depuis qu'elle le connaissait. Pourquoi, au bout d'un an, n'avait-elle toujours pas la réponse à cette question ? Il semblait tellement étrange qu'un homme aussi énergique et aussi cynique puisse entretenir des relations d'amitié avec son rêveur de frère… Pourquoi était-elle incapable de le cerner ? Etait-ce parce qu'il restait pour elle un mystère qu'elle avait parfois tant de mal à le chasser de son esprit ? Malgré elle, son regard fut irrésistiblement attiré par la bouche de Matt. Un sourire imperceptible étira aussitôt celle-ci. Mortifiée, Laurel serra les dents.

— Si nous y allions ? suggéra Curt, inconscient des courants sous-jacents qui circulaient entre sa sœur et son ami.

Un sourire de petit garçon éclaira son regard doux.

— La présence de Matt devrait distraire grand-mère de ses préoccupations. Distraire les femmes est une des activités pour lesquelles il est le plus doué.

En entendant ces mots, Laurel émit un grognement dédaigneux manquant totalement de distinction. Mais, au moment où Curt pénétrait dans le salon, Matt lui prit la main. Elle tenta de la lui arracher d'un mouvement impatient.

— Si tu ne me lâches pas, je vais…

— … te ridiculiser, coupa-t-il en l'entraînant dans le salon.

Matt aimait beaucoup cette pièce — couleurs fanées et bois ancien ciré. Quand il s'y trouvait, il oubliait presque les années passées dans un minuscule appartement équipé d'un seul radiateur émettant plus de bruit que de chaleur. Cette partie de sa vie était terminée, il avait fait le nécessaire pour s'en sortir. Malgré tout, en dépit de sa réussite, des souvenirs le poursuivaient. Des chaussures trop petites, un estomac jamais tout à fait plein — des ambitions qui paraissaient démesurées par rapport aux perspectives d'avenir. Non, il ne pourrait jamais considérer le succès comme acquis. Il s'était battu avec trop d'acharnement pour cela.

— Alors comme ça, tu as amené le Yankee ? dit Olivia en jetant à Matt un regard pétillant de malice.

Curt salua son père, embrassa consciencieusement sa grand-mère sur la joue, puis s'éloigna prudemment pour s'occuper des boissons.

— Bonjour, mademoiselle Olivia, déclara Matt en portant à ses lèvres la main que lui tendait la vieille dame. Plus belle que jamais.

— Voyou, rétorqua celle-ci d'un ton faussement réprobateur qui ne parvenait pas à masquer son plaisir. Cela fait un mois que vous n'êtes pas venu me voir… Risqué, vu mon âge.

Matt lui baisa de nouveau la main.

— Si je garde mes distances, c'est uniquement parce que vous ne voulez pas m'épouser.

Réprimant un sourire, Laurel choisit un siège à l'autre bout de la pièce. Pourquoi fallait-il que Matthew Bates soit aussi ensorceleur ?

Olivia eut un petit rire ravi.

— Crapule ! Il y a trente ans, je vous aurais fait des avances, bien que vous soyez un Yankee.

Matt prit le verre que lui tendait Curt avec un regard reconnaissant, puis il répliqua :

— J'y aurais répondu avec joie, mademoiselle Olivia.

Il se percha sur le bras du fauteuil de la vieille

dame. Comme un neveu préféré, songea Laurel avec une pointe de ressentiment.

— Hélas, il est trop tard, dit Olivia avec un petit soupir.

Jetant un coup d'œil à Laurel, elle ajouta :

— Pourquoi ne t'es-tu pas encore liée avec ce fripon, Laurellie ? Voilà un homme capable de faire vibrer une femme !

A son grand dam, Laurel sentit ses joues s'enflammer, tandis que Matt lui adressait un sourire de félin. Crispée sur son siège, elle garda le silence, maudissant sa carnation délicate.

— Ça c'est une ruse de femme, commenta sa grand-mère en donnant une petite tape sur la cuisse de Matt. Et c'est bon pour le teint. Figurez-vous qu'après un mari et trois amants, j'étais encore capable de rougir délibérément.

Enchantée par le regard meurtrier que sa petite-fille lui lançait, Olivia leva les yeux vers Matt.

— Elle est mignonne, n'est-ce pas ?

— Ravissante, acquiesça Matt, qui s'amusait presque autant qu'elle.

— Elle promet d'avoir des enfants magnifiques.

— Prends un autre verre, maman, suggéra William en voyant les yeux de sa fille étinceler dangereusement.

— Excellente idée.

Olivia tendit son verre à son fils.

— Vous n'avez pas vu le parc, Matthew, enchaîna-t-elle. C'est la période de l'année où il est le plus beau. Laurellie, emmène ce Yankee dehors et montre-lui à quoi ressemble un jardin digne de ce nom.

Laurel foudroya sa grand-mère du regard.

— Je suis sûre que Matthew…

— … en a très envie, la coupa-t-il en se levant.

Elle le foudroya du regard à son tour.

— Je ne…

— … veux pas être impolie, la coupa-t-il de nouveau en lui tendant la main pour l'aider à se lever.

« Oh, si, justement ! » songea Laurel en franchissant la porte-fenêtre. Elle mourait d'envie de se montrer particulièrement grossière avec lui. Mais pas devant sa famille, et il le savait.

— Tu aimes ça, n'est-ce pas ? déclara-t-elle d'une voix sifflante quand ils furent hors de portée de voix.

— Qu'est-ce que j'aime ?

— Me mettre hors de moi.

— Il est impossible de ne pas aimer une chose pour laquelle on est aussi doué.

A son grand dam, Laurel ne put s'empêcher de pouffer.

— Très bien, voici le jardin, dit-elle avec un geste du bras. Mais tu n'as pas plus envie de le voir que moi de te le montrer.

— Faux, dit-il en lui prenant la main.

— Lâche-moi !

Irritée, Laurel tenta de dégager sa main. En vain.

— Qu'est-ce que c'est que cette nouvelle habitude ? lança-t-elle avec humeur.

— Je viens de découvrir que j'aimais beaucoup ça aussi.

Il l'entraîna dans l'une des étroites allées qui sinuaient au milieu des massifs de fleurs.

— Et de toute façon, si tu ne fais pas semblant de me faire les honneurs du jardin, Olivia trouvera autre chose.

Il avait raison, reconnut intérieurement Laurel. Elle était obligée de supporter Matt… Mais, après tout, le soleil éclaboussait l'horizon d'un rouge flamboyant et des parfums exquis embaumaient l'air. Il y avait trop longtemps qu'elle n'avait pas pris le temps de flâner dans le jardin au crépuscule.

Ils passèrent sous une treille voûtée, ruisselante de glycine. Les oiseaux de jour commençaient à s'assoupir et ceux de la nuit n'étaient pas encore réveillés.

— C'est le moment de la journée où j'apprécie le plus le jardin, déclara spontanément Laurel. On peut presque voir des femmes en crinoline s'y promener dans des bruissements d'étoffe. Ainsi que des musiciens dans le kiosque à musique et des guirlandes de lanternes multicolores dans les arbres.

Il se doutait bien que Laurel avait tendance à être sentimentale et un peu rêveuse comme son frère, songea Matt. Cependant, jusque-là, elle s'était bien gardée de lui dévoiler cet aspect de sa personnalité. Et si elle venait de se trahir, ce n'était pas intentionnel, c'était l'effet des émotions que le jardin faisait naître en elle. Quels étaient ses autres points faibles ? se demanda-t-il en effleurant ses doigts.

— De tous temps, le jardin a exhalé les mêmes parfums que ce soir, murmura-t-il.

La peau délicate de Laurel était encore plus splendide dans la lumière orangée du couchant, se dit-il avant d'ajouter :

— Suaves et subtils.

— Quand j'étais petite, il m'arrivait de sortir dans le jardin en m'inventant des rendez-vous.

Elle eut un petit sourire nostalgique.

— Parfois, il était brun et élégant. Parfois, blond et athlétique. Mais toujours dangereux et peu recommandable. Le genre d'homme dont un père ne voudrait surtout pas pour sa fille.

Laissant échapper un petit rire, elle effleura du bout des doigts un camélia blanc, cireux.

— C'est curieux que j'aie eu ce genre de fantasmes alors que mon père savait pertinemment que j'étais beaucoup trop ambitieuse et pragmatique pour m'enticher d'un…

Laurel se tourna vers Matt et sa voix s'estompa. Comme il était proche… Si proche que c'était son parfum qui la troublait et non plus celui des fleurs. C'était son souffle qui caressait sa peau à la place de l'air chaud du soir. Dans la lumière vaporeuse et magique, aux reflets dorés teintés de rose, il ressemblait beaucoup trop à un de ces hommes dont elle aurait pu rêver…

Matt effleura du bout des doigts la veine qui battait au poignet de Laurel. Son pouls était irrégulier, mais cette fois, ce n'était pas parce qu'elle était en colère, il en avait la certitude.

— T'enticher d'un quoi ?

— D'un voyou, répondit Laurel au bout d'un moment.

Ils parlaient à voix basse, comme s'ils se confiaient

des secrets. Le soleil descendait peu à peu et les ombres s'allongeaient.

Matt avait un visage énergique, songea Laurel. Le visage d'un homme toujours prêt à affronter les problèmes sans se dérober. Il arborait souvent un air circonspect qui ne laissait rien deviner de ses pensées. Peut-être était-ce pour cela qu'il parvenait à soutirer des informations aux gens avec une telle facilité. Elle laissa ses yeux s'attarder sur ses lèvres. Comment avait-elle fait pour ne pas remarquer plus tôt à quel point sa bouche était sensuelle ? A moins qu'elle n'ait préféré ne rien voir ? Cette bouche pouvait sans doute être douce, mais aussi et surtout avide, exigeante. Si elle se penchait légèrement…

Laurel tressaillit. Son pouls s'accéléra sous les doigts de Matt et elle dégagea sa main d'un mouvement vif. Mon Dieu, que lui arrivait-il ? Elle avait été sur le point de se ridiculiser ! S'il savait quelles pensées lui avaient traversé l'esprit, il en ferait des gorges chaudes pendant des mois…

— Nous ferions mieux de rentrer, déclara-t-elle d'un ton qu'elle espérait posé. Il est presque l'heure de dîner.

Matt réprima l'envie de la retenir pour prendre le baiser qu'elle avait failli lui donner. Mais s'il flanchait, il réduirait à néant l'infime progrès qu'il venait d'accomplir. Il la désirait depuis longtemps — trop longtemps. Et s'il avait choisi d'attendre, c'était parce qu'il avait tout de suite compris que, pour la conquérir, il lui faudrait emprunter des chemins détournés. Ce qui n'était pas pour lui déplaire, à vrai dire.

Il fallait donc à tout prix rester patient. Certes. Mais Laurel méritait tout de même d'être punie pour la frustration qu'elle venait de lui faire endurer.

— Déjà ? lança-t-il avec une moue ironique. Si Olivia t'avait envoyée dans le jardin avec Cartier, je suis sûr que tu n'aurais pas écourté la promenade.

— Elle ne m'aurait jamais envoyée ici avec Jerry, rétorqua Laurel sans réfléchir, avant de se maudire intérieurement.

— Ah…

Le sourire narquois de Matt la hérissa.

— Ne commence pas avec Jerry !

Il prit un air innocent.

— Que veux-tu dire ?

— C'est un homme charmant, déclara-t-elle d'un ton crispé. Il est extrêmement courtois et… et gentil.

Matt éclata d'un rire sonore.

— Dieu me préserve d'être qualifié un jour de gentil !

Elle darda sur lui un regard noir.

— Ça ne risque pas de t'arriver. Toi, tu es insupportable.

— Je préfère nettement.

Incapable de se retenir, il se rapprocha d'elle et emprisonna sa chevelure dans une de ses mains.

— Je n'ai aucune envie d'être charmant, ni courtois, ni gentil.

Déglutissant péniblement, Laurel s'efforça d'ignorer les frissons qui la parcouraient. Il avait à peine effleuré sa nuque. Etait-il possible que cela lui fasse un tel effet ?

— Tu n'as rien à craindre, rétorqua-t-elle d'une voix mal assurée. Tu es odieux, grossier et…

— Dangereux ? suggéra-t-il en se penchant vers elle jusqu'à ce que leurs bouches ne soient plus qu'à quelques millimètres l'une de l'autre.

— Ne me fais pas dire des choses que je ne pense pas, Matthew Bates.

Pourquoi avait-elle l'impression d'être à bout de souffle après une course éperdue ? se demanda-t-elle en tentant de maîtriser les battements de son cœur. Reculant d'un pas, elle se heurta au mur de la treille. Elle voulut le contourner en faisant un pas de côté, mais Matt fut plus rapide qu'elle et lui barra le passage.

— Tu bas en retraite, Laurellie ?

Non, ce n'était pas seulement de la colère, songea Matt en observant la veine qui battait frénétiquement à la base du cou de la jeune femme. Pas cette fois.

A son grand dam, Laurel sentit une chaleur délicieuse l'envahir. Ses épaules se redressèrent. Son menton se releva.

— Je n'ai aucune raison de battre en retraite devant toi. Cependant, il m'est déjà assez pénible de devoir te supporter tous les jours au *Herald*. Je ne vois pas pourquoi je devrais en plus gâcher mes moments de loisir en ta compagnie. Je rentre parce que j'ai faim, conclut-elle en criant presque.

Ecartant Matt d'un geste brusque, elle repartit vers la maison d'un pas vif.

Immobile, il la suivit des yeux. Ces cheveux soyeux qui se balançaient, cette démarche souple, cette colère bouillonnante… C'était vraiment une femme extraordinaire. L'amour avec elle serait une expérience inoubliable. Qu'il avait l'intention de vivre très bientôt.

Chapitre 2

Sa colère de la veille n'étant toujours pas retombée, Laurel décida de se rendre au journal à pied. Une demi-heure de marche dans l'air doux du matin l'aiderait à se calmer. Elle en profiterait pour faire du lèche-vitrine et pour prêter l'oreille aux conversations des gens dans la rue.

La ville, comme la maison de ses ancêtres, était pour Laurel un objet d'amour sans limites. Il ne lui semblait pas contradictoire d'être à la fois sensible à la beauté intemporelle de *Promesse d'amour* et à l'agitation trépidante du centre-ville. Depuis toujours, elle évoluait entre les deux mondes, parfaitement à l'aise dans l'un comme dans l'autre. Elle était ambitieuse — et romantique. D'une nature à la fois pragmatique et rêveuse, elle ne s'était jamais sentie déchirée entre les deux univers. Toutefois, ce matin, elle préférait le bruit et la bousculade de la rue au souvenir du jardin au crépuscule…

Que mijotait Matt ? se demanda-t-elle une énième fois en enfonçant les mains dans ses poches. Elle le connaissait assez bien pour savoir qu'il agissait rarement sans raisons. Et c'était la première fois qu'il avait une attitude ambiguë avec elle. Elle adressa une grimace à son reflet, dans la vitrine d'un magasin. A vrai dire, Matt ne l'avait pratiquement jamais touchée depuis qu'ils se connaissaient. Mais hier soir… hier soir, ses doigts avaient effleuré son poignet, puis sa nuque, comme par accident. Mais c'était intentionnel, elle en était certaine. Sa propre réaction, en revanche, avait été tout à fait involontaire. Et d'une intensité extraordinaire…

Mais ce qu'elle avait ressenti, ce n'était pas de l'excitation, se dit-elle aussitôt. Seulement de la surprise. D'ailleurs, ce matin, ce trouble lui paraissait irréel. Au crépuscule, l'atmosphère du jardin était particulièrement romantique, et elle y avait toujours été très sensible. C'était pour cela qu'elle s'était surprise à faire des confidences à Matt. Et que, l'espace d'un instant, elle avait eu très envie qu'il la prenne dans ses bras…

Fleurs et coucher de soleil. Le genre de décor dans lequel une femme trouverait séduisant le diable en personne. Heureusement, elle avait recouvré son sang-froid avant de se ridiculiser !

Et puis il y avait eu sa grand-mère… Laurel réprima un soupir en attendant au bord du trottoir que le feu passe au rouge. D'ordinaire, les commentaires provocateurs d'Olivia ne l'embarrassaient pas le moins du monde. Mais hier, celle-ci était allée beaucoup trop loin quand elle avait insinué que Matthew Bates était exactement l'homme qu'il fallait à sa petite-fille.

Celui-ci avait bu du petit-lait, se rappela-t-elle avec exaspération. Il était aussi impossible qu'Olivia — sans avoir son charme, toutefois. Laurel embrassa du regard la ville autour d'elle. Gaz d'échappement, foule, chaleur. Elle l'aimait pour ce qu'elle était : ancrée dans la réalité. Et elle n'allait pas laisser un incident absurde ayant eu pour cadre un monde imaginaire gâcher sa journée. Déterminée à oublier ce moment d'égarement et l'homme qui l'avait provoqué, elle s'apprêta à traverser.

— Bonjour, Laurellie.

Elle faillit trébucher sous le coup de la surprise en sentant une main lui saisir le bras. Bon sang, n'y avait-il donc aucun endroit à La Nouvelle-Orléans où elle pouvait lui échapper ? Relevant le menton, elle toisa Matt d'un air dédaigneux.

— Panne de voiture ? demanda-t-elle.

L'arrogance lui allait bien, se dit Matt. Aussi bien que la colère…

— Non, c'est juste le temps idéal pour marcher, répliqua-t-il d'un ton léger en l'entraînant sur la chaussée.

Pas question de lui avouer qu'il l'avait vue partir à pied et qu'il avait décidé de la suivre…

Laurel s'empressa de dégager son bras dès qu'ils eurent traversé. Pourquoi n'avait-elle pas pris sa voiture comme d'habitude ? se demanda-t-elle avec agacement. A moins de faire un scandale en pleine rue, elle était maintenant obligée de continuer le chemin avec lui. Et à en juger par son air réjoui, il lisait dans ses pensées, se dit-elle en lui jetant un coup d'œil. Réprimant l'envie de lui donner un grand coup sur la tête avec son sac, elle lui adressa un sourire froid.

— Tu as eu l'air de bien t'amuser, hier soir.

— J'aime beaucoup ta grand-mère. Elle est belle, déclara-t-il avec une telle simplicité que Laurel plissa le front, déconcertée.

En souriant, il lui effleura le nez du bout du doigt.

— C'est interdit ?

Haussant les épaules, elle se remit en marche. Il y avait un tel monde sur le trottoir qu'elle avait toutes les peines du monde à éviter que leurs bras ne se frôlent. Comment réussir à le détester quand il faisait preuve d'une sincérité aussi désarmante ?

— Tu l'encourages, dit-elle en s'efforçant de prendre un ton réprobateur.

— Elle n'en a aucun besoin. Mais il est vrai que ça m'amuse d'abonder dans son sens.

Laurel ne put s'empêcher de sourire.

— Tu ne sembles pas lui en vouloir d'essayer de…

— Nous pousser dans le même lit ? suggéra-t-il au grand dam de Laurel, qui détestait cette habitude qu'il avait prise de terminer ses phrases à sa place. Je pense que malgré sa grande… ouverture d'esprit, Olivia a quelque chose de plus durable en tête. Pour m'appâter, elle m'a fait miroiter la maison.

Suffoquée, Laurel resta sans voix. Mais devant le sourire malicieux de Matt, elle retrouva vite son sens de l'humour.

— Tu ferais mieux de t'assurer qu'elle te lègue également de l'argent. La maison coûte une fortune à entretenir.

— J'avoue que c'est tentant.

Matt enroula une mèche des cheveux de la jeune femme autour de ses doigts.

— La… maison n'est pas le genre de présent qu'il est facile de refuser.

A travers ses cils, elle lui lança un regard mutin. C'était la première fois qu'elle le regardait ainsi, se dit-il, profondément troublé. L'étincelle malicieuse qui dansait dans ses yeux était mêlée de sensualité.

— Matthew, tu vas m'obliger à prendre Jerry plus au sérieux.

« Si tu fais ça, je le tuerai », songea-t-il, l'estomac noué par le désir.

— Si tu fais ça, Olivia te déshéritera, déclara-t-il à voix haute.

Laurel pouffa et lui prit spontanément le bras.

— Ah, quel dilemme ! Mon héritage ou mes affinités… Dommage pour nous que tu ne sois pas mon genre.

Ils arrivèrent devant l'immeuble du *Herald* et Matt posa la main sur la porte vitrée avant que Laurel ait le temps de l'ouvrir.

— Dans ce cas, tu vas m'obliger à te faire changer d'avis, déclara-t-il posément.

Laurel arqua les sourcils, perplexe. Toute trace de malice avait disparu du regard de Matt et il semblait soudain très sérieux. Pourquoi n'avait-elle jamais remarqué ses brusques changements d'humeur ? Certes, elle avait jusqu'à présent pris soin de lui prêter aussi peu d'attention que possible. Dès l'instant où il avait pénétré dans la salle de rédaction, le premier jour, elle avait décidé que ce serait plus prudent. Toutefois, il n'était pas question de le laisser avoir le dernier mot.

Elle poussa la porte avec une moue dédaigneuse.

— Aucune chance, lança-t-elle.

Matt s'écarta pour la laisser passer et la suivit du regard tandis qu'elle traversait le hall bondé. Même s'il n'avait pas été attiré par elle depuis le début, cette réflexion l'aurait incité à se battre pour la conquérir... Il avait toujours aimé les paris risqués. Or, Laurel venait de lui lancer un défi.

Un sourire gourmand aux lèvres, il se dirigea vers les ascenseurs.

Laurel passa la matinée à l'extérieur afin d'interviewer le directeur d'un bureau d'études pour l'aménagement de la voie publique. Ecrire un article sur la réfection des routes et les panneaux de déviation n'était pas particulièrement exaltant, mais c'était son rôle de journaliste. Son travail consistait à recueillir les faits, même les plus rébarbatifs, puis à en rendre compte dans des articles. Avec un peu de chance, celui-ci paraîtrait en page deux. Et avec encore plus de chance, l'après-midi lui apporterait un sujet plus intéressant...

Les couloirs, rarement déserts, étaient assez calmes en fin de matinée. Certains journalistes revenaient comme elle de mission, et d'autres étaient sur le départ, mais la plupart se trouvaient déjà sur le terrain ou à leur bureau. Adressant un signe de la main à un collègue qui passait d'un pas vif en grignotant une barre de céréales en guise de déjeuner, elle commença à structurer mentalement le premier paragraphe de son article. Absorbée dans ses pensées, elle heurta quelqu'un, et le contenu d'un sac de femme se répandit sur le sol.

— Oh !

Sans prendre la peine de regarder qui elle venait de bousculer, Laurel s'accroupit pour ramasser les objets éparpillés.

— Excusez-moi, je ne regardais pas où j'allais.

— Ce n'est rien.

Laurel vit une main délicate ramasser une enveloppe en papier kraft. Les doigts fins tremblaient de manière impressionnante. Inquiète, Laurel leva les yeux sur une jeune femme blonde au visage agréable et aux yeux rougis, dont les lèvres tremblaient autant que les mains.

— Vous ai-je fait mal ?

Instinctivement, Laurel serra les mains de la jeune femme dans les siennes. Un animal errant, un oiseau blessé, un inconnu en difficulté… Elle était incapable de résister à l'élan qui la poussait vers les êtres désarmés.

La jeune femme ouvrit la bouche, puis la referma en secouant vivement la tête. Laurel sentit ses mains trembler de plus belle. Quand les premières larmes roulèrent sur les joues pâles de l'inconnue, elle oublia instantanément les notes griffonnées dans son calepin et l'article à rédiger. Aidant la jeune femme à se relever, elle l'entraîna à travers le labyrinthe de couloirs jusqu'au bureau vitré du rédacteur en chef.

— Asseyez-vous, dit-elle en indiquant un fauteuil de cuir râpé. Je vais vous chercher de l'eau.

Sans attendre de réponse, elle ressortit de la pièce.

A son retour, la jeune femme s'était reprise, mais son regard était toujours celui d'un animal blessé.

— Buvez ça, dit-elle en lui tendant un gobelet.

Elle s'assit sur un accoudoir du fauteuil et attendit.

Les bruits de la salle de rédaction leur parvenaient assourdis. De toute façon, c'était un moment de la journée relativement calme : il restait encore plusieurs heures avant l'affolement du bouclage. La jeune femme semblait en proie à un profond désarroi… De toute évidence, elle faisait des efforts désespérés pour ne pas éclater en sanglots. Malgré les dizaines de questions qui tourbillonnaient dans son esprit, Laurel garda le silence pour lui laisser un peu de répit.

— Je suis désolée, finit par dire l'inconnue en écrasant le gobelet vide entre ses doigts. Je n'ai pas l'habitude de m'effondrer ainsi.

— Ce n'est rien, assura Laurel d'un ton compatissant. Je m'appelle Laurel Armand.

— Susan Fisher.

Celle-ci fixait à présent ses genoux d'un air absent.

— Puis-je vous aider ? demanda Laurel.

Cette question faillit déclencher un nouvel accès de larmes chez Susan. Pourquoi des paroles aussi banales lui donnaient-elles le sentiment de se trouver dans une situation désespérée ? se demanda-t-elle.

— Je ne sais pas pourquoi je suis venue ici, commença-t-elle d'une voix hésitante. Je ne savais plus où aller. La police…

La curiosité de la journaliste s'éveilla aussitôt en Laurel, une curiosité mêlée de compassion. Mais les deux sentiments lui étaient trop naturels pour qu'elle y prête attention. Elle posa la main sur l'épaule de la jeune femme.

— Je travaille ici. Vous pouvez me parler en toute confiance. Peut-être pourriez-vous commencer par le commencement ?

Susan lui jeta un regard indécis. Elle ne savait plus à qui faire confiance, ni même si elle voulait croire que ce mot signifiait encore quelque chose. Son interlocutrice semblait si calme, si sûre d'elle… Sa vie n'avait sûrement jamais été plongée dans le chaos. Pourquoi écouterait-elle ce que tout le monde refusait d'entendre ?

Les yeux bleus de Susan étaient clairs, transparents et ils exprimaient une sensibilité à fleur de peau. Pourquoi la faisaient-ils penser à Matt, qui était le détachement personnifié ? se demanda Laurel avec surprise. Elle posa une main sur celle de Susan.

— Si c'est en mon pouvoir, je vous aiderai.

— Ma sœur…

Susan prit une profonde inspiration avant de poursuivre.

— Ma sœur Anne a rencontré Louis Trulane il y a un an.

Louis Trulane ? Les doigts de Laurel se crispèrent sur la main de Susan. Souvenirs doux-amers, nostalgie de l'enfance… Quels liens cette jeune femme bouleversée pouvait-elle avoir avec Louis ?

— Poursuivez, dit Laurel en s'efforçant de rester impassible.

— Ils se sont mariés moins d'un mois après leur rencontre. Anne était tellement amoureuse… Nous avions… Nous partagions un appartement à l'époque. Elle ne parlait que de Louis et de son prochain emménagement dans la demeure ancestrale des Trulane… Le *Domaine du chêne*. Vous la connaissez ?

Assaillie par une foule d'images, Laurel hocha la tête.

— Oui.

— Anne m'a envoyé des photos. J'avais du mal à l'imaginer en maîtresse de maison d'un endroit aussi prestigieux. Ses lettres ne parlaient que de la propriété. Et de Louis, bien entendu.

Susan eut un sourire attendri.

— Elle était si heureuse… Ils envisageaient déjà de fonder une famille. J'avais fini par m'organiser pour prendre des congés. Je m'apprêtais à leur rendre visite quand j'ai reçu la lettre de Louis.

Laurel pressa la main de la jeune femme.

— Elle était morte…

Il y avait une note d'incrédulité dans la voix éteinte de Susan.

— Anne était morte, reprit-elle. Louis m'écrivait que… qu'elle était allée se promener dans le marécage après la tombée de la nuit. Une morsure de vipère cuivrée, disait-il. S'il l'avait retrouvée plus tôt… mais le lendemain matin, il était trop tard.

Susan pinça les lèvres, s'exhortant à ne pas pleurer. Le temps des larmes était terminé.

— Elle n'avait que vingt et un ans et elle était si belle…

— Ç'a dû être très pénible pour vous de l'apprendre de cette manière. C'est un terrible accident.

— Un meurtre, rectifia Susan d'une voix soudain très calme. C'est un meurtre.

Laurel la regarda longuement. L'impulsion qui l'avait d'abord poussée à réconforter la jeune femme laissait peu à peu place à la perplexité.

— Anne Trulane est morte des suites d'une morsure de serpent et d'hypothermie. Pour quelles raisons pensez-vous qu'il s'agit d'un meurtre ?

Susan se leva et se dirigea vers la fenêtre. Laurel Armand ne lui avait pas tapoté la main avec un air de commisération, elle avait l'air de vouloir l'écouter… Peut-être tout espoir n'était-il pas perdu ?

— Je vais vous répéter ce que j'ai dit à Louis et à la police.

Elle prit une profonde inspiration.

— Anne et moi étions très proches. C'était quelqu'un d'extrêmement sensible. Elle avait la douceur d'une enfant sans pour autant être puérile. Il faut que vous compreniez que je connaissais Anne aussi bien que je me connais moi-même.

Songeant aux liens qui l'unissaient à Curt, Laurel hocha la tête.

— Je comprends.

— Depuis toute petite, Anne avait peur du noir. C'était une véritable phobie. La nuit, elle allumait toujours la lumière avant d'entrer dans une pièce. Ce n'était pas une simple habitude, mais un geste de défense contre une de ces terreurs enfantines dont certaines personnes ne se débarrassent jamais. Vous voyez ce que je veux dire ?

Songeant à sa propre phobie, qui la poursuivait depuis l'enfance, Laurel hocha de nouveau la tête.

— Oui, très bien.

Susan s'écarta de la fenêtre.

— Anne aimait beaucoup la maison, mais la proximité du marécage la perturbait. Elle m'avait écrit que c'était pour elle comme un placard sombre dans lequel elle était incapable d'entrer. Elle l'évitait même en plein jour. Elle aimait Louis, lui faire plaisir était ce qu'elle désirait le plus au monde. Pourtant, même pour lui, elle ne pouvait pas se résoudre à approcher du marécage.

Susan se tourna vers Laurel avec un regard suppliant.

— Il faut absolument que vous compreniez qu'elle adorait Louis, mais que ça ne l'empêchait pas d'être incapable de surmonter cette peur panique. C'était plus fort qu'elle. Elle pensait que le marécage était hanté… Elle en était même arrivée à se persuader qu'elle y voyait parfois des lumières. Jamais elle ne s'y serait aventurée seule, surtout la nuit.

Laurel resta un instant silencieuse, tandis que les pensées tourbillonnaient dans son esprit.

— C'est pourtant là qu'on l'a trouvée…, dit-elle d'un ton pensif.

— Parce que quelqu'un l'y a entraînée.

Laurel étudia attentivement Susan. Elle n'avait plus le même air désemparé qu'au début de leur entretien. Bien sûr, ses yeux étaient toujours rouges et ses paupières gonflées, mais il y avait dans son regard une résolution impressionnante. Cette fille était convaincue d'avoir raison. Peut-être était-ce le chagrin qui l'égarait… Laurel repensa néanmoins à l'histoire qu'elle venait d'entendre, en la rapprochant de ce qu'elle savait de la mort d'Anne Trulane.

Les enquêteurs n'avaient pas réussi à déterminer pour quelles raisons la jeune épouse de Louis s'était rendue seule dans le marécage en pleine nuit. Bien qu'ayant grandi au milieu des marais et des bayous, elle-même aurait hésité à s'aventurer dans un endroit aussi traître après le coucher du soleil, reconnut intérieurement Laurel. Les dangers y étaient multiples. Insectes, serpents, sables mouvants…

Après la tragédie, Louis Trulane avait fui la presse. Aucune interview, aucune déclaration. Dès que l'enquête avait été terminée, il s'était cloîtré au *Domaine du chêne*.

Tout en observant Susan, Laurel pensait à Louis et se sentait partagée entre des sentiments contradictoires. Mais son instinct de journaliste était plus fort que tout le reste. Les pourquoi de la vie exigeaient toujours une réponse…

— Pourquoi êtes-vous venue au *Herald*, Susan ?

— Hier soir, dès mon arrivée, j'ai rendu visite à Louis. Il n'a pas voulu m'écouter. Ce matin, je suis allée au commissariat.

Susan leva les mains dans un geste de découragement.

— Affaire classée. Sans réfléchir, je suis venue ici. Peut-être aurais-je mieux fait d'engager un détective privé, mais…

Elle secoua la tête.

— Même si c'était la solution, je n'ai pas assez

d'argent. Je sais que les Trulane sont une famille puissante et respectée, mais il doit bien y avoir un moyen de faire éclater la vérité. Ma sœur a été assassinée.

La voix de Susan trembla légèrement, et la couleur qui avait momentanément coloré ses joues s'estompa de nouveau.

« Elle n'est pas aussi forte qu'elle le voudrait », songea Laurel en se levant.

— Accepteriez-vous de me faire confiance, si je vous proposais de m'occuper de cette affaire ?

Susan passa nerveusement la main dans ses cheveux. Pas question de s'effondrer au moment où quelqu'un lui offrait enfin l'aide dont elle avait tant besoin.

— Il faut bien que je fasse confiance à quelqu'un.

— Très bien.

S'il y avait matière à article — et son flair lui disait que c'était le cas —, il n'était pas question de se laisser influencer par son propre passé, décida Laurel.

— J'ai d'abord quelques détails à régler, poursuivit-elle. Il y a une machine à café dans le hall. Allez vous servir et attendez-moi à proximité. Quand j'aurai terminé, nous irons déjeuner et nous discuterons plus longuement.

— Merci, dit Susan en prenant son sac.

— Il est trop tôt pour me remercier. Pour l'instant, je n'ai encore rien fait.

Susan s'immobilisa sur le seuil.

— Si, vous m'avez écoutée.

Pensivement, Laurel regarda la jeune femme se frayer un chemin à travers les bureaux dans la salle de rédaction. Anne Trulane… Louis… Elle laissa échapper un soupir. Mon Dieu, dans quel guêpier était-elle sur le point de se fourrer ?

Avant qu'elle ait le temps de trouver une réponse, le rédacteur en chef pénétra dans le bureau, manifestement contrarié.

— Bon sang, Laurel, nous sommes dans un journal, pas à « S.O.S. Cœurs brisés » ! Quand une de tes amies se dispute avec son jules, trouve un autre bureau pour éponger ses larmes. Allez, dehors.

Et il se laissa tomber derrière sa table de travail, encombrée de dossiers.

— De plus, je te rappelle que tu as un article à écrire, ajouta-t-il d'un ton rogue.

Laurel se percha sur un coin du bureau. Don Ballinger était son parrain et l'avait souvent fait sauter sur ses genoux quand elle était enfant. Malgré son affection pour elle, le journal passait avant tout. Et elle n'en attendait pas moins de lui.

— C'était la sœur d'Anne Trulane, précisa-t-elle sans se laisser intimider par son regard noir.

— Trulane ?

Don Ballinger fronça les sourcils.

— Que voulait-elle ?

Laurel ramassa le morceau de pyrite que Don utilisait comme presse-papiers et se mit à jouer machinalement avec.

— Prouver que sa sœur a été assassinée.

Laissant échapper un grognement dédaigneux, Don prit une cigarette dans un tiroir, la caressa avec délicatesse, mais ne l'alluma pas. Il n'en avait pas allumé une seule depuis seize jours, dix heures… vingt-deux minutes.

— Morsure de serpent et hypothermie après une nuit dehors, ça n'a rien d'un meurtre. Et ton article sur le bureau d'études ?

— Susan Fisher m'a dit qu'Anne avait la phobie de l'obscurité, insista Laurel. Et que, dans ses lettres, elle parlait du marécage : elle n'y avait jamais mis les pieds et n'en avait aucune intention.

— De toute évidence, elle a changé d'avis.

— Ou quelqu'un l'y a entraînée…

— Laurel !

— Don, laisse-moi fouiner un peu, s'il te plaît.

Tout en parlant, Laurel regardait le presse-papiers scintillant. La pyrite de cuivre ressemblait à s'y méprendre à de l'or. Les apparences étaient parfois trompeuses. Souvent, même…

— Ça ne coûte rien, plaida-t-elle. Au pire, je pourrai écrire un portrait psychologique.

Don fit glisser sa cigarette entre ses doigts avec un regard de convoitise.

— Ça ne va pas plaire à Trulane.

— Je peux me charger de Louis, déclara-t-elle avec plus d'assurance qu'elle n'en avait réellement. Il y a quelque chose qui cloche dans cette histoire, Don. On n'a jamais pu expliquer pourquoi Anne Trulane était allée seule dans le marécage. En chemise de nuit.

Don et elle connaissaient les rumeurs qui avaient circulé. Anne avait un amant… Louis l'avait enfermée dans la maison… Elle avait réussi à s'échapper et elle s'était perdue…

Don mit la cigarette dans sa bouche et mordit le filtre. Tout ce qui concernait les Trulane intéressait les lecteurs, il le savait.

— D'accord, dit-il. Après tout, cette histoire fait encore partie de l'actualité.

Mais, avant que Laurel eût le temps de se réjouir d'avoir gagné le premier round, il ajouta :

— Bates a couvert l'affaire. Fais équipe avec lui.

— Faire équipe avec Bates ? s'exclama Laurel, outrée. Je n'ai pas besoin de lui ! C'est *mon* article.

— Mais c'est *son* domaine. Et tant qu'il n'y a aucun fait tangible, il n'y a pas d'article.

— Bon sang, Don, Matthew Bates est insupportable ! Je ne suis pas une petite débutante qui a besoin d'un mentor, et…

— Il a les contacts, les sources, ainsi qu'une parfaite connaissance du contexte.

Don se leva.

— Au *Herald*, on ne se tire pas dans les pattes, Laurel. Bates et toi, vous faites équipe, un point c'est tout.

Don passa la tête par l'encadrement de la porte.

— Bates !

— C'est moi qui connais les Trulane, marmonna Laurel. Bates ne servira à rien d'autre qu'à me gêner.

— Tu as toujours eu tendance à bouder pour un rien, commenta Don en se rasseyant à son bureau.

— Je ne boude pas ! protesta la jeune femme, au comble de l'exaspération.

Au même instant, Matt entra dans la pièce d'un pas nonchalant.

— Un problème ? demanda-t-il en arquant les sourcils.

Réprimant l'envie de déverser sa rage sur lui, Laurel se laissa tomber dans un fauteuil. Avec Matthew Bates dans les parages, il y avait *toujours* un problème…

— Ne fais pas cette tête, dit Matt quelques instants plus tard. Cette enquête promet d'être très instructive pour toi.

— Tu n'as rien à m'apprendre, rétorqua sèchement Laurel en se dirigeant vers l'ascenseur à grands pas.

— Ça reste à prouver.

Matt réprima un sourire. Quand elle faisait la moue, elle était à croquer…

— Je te rappelle que ce n'est pas avec une débutante que tu vas travailler, mais avec une coéquipière.

Les poings crispés, Laurel enfonça les mains dans ses poches.

— Si Don a insisté pour que nous fassions équipe, c'est uniquement parce que tu as couvert l'enquête de police. Tu pourrais nous simplifier la vie à tous les deux en te contentant de me remettre tes notes.

— Je ne confie jamais mes notes à personne.

— Et moi, je n'ai aucune envie de t'avoir sur le dos pendant mes recherches. C'est *mon* article.

— Tu as vraiment du mal à avaler la pilule, n'est-ce pas ?

Il eut un sourire narquois.

— Ton papa ne t'a jamais dit qu'apprendre à partager formait le caractère ?

Furieuse, Laurel pénétra dans la cabine qui venait d'arriver et appuya sur le bouton du rez-de-chaussée.

— Va au diable !

Elle ne s'attendait sans doute pas qu'il fasse cela, songea Matt en appuyant sur un autre bouton. Eh bien, ce serait sa première leçon… Avant qu'elle ne puisse comprendre ses intentions, la cabine s'immobilisa entre deux étages.

Laurel resta bouche bée quand Matt la plaqua contre la paroi de la cabine.

— Prends garde à ne pas aller trop loin, dit-il à voix basse. Sinon, gare au retour de bâton.

Laurel avait la gorge tellement sèche qu'elle en était douloureuse. Jamais elle n'avait vu à Matt un regard aussi étincelant. C'était impressionnant. Et fascinant… Curieusement, elle avait réussi à se convaincre qu'il n'avait aucun caractère, mais à présent qu'elle avait la preuve du contraire, elle n'était pas surprise. Non, pas de doute. Ce n'était pas la surprise qui faisait courir des frissons sur sa peau…

Elle ne criait pas, mais elle devait avoir peur, se dit Matt. S'il avait une once de bon sens, il la laisserait tranquille, maintenant qu'il avait mis les choses au point. Mais un an, c'était très long…

— Je crois que je vais me défouler maintenant, avant que nous ne commencions notre collaboration.

Il se pencha et la jeune femme ouvrit de grands yeux ébahis.

— Surprise, Laurellie ? demanda-t-il en souriant à quelques millimètres de ses lèvres.

Pourquoi restait-elle inerte ? se demanda Laurel.

Son corps refusait d'obéir aux ordres de son cerveau. Pourtant, elle aurait juré que celui-ci intimait à ses bras de repousser Matt. Elle déglutit péniblement. Il avait vraiment des yeux superbes. Incroyablement superbes. Son souffle chaud caressait sa peau, s'insinuait dans sa bouche… Pourtant, elle ne se souvenait pas d'avoir entrouvert les lèvres. Il ne sentait rien d'autre que le savon. Un parfum discret, simple. Délicieux.

S'efforçant de se ressaisir, Laurel se redressa contre la paroi.

— Ne t'avise pas de…

Les mots se perdirent dans un gémissement de plaisir. Ce n'était pas un baiser… Personne n'aurait pu considérer ça comme un baiser. Juste une caresse presque imperceptible. Comme un prélude — ou une menace. Quelqu'un aurait-il coupé les câbles de l'ascenseur ? se demanda confusément Laurel.

Elle était tétanisée. Le corps de Matt — ferme, énergique — se plaqua contre le sien. Aussitôt, son esprit se vida. Malgré la décharge électrique qui la secoua, elle resta clouée sur place. Elle sentait toujours sur sa bouche le souffle chaud de Matt, mais comme dans un rêve. Puis ce fut sa langue, qui dessina lentement le contour de ses lèvres avant de s'insinuer entre elles pour effleurer le bout de sa propre langue. Malgré elle, Laurel laissa échapper un soupir de volupté.

Ce signal presque inaudible de capitulation faillit faire perdre son sang-froid à Matt. Si seulement elle s'était débattue et l'avait repoussé en l'abreuvant d'injures ! Cela aurait été tellement plus facile pour lui… Il était suffisamment irrité contre elle pour en rester là. Mais il ne s'attendait pas du tout qu'elle se soumette aussi facilement. Pas elle. En lui, la colère laissa soudain place à un sentiment de puissance grisant, puis à un désir irrépressible. Peut-être ne s'abandonnerait-elle plus jamais ainsi, se dit-il en mordillant doucement sa lèvre inférieure.

Bon sang, comme il avait envie de faire glisser ce petit corsage impeccable sur ses épaules et de promener ses mains avec lenteur, une infinie lenteur, sur chaque parcelle de son corps… Cette peau veloutée, pâle comme un magnolia, douce comme l'eau de pluie, le rendait fou depuis des mois. C'était le moment ou jamais de s'en délecter, songea-t-il tout en continuant de mordiller la lèvre de Laurel. Il serait si facile de la prendre là, sur le plancher de l'ascenseur, avant qu'ils recouvrent l'un et l'autre leur sang-froid. Ce serait fou, merveilleusement fou ! Elle était toujours figée contre lui, mais la passion qui couvait en elle ne demandait qu'à se déchaîner. C'était évident. Toutefois, il avait prévu une autre stratégie pour séduire Laurel Armand…

En prenant soin de ne pas poser les mains sur elle, il s'écarta en feignant la désinvolture. Pendant cette parenthèse électrisée, elle n'avait pas détaché une seule seconde son regard du sien…

Esquissant un sourire, Matt appuya sur le bouton du rez-de-chaussée. L'ascenseur se remit en route avec une légère secousse.

— Dommage que nous manquions de temps, dit-il en prenant un air dégagé.

Il promena autour de lui un regard ironique avant d'ajouter :

— Et d'espace.

Peu à peu, la brume qui obscurcissait l'esprit de Laurel se dissipa. Elle retrouvait sa lucidité. Les joues écarlates et les yeux étincelants de colère, elle se mit à l'insulter copieusement.

Il fallait reconnaître qu'elle y mettait tout son cœur, songea Matt, admiratif.

— Sais-tu que tu ne prononces plus du tout les « r » quand tu es en colère ? demanda-t-il d'un ton affable. Allons, faisons une trêve, Laurel.

Il leva la main, alors qu'elle reprenait son souffle pour l'agonir de nouveau d'injures.

— Sois au moins professionnelle, jusqu'à la fin de cette mission. Nous pourrons reprendre les hostilités en privé quand nous aurons terminé notre enquête.

Ravalant une réplique cinglante, Laurel serra les dents, tandis que l'ascenseur arrivait à destination. S'ils montraient qu'ils étaient à couteaux tirés, cela risquait d'effrayer Susan Fisher…

— Une trêve *armée*, concéda-t-elle en sortant de la cabine. Recommence ce que tu viens de faire et tu y laisseras des dents.

Matt passa ostensiblement la langue sur ses incisives.

— Ça me paraît raisonnable.

A contrecœur, Laurel serra la main qu'il lui tendait.

— Il semble bien que je vais t'inviter à déjeuner, finalement, ironisa-t-il.

— Tu parles, cela va passer en note de frais !

Avec un large sourire, il lui prit le bras et l'entraîna à travers le hall.

— Cesse de ronchonner, Laurellie. C'est notre premier rendez-vous.

Elle releva le menton avec un grognement de dédain, mais ne retira pas son bras.

Chapitre 3

Ayant eu maintes fois l'occasion de constater que les gens se confiaient plus volontiers dans le brouhaha, Matt avait choisi un restaurant animé du quartier français. Quand Laurel l'avait présenté à Susan Fisher, il avait senti que si celle-ci avait toute confiance en sa coéquipière, elle réservait son jugement à son égard. Il avait donc décidé de laisser Laurel parler dans un premier temps.

Arborant un air bienveillant, il étudiait avec soin chaque parole et chaque geste de Susan. De toute évidence, la mort de sa sœur avait anéanti la jeune femme, mais elle faisait des efforts louables pour tenter de reprendre le dessus. A en juger par le tremblement de ses mains, il lui faudrait du temps pour atteindre cet objectif. Son courage était d'autant plus admirable, pensa-t-il. Elle était manifestement déterminée à aller jusqu'au bout de la tâche qu'elle s'était fixée : faire la lumière sur les circonstances du décès de sa sœur.

Matt jeta un coup d'œil à Laurel et réprima un sourire. Elle était du genre à recueillir tous les chiens errants. Mais s'il se permettait de le lui faire remarquer, il se ferait proprement remettre à sa place, il le savait. Elle ne voulait pas être considérée comme une âme sensible. Surtout par lui. Pour elle, ils étaient collègues, ou plus exactement concurrents. Il avait toujours apprécié cette relation d'égal à égale. Mais après l'intermède de l'ascenseur, il y avait peu de chances qu'elle oublie qu'il était aussi et surtout un homme. De toute façon, il avait bien l'intention de le lui rappeler à la première occasion…

Tout en resservant du café à Susan, il fit un signe discret à Laurel. Le moment était arrivé pour lui de prendre le relais. Elle eut un léger haussement d'épaules. Parfait. De toute évidence, elle avait décidé de respecter la trêve.

— Susan, votre sœur est morte il y a un mois, déclara-t-il d'une voix douce en scrutant le visage de son interlocutrice. Pourquoi avez-vous attendu aussi longtemps avant d'exprimer vos doutes ?

La jeune femme baissa les yeux sur son assiette, qu'elle avait à peine touchée. Par-dessus sa tête, Laurel adressa à Matt un regard agacé. Il pouvait presque entendre sa question : « Qu'est-ce qui te prend ? » Mais elle connaissait son métier et ils formaient déjà une équipe sans avoir eu besoin de préciser leurs rôles respectifs : il interrogeait, elle rassurait.

Laurel posa la main sur le bras de la jeune femme.

— Susan, nous cherchons seulement à vous aider.

— Je sais.

Elle posa sa fourchette et leva la tête. Son regard glissa sur Matt avant de s'arrêter sur Laurel.

— Ce n'est pas facile à reconnaître, mais j'ai très mal réagi à la mort d'Anne. Pour être tout à fait franche, j'ai complètement perdu pied. J'ai cessé de répondre au téléphone. Je me suis terrée chez moi. J'ai perdu mon emploi.

Susan pinça les lèvres. Lorsqu'elle reprit la parole, Matt et Laurel durent tendre l'oreille pour l'entendre dans le vacarme ambiant.

— Le pire, c'est que je ne suis même pas allée à l'enterrement. Je suppose que je refusais d'affronter la réalité. J'étais sa seule famille et je n'étais pas là…

— Ce n'est pas grave. Non, vraiment, insista Laurel alors que Susan ouvrait la bouche pour protester. Vous l'aimiez. Et en définitive, la seule chose qui compte, c'est ça.

Laurel jeta un coup d'œil furtif à Matt, dont le regard était fixé sur elle. L'espace d'un instant, elle oublia Susan, la mort d'Anne Trulane, le bruit qui régnait dans la salle de restaurant et les odeurs appétissantes qui flottaient dans l'air. C'était étrange. Elle s'attendait à voir briller dans ses yeux une lueur ironique. Mais, curieusement, elle n'y lisait que de la bienveillance, ainsi qu'une question à laquelle elle ne savait pas comment répondre. Sans un mot, Matt prit sa main et la porta à ses lèvres avant de la relâcher.

« Oh, non ! » songea Laurel, prise de panique. Pas lui ! Ce n'était pas seulement impossible, c'était ridicule ! Hébétée, elle prit sa tasse de café. Mais, aussitôt, elle la reposa. Allons bon, ses mains tremblaient… Le regard énigmatique de Matt avait eu sur elle un effet bien plus redoutable que l'ébauche de baiser qu'il lui avait donnée dans l'ascenseur. Comme lui parvenant de très loin, la voix de Susan se fit soudain entendre, et Laurel s'efforça de se concentrer sur les paroles de la jeune femme.

— C'est la semaine dernière que le déclic s'est produit. L'effet du choc devait commencer à s'estomper et je me suis souvenue des lettres. Ça ne collait pas.

Susan fixa Matt comme pour exiger qu'il la croie.

— Chaque fois qu'elle mentionnait le marécage dans ses lettres, c'était pour dire qu'il lui inspirait une profonde répugnance. Par ailleurs, l'obscurité la terrifiait depuis l'enfance. Il est donc impossible qu'elle se soit rendue seule en pleine nuit dans un lieu qui lui faisait doublement peur. Quelqu'un l'y a emmenée, monsieur Bates. Quelqu'un l'a poussée à y aller.

— Pourquoi quelqu'un aurait-il voulu tuer votre sœur ? demanda Matt.

— Je ne sais pas.

Susan crispa les doigts sur le bord de la table, retenant visiblement ses larmes à grand-peine.

— Je n'en ai pas la moindre idée.

— J'ai couvert l'enquête de police pour le journal.

Matt alluma une cigarette. Il n'avait pas envie de se montrer trop brutal avec Susan, mais si elle devait se rétracter, il valait mieux qu'elle le fasse maintenant, avant qu'ils ne commencent à enquêter.

— Votre sœur était ici depuis moins d'un an et ne connaissait pratiquement personne. Son mari et elle sortaient très peu. D'après les domestiques, elle était très amoureuse de lui et ils ne se querellaient jamais. On peut donc exclure les mobiles courants : jalousie, cupidité. En voyez-vous d'autres ?

Susan tourna vers Laurel un regard découragé.

— Je n'aurais pas dû venir.

— Procédons par étapes, suggéra Laurel d'un ton apaisant. Avez-vous apporté les lettres de votre sœur ?

— Oui. Elles sont à l'hôtel.

Matt écrasa sa cigarette.

— Allons y jeter un coup d'œil.

Alors qu'ils traversaient la salle de restaurant et que Susan était hors de portée de voix, Laurel murmura à l'oreille de Matt :

— Elle n'est peut-être plus sous le choc, mais elle reste fragile. Cependant, j'ai l'impression que ses soupçons sont fondés.

— Tu te fies trop à tes impressions, Laurel.

— Que veux-tu dire ?

— Il faut s'en tenir aux faits. Si tu joues au bon Samaritain, tu vas embrouiller les choses.

— J'aurais dû m'en douter, marmonna-t-elle entre ses dents. Dire que tout à l'heure, j'ai cru apercevoir l'espace d'un instant une petite lueur de sensibilité dans tes yeux.

Il eut un large sourire.

— Je regorge de sensibilité. Nous pourrons en reparler plus tard, devant un verre.

— Jamais !

Laurel rejoignit Susan d'un pas vif, puis ignora ostensiblement Matt pendant le trajet en taxi jusqu'à l'hôtel.

Ce dernier était aussi sinistre que le quartier dans lequel il était situé. La condensation gouttait des balcons rouillés et la peinture de la façade s'écaillait, recouverte d'une épaisse couche de crasse mêlée d'humidité, qui fondait les couleurs du bâtiment en une seule. Gris sale.

Les ruelles étroites à la chaussée défoncée étaient sombres et froides. C'était le genre de quartier dans lequel on évitait de s'aventurer la nuit, songea Laurel. Ou qu'on traversait le plus vite possible en jetant des coups d'œil furtifs par-dessus son épaule. D'une fenêtre ouverte de l'autre côté de la rue parvenaient les cris d'une dispute, qui couvraient en partie la musique d'un disque de jazz qui craquait. Un chat squelettique installé sous la véranda émit un crachement hostile quand Susan ouvrit la porte.

Voyant Laurel contourner l'animal avec circonspection, la jeune femme eut une moue contrite.

— Cet endroit a une atmosphère… très particulière.

Promenant son regard sur le hall sombre, Matt lui adressa un sourire complice.

— Vous auriez dû voir l'appartement dans lequel j'habitais à New York quand j'étais jeune.

Le visage de Susan se rasséréna.

— Il a l'avantage de ne pas être cher, fit-elle valoir en se dirigeant vers l'escalier.

Laurel les suivit en fixant le dos de Matt avec perplexité. Une fois de plus, il venait de prouver qu'il n'était pas totalement insensible. Etonnant. Quant à cette allusion désinvolte à sa jeunesse, il fallait bien reconnaître qu'elle piquait sa curiosité. Qui était-il à l'époque ? Comment vivait-il ? A vrai dire, elle avait toujours soigneusement évité de se poser ce genre de questions.

L'endroit était si désert, si calme, que le bruit de leurs pas résonnait sur les marches dépourvues de tapis. Peinture écaillée et graffitis. Laurel étudia le profil de Susan, tandis que celle-ci déverrouillait sa porte. Elle allait la sortir de cet hôtel sordide, se promit-elle. Dès cet après-midi. Surprenant le regard narquois de Matt, elle le foudroya du regard.

— Tu cours après une autre médaille, Laurellie ? murmura-t-il.

— La ferme, Matthew Bates.

Elle pénétra dans la chambre exiguë et sombre de Susan. Meublée d'un lit étroit et d'une commode au bois éraflé, celle-ci n'avait aucun charme.

— C'est bizarre, je suis certaine d'avoir laissé les stores levés, déclara Susan avant de traverser la pièce et de tirer sur le cordon.

Les stores grisâtres remontèrent avec un bruit sec et le soleil se déversa dans la chambre. Puis elle appuya sur un commutateur, et le ventilateur du plafond se mit en marche dans un grincement, brassant l'air chaud.

— Je vous apporte les lettres, dit-elle.

Laurel s'assit au bord du lit.

— De quel quartier de New York es-tu ? demanda-t-elle à Matt.

— Son nom ne te dirait rien.

Il s'assit à côté d'elle avec une moue de dérision.

— T'es-tu déjà aventurée dans le Nord, Laurellie ?

— Je suis allée plusieurs fois à New York, répliqua-t-elle sèchement.

Le sourire moqueur de Matt accrut son exaspération.

— Deux fois, rectifia-t-elle à contrecœur.

— Laisse-moi deviner. L'Empire State Building, Ellis Island, le siège des Nations unies, le thé au Plaza et un show à Broadway.

— Tu adores prendre cet air supérieur avec moi, n'est-ce pas ?

Du bout des doigts, il effleura la joue de Laurel.

— Oui.

— Savais-tu qu'avec le temps, tu devenais de plus en plus insupportable ?

— Fais attention. Je suis très sensible aux compliments.

Matt prit la main de Laurel et pressa ses lèvres au creux de sa paume. A sa grande joie, la confusion remplaça l'agacement dans les yeux émeraude de la jeune femme.

Derrière eux, Susan ouvrait et refermait frénétiquement les tiroirs de la commode, sans qu'ils y prêtent attention. Enfin, elle jeta des vêtements par terre et fixa le tiroir vide.

— Elles ne sont plus là ! s'écria-t-elle. Elles ont disparu ! Toutes !

S'efforçant de reprendre ses esprits, Laurel se tourna vers elle.

— Que se passe-t-il ?

— Les lettres… Toutes les lettres d'Anne ont disparu !

Se levant d'un bond, Laurel se mit à fouiller dans les vêtements éparpillés sur le sol.

— Vous les avez peut-être rangées ailleurs.

— Non ! Il n'y a aucun autre endroit où j'aurais pu les ranger ! cria Susan, manifestement au bord de la crise de nerfs. Je les ai toutes mises dans ce tiroir. Il y en avait douze.

— Etes-vous bien certaine de les avoir apportées ? demanda Matt avec une moue dubitative.

Prenant une profonde inspiration, Susan se tourna vers lui.

— Absolument certaine. Quand j'ai défait ma valise, je les ai mises dans ce tiroir. Elles y étaient quand je me suis habillée ce matin.

Les mains de la jeune femme tremblaient, mais elle le regardait droit dans les yeux sans ciller, nota Matt.

— Très bien. Je vais voir le réceptionniste.

Après son départ, Susan baissa les yeux sur le corsage roulé en boule qu'elle tenait à la main.

— Quelqu'un est venu dans cette chambre, dit-elle d'une voix tremblante. Je le sais.

Laurel jeta un coup d'œil au store que Susan venait de relever.

— Vous manque-t-il autre chose ?

— Non.

Avec un soupir, Susan laissa tomber le corsage par terre.

— Il n'y a rien à voler ici. Je suppose qu'ils s'en sont vite aperçus. Mais pourquoi ont-ils emporté les lettres d'Anne ? Ça n'a aucun sens…

— Matthew et moi, nous allons nous efforcer d'éclaircir ce point.

A peine eut-elle prononcé ces mots que Laurel se réprimanda intérieurement. Pourquoi faire comme si Matt et elle formaient une équipe soudée ? Elle se pencha pour ramasser les vêtements de Susan.

— Savez-vous taper à la machine ?

Susan la fixa d'un air hébété.

— Oui… Je travaille… Je travaillais comme assistante dans un cabinet médical.

— Parfait. Où se trouve votre valise ? demanda Laurel en pliant les vêtements sur le lit.

— Dans le placard, mais…

— J'ai un logement à vous proposer, ainsi qu'un emploi… si l'on peut dire. Oh, c'est ravissant ! s'exclama-t-elle en secouant le corsage que Susan avait chiffonné.

— Un emploi ? Je ne comprends pas.

— Ma grand-mère vit en dehors de la ville. Depuis que mon frère et moi avons quitté la maison, elle se sent un peu seule.

Ce mensonge avait échappé à Laurel avant qu'elle ait eu le temps de le préméditer.

— Mais… je ne peux pas accepter…, protesta Susan.

— Si vous y tenez vraiment, vous pourrez payer un loyer. Vous savez, grand-mère menace depuis longtemps d'écrire ses mémoires et je commence à être à court d'excuses pour refuser de les taper. Vous verrez, vous ne vous ennuierez pas. Elle a quatre-vingt-deux ans et n'a renoncé aux hommes qu'à… Elle n'y a jamais renoncé, à vrai dire ! Si je n'étais pas accaparée par mon travail, je m'en chargerais volontiers, mais je n'ai vraiment pas le temps. Vous me rendriez un immense service.

— Pourquoi faites-vous cela pour moi ? demanda Susan. Vous ne me connaissez pas.

— Parce que vous avez des problèmes et que je suis en mesure de vous aider.

— C'est aussi simple que ça ?

— Pourquoi devrait-ce être compliqué de venir en aide aux autres ? Allez, faites votre valise pendant que je vais voir où en est Matt, ajouta Laurel pour couper court à la discussion.

Une fois dans le couloir, elle vit Matt revenir.

— Alors ? demanda-t-elle en refermant la porte de la chambre derrière elle.

— Le réceptionniste n'a vu personne.

Matt s'appuya contre le mur et alluma une cigarette.

— Mais il est vrai qu'il préfère jouer au solitaire dans l'arrière-salle plutôt que surveiller la réception.

Il souffla la fumée vers le plafond.

— J'ai parlé à la femme de chambre. Elle n'a pas baissé le store.

— Donc quelqu'un est entré dans la chambre.

— Peut-être.

Laurel ignora ce commentaire dubitatif.

— Susan pense que c'est un simple cambriolage. Dans l'état où elle se trouve, c'est aussi bien.

— Tu la maternes.

Elle le fusilla du regard.

— Pas du tout. Il sera beaucoup plus facile de démêler cette affaire si elle ne se met pas en tête que quelqu'un tente délibérément de l'en empêcher.

— Pour l'instant, elle n'a aucune raison de le penser. Que fait-elle ?

— Sa valise.

Matt approuva d'un hochement de tête. Rester dans cet hôtel ne lui semblait en effet guère prudent.

— Où va-t-elle ?

Laurel releva le menton.

— Chez ma grand-mère.

Sans parvenir à réprimer tout à fait un sourire moqueur, Matt fixa le bout de sa cigarette.

— Je vois.

— Tu ne vois rien du tout. Et ne me dis pas que j'en fais trop, sinon…

— D'accord.

Il écrasa son mégot sur le sol poussiéreux.

— Je ne dirai pas non plus que tu es vraiment quelqu'un de bien. Je vais chercher un taxi.

Il s'éloigna, laissant Laurel bouche bée.

Juste au moment où elle pensait avoir compris comment il fonctionnait, il la prenait à contre-pied, se dit-elle avec perplexité, tandis que l'écho des pas de Matt résonnait dans l'escalier. Si elle ne faisait pas attention — très attention —, elle allait finir par éprouver de la sympathie pour lui… Troublée par cette pensée, Laurel rentra dans la chambre pour aider Susan à terminer sa valise.

Moins de dix minutes plus tard, elle se trouvait à l'arrière d'un taxi en compagnie de Matt et se retournait régulièrement pour surveiller derrière eux le taxi qui devait conduire Susan chez sa grand-mère.

— Cesse de t'inquiéter pour elle, ordonna Matt. Olivia va la distraire de ses problèmes.

— Je n'en doute pas. Mais je commence sérieusement à croire qu'Anne Trulane n'est pas allée seule dans le marécage.

— Tenons-nous-en aux faits. D'abord, le mobile.

D'un air distrait, Matt prit une mèche des cheveux de Laurel et l'enroula autour de son doigt. Cette habitude qu'il avait prise récemment lui plaisait assez…

— Je n'en vois aucun, poursuivit-il. On n'attire pas une femme dans un marécage en pleine nuit sans raisons.

— Il y en a forcément une.

— Pas de sévices sexuels, murmura Matt comme s'il se parlait à lui-même. Pas de fortune personnelle. Et de toute façon, elle n'aurait pu avoir pour héritiers que Susan ou son mari. Ce dernier a une sœur, mais je ne vois pas en quoi elle pourrait bénéficier de la mort de sa belle-sœur.

— Louis et Marion Trulane sont bien les dernières personnes que je soupçonnerais de meurtre ! Par ailleurs, il existe d'autres mobiles que le sexe ou l'argent.

Sans cesser de jouer avec les cheveux de Laurel, Matt arqua les sourcils.

— Exact, mais ce sont les plus courants. La plupart des gens aiment les deux.

— Tout le monde n'est pas aussi primaire que toi, Matthew. Mais si on s'en tient à ton raisonnement, il y a également la jalousie. Louis est riche et séduisant. Quelqu'un a peut-être eu envie de prendre la place d'Anne.

Quelque chose d'étrange dans la voix de Laurel éveilla soudain la curiosité de Matt. Et lui déplut.

— Tu le connais bien ?

— Louis ?

Un sourire se dessina sur les lèvres de Laurel. Le genre de sourire attendri auquel il n'avait jamais eu droit, songea Matt avec dépit.

— Aussi bien que n'importe qui, je suppose, répondit-elle. Du moins autrefois. C'est lui qui m'a appris à monter à cheval quand j'étais enfant. Il me laissait le suivre partout quand j'avais dix ans et lui… vingt et un ou vingt-deux. Il était très beau… et très patient avec la petite fille que j'étais, follement amoureuse de lui.

Constatant que ses doigts se crispaient dangereusement sur les cheveux de Laurel, Matt les lâcha.

— Tu t'en es remise, je suppose, commenta-t-il d'un ton sarcastique.

L'air perplexe, Laurel se tourna vers lui.

— N'as-tu jamais été amoureux ?

Envahi par un trouble profond, Matt l'étudia avec circonspection. Son regard était d'une douceur infinie. Tout comme ses lèvres et sa peau. S'ils avaient été seuls, au lieu de répondre à sa question, il aurait peut-être choisi de céder au désir impérieux de capturer sa bouche.

— Non, finit-il par répondre d'un ton neutre.

— Même quand on n'est plus amoureux, on conserve une grande tendresse pour la personne qui a inspiré ce sentiment très doux.

Avec un petit soupir, Laurel se laissa aller contre le dossier de la banquette. Il y avait bien longtemps qu'elle ne s'était pas autorisée à se remémorer des souvenirs à la fois si exquis et si douloureux. A l'époque, elle n'était qu'une enfant et croyait aux contes de fées.

— Louis comptait beaucoup pour moi. Je rêvais d'un beau chevalier et je pense qu'il était assez compréhensif pour ne pas se moquer de moi. Et quand il s'est marié…

Elle eut un geste d'impuissance.

— Ça m'a brisé le cœur. As-tu entendu parler de sa première femme ?

Matt regardait les mains de Laurel sur ses genoux. Fines, gracieuses. Un vernis corail très pâle recouvrait ses ongles et une émeraude sertie dans une monture ancienne finement ciselée ornait son doigt. Un bijou qu'elle avait hérité de ses ancêtres, sans aucun doute. Laurel avait des biens de famille et une ascendance prestigieuse… et aussi des souvenirs de leçons d'équitation en compagnie d'un jeune homme qui avait la prestance d'un chevalier.

— Vaguement, répondit-il d'un ton crispé alors que le taxi s'arrêtait le long du trottoir. Tu m'en parleras plus tard.

Laurel descendit de voiture, puis lissa soigneusement sa jupe.

— Ça ressemble dangereusement à un ordre, Matthew. Puisque Don n'a pas précisé les règles du jeu, peut-être devrions-nous le faire nous-mêmes.

— D'accord.

Pourquoi en voulait-il soudain à la Terre entière ? se demanda Matt avec perplexité.

— Les enquêtes de ce genre, c'est mon rayon, déclara-t-il d'un ton rogue.

Serrant les dents, Laurel s'efforça de réprimer un mouvement d'humeur.

— Mais c'est mon article.

— Si tu veux avoir quelque chose à écrire, il faudra t'en remettre à moi dans certains domaines. Depuis quand n'as-tu pas affronté la machine administrative ? demanda-t-il en indiquant le commissariat derrière eux.

— Qu'est-ce que tu crois ? J'ai déjà eu affaire à l'administration, figure-toi.

— Pas celle-ci, dit-il en la prenant par le bras.

— Une minute.

Elle dégagea son bras et se planta face à lui.

— Il faut que tu comprennes une chose. Je suis obligée de faire équipe avec toi pour cet article, mais ce qui est prévu, c'est justement que je travaille *avec* toi et non *pour* toi. Nous sommes coéquipiers. Même si j'ai du mal à m'y faire.

Il eut un sourire amusé.

— Ça sonne bien, approuva-t-il en lui prenant la main. Coéquipiers. Ça pourrait devenir une habitude.

— Aucun danger. Et veux-tu bien arrêter de me toucher sans arrêt, s'il te plaît ?

— Non, répliqua-t-il d'un ton affable en l'entraînant dans l'escalier qui conduisait à l'entrée du commissariat.

A l'intérieur, c'était un tumulte de voix qui semblaient rebondir sur les murs. Des voix hargneuses, des voix insolentes, des voix furieuses. Une odeur de renfermé, d'humidité et d'humanité crasseuse prenait à la gorge. Sueur, café, cigarettes, alcool. Les membres de gangs rivaux étaient adossés à un mur et s'épiaient les uns les autres avec animosité. Recroquevillée sur une chaise, une femme au visage tuméfié parlait à mi-voix à un policier visiblement stressé, qui tapait sa déposition avec deux doigts en hochant la tête. Une jeune fille en short moulant faisait des bulles avec son chewing-gum d'un air las.

Matt était habitué à ce genre de spectacle — et il avait déjà vu pire… Après avoir jeté un rapide coup d'œil autour de lui, il se fraya un chemin parmi les bureaux, dans l'indifférence générale. Policiers, victimes, présumés coupables, personne ne lui prêta attention et il ne prêta attention à personne.

Une petite brune très mince vêtue d'un uniforme défraîchi cala le combiné de son téléphone sur son épaule et leva la main pour le saluer.

Il se percha sur le coin de son bureau. Laurel resta debout à côté de lui, observant deux vieillards qu'on séparait pour les empêcher d'en venir aux mains.

— Eh bien, Matt, qu'est-ce qui t'amène au paradis ?

La brune avait raccroché et adressait à Matt un sourire étincelant.

— Comment vas-tu, brigadier ? s'enquit-il en lui rendant son sourire.

La jeune femme se renversa contre son dossier et le regarda d'un air entendu.

— Je n'ai pas changé de numéro de téléphone. Ni ici… ni chez moi.

— Nous sommes tous les deux très occupés, n'est-ce pas ? Tu es allée au *Nugget* récemment ?

Elle prit un stylo et se tapota les lèvres avec.

— Pas depuis le mois dernier. Tu veux m'inviter à boire un verre ?

— Tu lis dans mes pensées. Mais j'ai d'abord un petit service à te demander.

Avec un rire désabusé, le brigadier laissa tomber son stylo sur un bloc couvert de noms et de numéros de téléphone griffonnés à la hâte.

— Bien sûr… Que veux-tu, Matt ?

— Jeter un rapide coup d'œil sur un dossier. Une affaire classée. Je vais peut-être écrire une suite à un ancien article.

Elle plissa les paupières.

— Quel dossier ?

— Anne Trulane.

— Affaire délicate.

La femme jeta un coup d'œil à Laurel.

— Laurel Armand… Brigadier Carolyn Baker, déclara Matt. Laurel et moi, nous travaillons ensemble. C'est une vieille amie des Trulane. Nous envisageons d'écrire un article un peu plus fouillé sur cette disparition. L'affaire est classée, et de toute façon, j'en avais assuré la couverture du début à la fin.

— Donc tu as déjà eu connaissance du rapport.

— Justement, il n'y a pas de mal à ce que j'y jette un nouveau coup d'œil.

Il eut un sourire enjôleur.

— Tu sais que je joue franc-jeu, Carolyn. Pas question de publier des informations confidentielles ni de faire la moindre allusion risquant de nuire à une enquête.

— C'est vrai, tu as toujours été honnête.

Le regard que Carolyn promenait sur Matt semblait renvoyer à des souvenirs plus personnels que professionnels, songea Laurel.

— Après tout, les informations concernant l'affaire ont déjà été rendues publiques, ajouta la jeune femme en haussant les épaules.

Puis elle se leva et disparut dans une autre pièce. A proximité, les deux vieillards continuaient de s'insulter.

— Tu travailles toujours de cette façon, Matt ?

Il se tourna vers Laurel avec un sourire innocent.

— De quelle façon ?

Comme elle restait silencieuse, son sourire s'élargit.

— Jalouse ? Pourtant, tu tiens mon cœur entre tes mains.

— Je préférerais l'avoir sous les pieds.

— Cruelle…

Matt se leva du bureau en voyant Carolyn revenir.

— Vous pouvez consulter le dossier, dit-elle. Allez dans la première cellule. Elle est vide.

La jeune femme promena son regard autour d'elle avant d'ajouter d'un ton pince-sans-rire :

— Pour l'instant.

Elle présenta un registre à Matt.

— Signe.

— Je te revaudrai ça, brigadier.

— J'espère bien !

En riant, Matt se dirigea vers la cellule. Une femme intéressante, ce brigadier Baker. C'était curieux, ce n'était pourtant jamais elle qui hantait ses pensées… Ni elle ni aucune des autres femmes… intéressantes de sa connaissance. Non, la femme qui hantait ses pensées, c'était toujours la même…

Il referma la porte de la cellule, étouffant le vacarme qui régnait dans la salle.

— Charmant décor, marmonna Laurel en inspectant les murs gris et le linoléum miteux.

— Si tu préfères les bureaux bien propres et les cols blancs, il faut te cantonner à l'hôtel de ville.

Ils s'assirent sur un banc. Matt ouvrit le dossier et le feuilleta.

Il semblait parfaitement à l'aise dans cet environnement, songea Laurel avec un respect mêlé d'envie. Sous ses dehors désinvoltes, il y avait chez lui une certaine violence qu'elle avait seulement entr'aperçue, et de façon très brève. Dans l'ascenseur. Oui, dans l'ascenseur, il lui avait montré la facette dure et sauvage de sa personnalité. Ainsi qu'autre chose… Mais elle n'avait aucune envie de penser à ça pour l'instant.

En tout cas, il était plus complexe qu'elle n'avait voulu le croire. Jusqu'ici, elle avait préféré le considérer comme un homme superficiel parce que c'était moins déstabilisant. Mais à le voir là, parfaitement serein dans cette pièce sinistre, on ne pouvait s'empêcher de se demander quelles expériences pénibles il avait pu vivre. Il côtoyait quotidiennement le crime et la misère, et pourtant, il ne semblait pas en souffrir. Comment fonctionnait Matthew Bates ? Et pourquoi était-elle tout à coup déterminée à trouver la réponse à cette question ?

— Pas grand-chose là-dedans, marmonna-t-il. Rapport d'autopsie… Pas de sévices sexuels.

Contusions, lacérations attribuées à la marche de la victime à travers le marécage. Morsure de vipère cuivrée au mollet gauche. Cause de la mort : morsure de serpent et complications dues au froid. Heure de la mort : entre minuit et 4 heures.

Il tendit le rapport d'autopsie à Laurel avant de poursuivre avec le rapport d'enquête.

— Trulane travaillait tard dans son bureau. Selon ses dires, il croyait sa femme à l'étage, dans leur chambre. Quand il est monté vers 2 heures, il a trouvé le lit vide. Il l'a alors cherchée dans les autres pièces, puis il a réveillé sa sœur et les domestiques pour fouiller toute la maison et le jardin.

Matt prit distraitement son paquet de cigarettes, s'aperçut qu'il était vide et jura à voix basse.

— Aucun des vêtements d'Anne Trulane ne manquait dans sa penderie et toutes les voitures étaient là. Il a téléphoné au commissariat à 2 h 57.

Matt jeta un coup d'œil à Laurel.

— Presque une heure.

Elle sentit ses paumes devenir moites.

— C'est une grande maison, fit-elle valoir. C'est normal qu'il n'ait pas appelé la police avant d'être sûr d'avoir besoin d'elle.

Matt hocha légèrement la tête avant de poursuivre.

— La police est arrivée à 3 h 15. La maison a été de nouveau fouillée entièrement, les domestiques interrogés… Finalement, le corps d'Anne Trulane a été découvert vers 6 heures, dans la section sud-est du marécage.

Il y était… Matt se remémora alors la lumière

blafarde, les miasmes fétides, l'atmosphère déplaisante des marais avant même la découverte du cadavre…

— Personne n'a pu expliquer pourquoi elle était venue jusque-là. Selon Marion Trulane, la belle-sœur, Anne avait le marécage en horreur. Ce qui concorde avec les déclarations de Susan… Trulane a maintenu qu'il avait travaillé tard, en refusant de donner plus de précisions.

— T'est-il déjà arrivé de trouver ta femme morte dans un marécage alors que tu la croyais endormie dans son lit ? demanda Laurel en prenant le rapport des mains de Matt. Il devait être bouleversé.

Ignorant son ton cinglant, Matt poursuivit.

— Les enquêteurs ont conclu à l'accident. Anne s'est rendue dans le marécage — peut-être pour affronter sa peur —, elle s'est perdue, a été mordue par un serpent et a erré un moment avant de perdre connaissance.

Il jeta un coup d'œil à Laurel. Elle lisait le rapport, les sourcils froncés.

— Es-tu restée en assez bons termes avec les Trulane pour qu'ils nous ouvrent leur porte et répondent à nos questions ?

— Mmm ? Oh, oui ! je pense qu'ils accepteront de me parler. Et à toi aussi, si tu déploies un peu de ton charme.

Il eut un sourire narquois.

— Je ne pensais pas que tu avais remarqué.

— J'ai remarqué que tu pouvais en user avec succès quand tu le voulais. C'est un peu hypocrite à mon goût, mais il faut reconnaître que c'est très efficace.

— Je t'en prie, Laurellie ! Les compliments m'ont toujours terriblement embarrassé…

Laurel fit mine de l'ignorer et posa la feuille qu'elle venait de lire sur la table.

— Louis n'a pas eu une vie facile, expliqua-t-elle. Il s'est renfermé sur lui-même depuis l'échec de son premier mariage, mais je pense qu'il acceptera de me parler.

Matt écrasa dans sa main son paquet de cigarettes vide.

— Sa première femme s'est enfuie avec son frère ?

— Cela a été un choc terrible pour lui.

Tandis que Matt regardait le plafond, perdu dans ses pensées, Laurel prit la feuille suivante dans le dossier.

Un grand froid l'envahit soudain et son estomac se noua. Clouée sur place, elle était incapable de détourner la tête. Le cliché en noir et blanc était particulièrement atroce. Oh, Seigneur ! Elle avait déjà vu des morts, mais jamais dans cet état. Jamais…

Consternée, elle fut prise de nausée. Ce n'était pas réel… C'était une affreuse mise en scène. Une sinistre farce née d'un esprit malade…

— Depuis combien de temps… ?

Matt s'interrompit brusquement en voyant le visage livide de Laurel et son regard horrifié. En jurant, il lui arracha la photo des mains, puis il lui fit baisser la tête entre les genoux.

— Inspire profondément, conseilla-t-il en lui tenant la nuque.

Bon sang ! Quel idiot ! En entendant la respiration

haletante de Laurel, il se maudit encore plus. Comment avait-il pu être aussi stupide ?

— Doucement, murmura-t-il en lui massant la nuque.

— Ça va, affirma-t-elle d'une voix qui manquait de conviction.

Elle attendit encore un moment avant de se redresser. Matt passa un bras autour de ses épaules et elle se laissa aller contre lui.

— Je suis désolée. C'est stupide.

— Pas du tout. C'est ma faute, je n'aurais pas dû te laisser regarder ça.

Avec délicatesse, il écarta les cheveux de son visage.

— Je suppose que tu as l'habitude.

— Mon Dieu, j'espère bien que je ne m'y habituerai jamais !

Il la serra contre lui, si bien qu'elle se retrouva avec le visage enfoui dans son cou.

Comme elle se sentait en sécurité… Elle avait de moins en moins froid… Peu à peu, Laurel se détendit. Tandis qu'il lui caressait doucement les cheveux, elle se délectait de son odeur masculine, elle sentait battre son cœur. Lorsqu'il lui effleura l'oreille du bout des lèvres, elle ne protesta pas. C'était du réconfort qu'il lui offrait et elle le prenait comme tel. Ce n'était rien de plus, se dit-elle en se cramponnant à lui comme si sa vie en dépendait.

— Matthew…

— Mmm ?

— Ne sois pas trop gentil avec moi.

Les yeux fermés, le visage enfoui dans son cou, elle devina son sourire.

— Pourquoi ?

— Je te le demande, c'est tout.

Se sentant mieux, elle se redressa. Il était beaucoup trop tentant de rester blottie contre lui…

Il lui prit le menton.

— Tu es belle, murmura-t-il. Te l'ai-je déjà dit ?

Prudemment, Laurel s'écarta encore. « Prends-le à la légère, se dit-elle. Et repenses-y plus tard, à tête reposée. »

— Non.

Elle se leva avec un sourire qu'elle espérait désinvolte.

— Très belle, répéta-t-il. Même si ton menton est un petit peu trop pointu.

— C'est faux.

Machinalement, elle releva le menton.

— Surtout vu sous cet angle…

— J'ai des traits extrêmement harmonieux, déclara-t-elle fermement en prenant son sac.

Allons bon, ses mains tremblaient encore, constata-t-elle avec dépit. Il fallait absolument qu'elle sorte de cette cellule infâme ! Elle avait besoin d'air.

Matt lui tourna le dos pour remettre discrètement la photo dans le dossier et ferma ce dernier avant de se retourner vers Laurel.

— Sauf le menton, insista-t-il en la prenant par les épaules pour l'entraîner vers la sortie.

Laurel s'immobilisa, la main sur la poignée de la porte, et se laissa de nouveau aller contre Matt quelques secondes. Juste quelques secondes…

— Personne ne mérite de mourir de cette manière, murmura-t-elle.

Il la serra contre lui. Juste quelques secondes…

— Non, personne.

Chapitre 4

Il régnait dans le bar une pénombre et un calme agréables. Il était trop tôt pour la cohue du soir et trop tard pour les habitués de l'après-midi. Matt guida Laurel à l'intérieur, l'esprit toujours occupé par le dossier Anne Trulane. Non, personne ne méritait de mourir de cette manière. Mais la vie comme la mort ne respectaient pas toujours les règles du jeu. Il y avait bien longtemps qu'il avait appris à l'accepter.

Depuis qu'ils avaient quitté le commissariat, Matt était resté aussi silencieux que Laurel. Il réfléchissait, analysait. Rassemblait ses souvenirs…

Son téléphone avait sonné au petit matin. C'était son informateur au commissariat qui le prévenait de la disparition d'Anne Trulane. Il était arrivé au *Domaine du chêne* quelques instants après les policiers. La propriété était noyée dans une brume plus fine et plus désagréable que la pluie, et elle semblait écrasée par un silence épais. Il avait tout de suite senti que Louis Trulane n'avait fait appel à la police qu'à contrecœur. Ses réponses étaient sèches, son expression distante. Non, il n'avait pas l'air d'un mari inquiet, mais plutôt d'un homme dont la nuit était perturbée.

Sa sœur et les domestiques s'étaient rassemblés à

quelques pas derrière lui, comme dans un mouvement de défense, avant que les équipes de recherche ne se déploient dans le marécage. C'était un enchevêtrement de marais et de bayous plein d'ombres et de petits bruits mystérieux. Dès qu'il y avait pénétré, il avait ressenti une répulsion instinctive, se souvenait Matt. Il aurait nettement préféré fouiller les ruelles les plus mal famées de la ville plutôt que ce labyrinthe sombre et humide.

Alors que l'aube commençait à poindre, ils l'avaient trouvée. Trop tard. Recroquevillée sur le sol près d'une nappe d'eau stagnante. Brume, lumière blafarde, odeurs âcres. Matt avait entendu un oiseau, une alouette peut-être, qui chantait au loin. Et aussi des corbeaux.

Pâle, froid et silencieux, Louis Trulane était resté sans réaction. S'il avait éprouvé de la colère, du chagrin ou du désespoir, il les avait réprimés avec un sang-froid admirable. Sa sœur s'était évanouie, les domestiques s'étaient mis à pleurer, mais lui, il était resté…

— Je vais appeler Louis.

— Pardon ?

Arraché à ses souvenirs, Matt regarda Laurel, assise en face de lui.

— Je vais appeler Louis pour lui demander s'il veut bien nous recevoir.

Il déchira l'enveloppe d'un paquet de cigarettes neuf.

— D'accord.

Il la suivit des yeux alors qu'elle se frayait un chemin à travers les tables, vers le téléphone public situé dans un coin de la salle. Ce n'était pas facile pour elle, songea-t-il en frottant une allumette avec plus de vigueur que nécessaire. Elle était trop concernée, trop sensible. Quels que soient les sentiments qu'elle avait éprouvés pour Louis Trulane, ceux-ci étaient encore trop vivaces pour qu'elle puisse faire preuve d'objectivité à son sujet.

« Tu peux parler, se dit-il en soufflant la fumée de sa cigarette. Tu le détestes à cause de la façon dont Laurel prononce son nom. » Il poussa un soupir. Il était temps qu'ils se reprennent l'un et l'autre. La priorité, c'était l'article, et il était indispensable qu'ils s'en souviennent. Si les liens de Laurel avec les Trulane leur ouvraient la porte du *Domaine du chêne*, tant mieux. Il était dans la profession depuis trop longtemps pour avoir encore des illusions. Des gens comme les Trulane avaient le pouvoir de mettre des bâtons dans les roues aux journalistes. Au point que les approcher pouvait s'apparenter à traverser un champ de mines…

Cela ne l'empêcherait nullement d'obtenir les informations souhaitées, bien sûr. Cela demanderait juste plus de temps et d'investigations sur le terrain. D'une manière ou d'une autre, il parviendrait à ouvrir une brèche dans le mur de vénération qui entourait les Trulane.

Il vit Laurel revenir, les joues pâles et un reste de tristesse dans les yeux. Elle s'en remettrait, se dit-il fermement, tandis qu'en lui quelque chose semblait se déchirer. Elle serait bien obligée.

Il attendit qu'elle se glisse en face de lui dans le box.

— Alors ? demanda-t-il.

— Il nous attend demain à 10 heures.

Matt écrasa sa cigarette en s'exhortant à ne pas toucher Laurel.

— Ça ne semble pas t'enthousiasmer.

— J'ai fait pression sur lui au nom de notre vieille amitié.

Elle lui lança un regard à la fois las et plein de défi.

— Ça m'a énormément coûté.

— Tu dois accomplir ton devoir de journaliste, fit-il valoir sans pouvoir s'empêcher de lui prendre la main.

— Je sais. Je ne l'oublie pas.

Instinctivement, Laurel crispa les doigts autour des siens.

— Mais je ne suis pas obligée de le faire avec plaisir.

Il était trop tard pour reculer, se dit-elle. Elle en était incapable. Pas après avoir vu cette photo. Pas après avoir imaginé ce qu'aurait ressenti Susan Fisher si elle l'avait vue.

Laurel se tourna vers la serveuse, qui venait prendre la commande. Il fallait absolument qu'elle estompe le souvenir de cette image. C'était peut-être lâche, mais il le fallait.

— Un Martini, demanda-t-elle, prise d'une impulsion. Un Martini dry avec juste un soupçon de vermouth.

— Deux, s'il vous plaît. Ça n'aide que temporairement, Laurellie, ajouta Matt avec une moue de dérision.

— Pour l'instant, j'en ai besoin.

Posant les coudes sur la table, elle se pencha en avant.

— Matthew, je vais engloutir de grandes quantités d'alcool. Délibérément et sans chercher d'excuses. Toutefois, je te promets de bien me tenir. Naturellement, demain je regretterai d'avoir bu, mais je pense que ça me servira de leçon.

Il hocha la tête en souriant.

— Puisque je t'accompagne, je vais essayer de me montrer à la hauteur. Mais je dois te faire un aveu.

Il se pencha vers elle.

— Je me suis souvent imaginé que je te faisais boire dans l'intention de te séduire.

Elle rit pour la première fois depuis des heures.

— Il n'y a pas suffisamment de gin dans ce bar pour ça, Matthew.

— Nous en reparlerons dans quelques heures.

Se carrant dans son siège, il alluma une nouvelle cigarette.

— Si tu me parlais des Trulane ?

— Que veux-tu savoir ?

— Tout.

Avec un petit soupir, elle prit le verre que la serveuse venait de poser devant elle et but une gorgée.

— Mmm, c'est un vrai délice !

Matt trinqua avec elle.

— Alors, Laurellie, les Trulane ?

— D'accord… et ne m'appelle pas comme ça, s'il te plaît. Pour commencer, un peu d'histoire. Le *Domaine du chêne* a été construit au début du XIXe siècle, au milieu d'une immense plantation.

Aujourd'hui, les Trulane sont toujours les plus gros propriétaires terriens de cette région de Louisiane. En plus des terres, sur lesquelles ils cultivaient du coton et élevaient du bétail, ils possédaient des chantiers de construction navale. C'est grâce aux profits générés par cette dernière activité que la plantation est restée viable après la guerre. Aussi loin que remontent les souvenirs des gens du coin, les Trulane ont joué un rôle majeur dans le développement de La Nouvelle-Orléans, d'un point de vue social, financier et politique. Je suis certaine que grand-mère possède tout un répertoire d'anecdotes les concernant.

— Je n'en doute pas. Mais accélérons un peu le passage du temps. Venons-en au XXe siècle.

— Je tenais juste à te donner le contexte. Paul Trulane…

Laurel but une gorgée de Martini.

— Je t'écoute.

— Paul Trulane a hérité du *Domaine du chêne* immédiatement après son mariage. Il avait trois enfants. Marion, Louis et Charles.

Matt vit une lueur amusée s'allumer dans les yeux de la jeune femme.

— C'était un homme corpulent, avec une voix de stentor et une forte personnalité. Grand-mère l'aimait beaucoup. En fait, je me suis souvent demandé…

Elle haussa les épaules avec un petit sourire.

— Son épouse était très belle. C'était une femme très calme, très sereine. Marion lui ressemble beaucoup. Tante Ellen — je l'appelais comme ça — est morte quelques mois après ma mère. J'avais environ six ans… J'ai toujours eu tendance à les confondre dans mes souvenirs.

Elle termina son verre, sans remarquer que Matt commandait une autre tournée d'un signe de la main.

— En tout cas, après la mort de sa femme, Paul a rapidement décliné et Louis a pris la direction des affaires. Il était beaucoup trop jeune pour assumer de telles responsabilités, mais il n'avait pas le choix. Il devait avoir dix-huit ou dix-neuf ans à l'époque, et j'étais déjà en adoration devant lui. A mes yeux, c'était à la fois le prince charmant et Robin des Bois. Il était si gentil avec moi, toujours en train de rire et de plaisanter… C'est ce souvenir que j'aime garder de lui, murmura-t-elle, les yeux baissés sur son deuxième verre.

— Les choses changent.

Comment se battre contre un souvenir d'enfance ? se demanda Matt avec une soudaine frustration.

— Tu n'es plus une enfant.

Elle leva les yeux et soutint son regard.

— Non, mais je continue à voir Louis avec des yeux d'enfant.

— Parle-moi de Marion, demanda Matt en s'exhortant au calme.

— Elle a deux ans de plus que Louis et, comme je viens de le dire, elle ressemble beaucoup à sa mère. Quand j'étais petite, je la considérais comme ma bonne fée. Elle était toujours si belle, si raffinée…

Le souvenir d'une femme élégante et distinguée traversa l'esprit de Matt.

— Oui, j'ai remarqué.

— Elle est trop vieille pour toi, dit Laurel sans réfléchir.

Il éclata de rire.

— Du calme, Matthew Bates. Laisse-moi finir.

— Je te présente mes plus humbles excuses.

— Marion m'invitait souvent à prendre le thé, reprit Laurel en vidant machinalement son verre. Elle me recevait dans le petit salon, où nous mangions des gâteaux. Elle savait que j'adorais Louis et me disait toujours de me dépêcher de grandir pour qu'il puisse m'épouser. Elle aussi, je l'adorais.

— Elle ne s'est jamais mariée ?

— Non. Grand-mère disait qu'elle était trop difficile, mais je pense qu'elle a vécu une histoire d'amour qui s'est mal terminée. Un jour où nous prenions le thé, par un après-midi gris et lugubre, elle m'a dit qu'un seul grand amour suffisait dans la vie d'une femme. Bien sûr, à l'époque j'ai cru qu'elle faisait allusion à Louis et à moi, mais par la suite, en repensant à l'air qu'elle avait ce jour-là…

Laurel soupira.

— Les femmes comme Marion sont très vulnérables.

Matt contempla sa peau délicate, ses lèvres douces, ses yeux clairs.

— Vraiment ?

— Charles était différent.

S'efforçant de chasser sa nostalgie, Laurel se laissa aller contre le dossier de son siège, son verre à la main.

— Il avait un peu le même caractère que Curt et je crois que je le considérais comme un second frère. Il était rêveur et distrait. C'était un artiste. Quand il n'était pas occupé à faire des croquis, il étudiait ou bien il flânait du côté de Jackson Square. Certains de ses tableaux étaient exposés à l'hôtel de ville… avant qu'il parte.

— Avec la première Mme Trulane.

— Oui, il y a dix ans. Ç'a provoqué un scandale épouvantable. Du genre qui engendre beaucoup de souffrance et des gros titres dans les journaux.

Laurel secoua la tête en soupirant. L'effet anesthésiant des Martini commençait à se faire sentir.

— Grand-mère pourrait t'en parler beaucoup mieux que moi, mais si je me souviens bien, c'est au retour d'un voyage d'affaires que Louis a découvert qu'Elise et Charles étaient partis. D'après la rumeur qui a circulé entre leurs domestiques et les nôtres, ils avaient laissé une lettre. En revanche, la plupart de leurs vêtements et tout le matériel de peinture de Charles avaient disparu.

Les yeux dans le vague, Laurel fixait un point derrière Matt, sans remarquer que le bar se remplissait de monde et qu'il devenait plus bruyant. Dans le fond de la salle, un pianiste jouait un air de jazz.

— C'est à partir de ce moment que Louis a changé. Il n'a plus fréquenté personne. Les rares fois où je l'ai vu, toute sa gaieté avait disparu. A ma connaissance, il n'a plus jamais eu de nouvelles de Charles ni d'Elise. Il y a environ quatre ans, il a fini par engager une procédure de divorce. Marion m'a dit qu'il s'y était décidé pour des raisons strictement juridiques et qu'il était amer. Très amer. Elle s'inquiétait à son sujet. Son second mariage a surpris tout le monde.

Distraitement, Laurel suivit du regard la fumée de la cigarette de Matt, qui montait vers le plafond en volutes malmenées par le mouvement lent des ventilateurs. Il n'avait pas parlé depuis un moment, mais elle était consciente que c'était la qualité de son écoute qui lui permettait de parler avec une telle facilité.

— Je lui ai téléphoné à l'époque. D'abord, parce que j'espérais sincèrement qu'il était de nouveau heureux, et ensuite parce que son remariage était un excellent sujet d'article. Il semblait redevenu lui-même. Vieilli, sans aucun doute, mais il avait retrouvé son entrain. Il n'a pas voulu m'accorder d'interview. Il m'a dit…

Elle plissa le front, cherchant ses mots.

— Il m'a dit qu'il avait épousé une enfant et qu'il avait besoin de la garder seulement pour lui pendant un certain temps.

Bon sang, avait-elle la moindre idée de ce qu'il ressentait quand elle avait ce regard mélancolique ? se demanda Matt. Il avait envie de l'emmener très loin, n'importe où, là où plus rien ne pourrait la faire souffrir. Mais s'il cédait à cette impulsion, elle penserait qu'il était devenu fou… Il écrasa sa cigarette avec un soin délibéré.

— Que sais-tu de la première Mme Trulane ?

— Rien, à vrai dire.

Laurel eut un sourire ironique.

— Si ce n'est qu'elle m'inspirait une jalousie féroce, bien sûr. C'était une femme très belle, qui possédait ce genre de charme indéfinissable que personne ne peut imiter. Je me souviens du mariage — camélias roses et blancs, énorme gâteau à la crème et robes somptueuses. Soie et dentelle. Celle d'Elise était dotée d'une traîne de plusieurs kilomètres au moins. Elle ressemblait à une poupée de porcelaine — dorée, blanche, minuscule. Oh, mon Dieu ! Elle ressemblait à…

Laurel écarquilla les yeux.

— La seconde Mme Trulane, devina Matt.

Il fit signe à la serveuse.

— Intéressant…

— Ça ne veut rien dire, s'empressa d'objecter Laurel. Sinon que Louis est attiré par un certain genre de femme. La ressemblance entre ses deux épouses ne constitue pas un mobile de meurtre.

— Parmi les éléments dont nous disposons pour l'instant, c'est ce qui s'en rapproche le plus. Mais il est encore loin d'être certain qu'Anne Trulane ait été assassinée.

Matt étudia attentivement Laurel.

— Tu es prompte à prendre sa défense, Laurellie. Tu vas avoir du mal à garder l'esprit clair si tu continues à considérer Louis Trulane comme le prince charmant.

— C'est ridicule.

— Vraiment ?

— Ecoute, j'ai toujours l'esprit clair, et quels que soient mes sentiments pour Louis, ils n'affecteront pas mon travail.

Elle regarda son verre vide.

— Je n'ai plus rien à boire.

— J'ai vu.

Matt ne put s'empêcher de sourire. L'indignation

allait particulièrement bien à Laurel. Elle avait assez pensé aux Trulane pour la journée, décida-t-il. Et lui aussi. Discrètement, la serveuse remplaça leurs verres vides par des pleins.

— On verra ça demain, déclara-t-il. Si tu me donnais plutôt des nouvelles de notre conseiller municipal préféré ? J'ai commencé un album sur lui.

— Et si tu laissais Jerry tranquille ? rétorqua-t-elle en buvant une gorgée de Martini.

— Tout le monde a le droit d'avoir un hobby.

— Ne prends pas cet air supérieur, marmonna-t-elle, le nez dans son verre. Jerry est très… très…

— Pontifiant ?

A la grande joie de Matt, Laurel pouffa.

— Va au diable, Matthew ! Si je n'avais pas le cerveau engourdi, j'aurais trouvé le mot approprié.

Soufflant sur la mèche de cheveux qui lui tombait sur les yeux, elle posa son verre et croisa les mains.

— Je trouve horripilant que tu te moques sans arrêt de Jerry.

— Parce que j'ai raison de le faire ?

— Oui. Je déteste que tu aies raison.

Avec un sourire ravi, Matt posa des billets sur la table et se leva.

— Je vais te raccompagner chez toi à pied. Espérons que l'air frais ne t'éclaircira pas les idées. Tu pourrais être plus réceptive à quelques-uns de mes instincts les plus bas.

— Il me faudrait plus de trois Martini pour en arriver là !

Elle se leva et expira longuement en sentant le sol vaciller sous ses pieds.

— Quatre, rectifia-t-il en lui prenant le bras. Mais à quoi bon compter ?

— Si je me tiens à ton bras, c'est uniquement parce que je ne peux pas faire autrement, précisa-t-elle alors qu'ils quittaient le bar. Dans quelques mètres, je retrouverai mon équilibre habituel.

— Tu n'auras qu'à me prévenir quand tu voudras continuer en solo.

— Combien de verres as-tu bus ?

— Autant que toi.

Laurel leva la tête pour le regarder. Elle avait le tournis et ce n'était pas désagréable…

— Oui, mais tu es plus grand et plus fort, déclara-t-elle d'un ton docte. J'ai une charpente très délicate.

— J'ai remarqué.

Elle arqua les sourcils, alors qu'ils passaient devant un trompettiste de rue. Le morceau de jazz était triste et langoureux comme une caresse.

— Vraiment ? dit-elle en haussant les sourcils.

— Disons que je l'ai étudiée… d'un point de vue journalistique.

— Qu'est-ce que ça veut dire ?

Il s'immobilisa et lui effleura les lèvres du bout des doigts.

— Ne cherche pas à savoir. Ce serait trop risqué.

— Tu as une drôle de façon d'embrasser, marmonna-t-elle en posant la tête sur son épaule. Je ne sais pas si elle me plaît.

Matt resta stoïque.

— Nous en discuterons une autre fois.

— J'imaginais que tu avais une technique différente, poursuivit-elle. Plus… agressive.

— Tu as consacré du temps à imaginer ma manière d'embrasser ?

— J'y ai pensé… d'un point de vue journalistique.

— Je crois qu'il serait plus prudent de reporter cette discussion jusqu'à ce que tu sois de nouveau capable de marcher droit.

Il tourna dans la cour de leur immeuble.

— Tu sais, Matthew…

Laurel s'agrippa à la rampe pour monter l'escalier. Pourquoi les marches étaient-elles beaucoup moins stables que quand elle les avait descendues ce matin même ?

— Tu n'es pas si désagréable après trois Martini.

— Quatre.

— Evite de pinailler maintenant que j'ai décidé de te supporter, dit-elle en fouillant dans son sac. Tiens-moi ça.

Matt eut bientôt dans les mains un portefeuille, un poudrier, un calepin, des boucles d'oreilles cassées et divers tickets.

— C'est tout ? demanda-t-il d'un ton pince-sans-rire.

— Non, les voici… Elles se mettent toujours au fond.

Sans cérémonie, il laissa retomber les objets dans le sac de Laurel et lui prit les clés des mains.

— Vas-tu consentir à me laisser entrer ?

Etait-elle en état de se préparer du café, de prendre deux comprimés d'aspirine et de s'allonger dans la pénombre ? se demanda Matt tandis que Laurel se laissait aller contre la porte. Rien n'était moins sûr.

— Nous sommes voisins depuis presque un an et je n'ai encore jamais été invité, ajouta-t-il.

— Quel manque de savoir-vivre…

Avec un sourire embrumé, Laurel lui fit signe d'entrer.

Le décor était à l'image de la jeune femme qui vivait là. Raffiné, élégant, subtil. Le parfum d'un pot pourri embaumait l'air, enrichi d'une pointe de lavande. Crème et rose pour les couleurs. Dentelle sur les rideaux, velours sur le canapé. Au mur, au-dessus d'une table roulante, était accrochée une caricature datant de la fin du XIXe siècle.

— Cette pièce te ressemble, commenta Matt.

— Vraiment ?

Laurel promena son regard autour d'elle, soudain très fière d'elle-même sans trop savoir pourquoi.

— C'est d-drôle, bredouilla-t-elle. Même si j'avais vu ton appartement, je serais incapable de dire s'il te ressemble.

Passant une main dans ses cheveux, elle s'efforça d'accommoder son regard sur Matt.

— Et je n'arrive pas du tout à l'imaginer, poursuivit-elle en vacillant légèrement. Journaux anciens encadrés ou toiles de Picasso ? Curieusement, tu es un homme fascinant.

Elle lui souriait, à quelques mètres à peine. Etait-elle délibérément provocante ou bien était-ce l'effet des Martini ? se demanda Matt. Peu importait. Quelles que soient les raisons de son attitude, elle le mettait au supplice. Il avait très peu de principes, mais l'un d'eux lui interdisait formellement de faire des avances à une femme qui risquait de ne se souvenir de rien le lendemain matin.

— Café, dit-il sobrement.

— Oh, tu en veux ?

— C'est toi qui en as besoin, marmonna-t-il entre ses dents. Noir.

— D'accord.

Dans la cuisine, Laurel fixa la cafetière automatique en fronçant les sourcils. Curieux. Elle aurait pourtant juré qu'elle savait comment s'en servir…

Matt réprima un sourire.

— Je vais m'en occuper. Tu peux sortir des tasses ?

— Bien sûr.

Laurel fouilla dans un placard et parvint, en les entrechoquant dangereusement, à sortir des tasses de porcelaine ornées de violettes, ainsi que les soucoupes correspondantes, et à poser le tout sur le comptoir.

— Je n'ai pas de beignets.

— Le café suffira.

— Mais si tu en voulais, je suis sûre que je pourrais en faire.

— Ce sera pour une autre fois.

— Tu es un chic type, Matthew.

Avec un petit rire, elle se laissa aller contre lui et noua les bras autour de son cou.

— Tu as des yeux fabuleux, dit-elle en soupirant. Je parie que tout le monde te le dit.

— Sans arrêt.

Il posa les mains sur les hanches de Laurel, avec

l'intention de la repousser. Mais sans qu'il sache comment, elle se retrouva plaquée contre lui. Le désir lui cingla les reins comme un coup de fouet.

— Laurel…

— Peut-être devrais-tu m'embrasser de nouveau. Ça m'aiderait sans doute à comprendre pourquoi je ne sais jamais si j'en ai envie ou pas.

— Demain, si tu t'en souviens, tu vas te haïr, murmura-t-il en se penchant vers elle.

— Mmm, je sais.

Elle ferma les yeux tandis que les lèvres de Matt effleuraient les siennes.

— Ce n'est pas un baiser, ça, protesta-t-elle.

Parcourue de frissons, elle laissa échapper un long soupir.

— Mais c'est fabuleux.

Elle enfonça les doigts dans les cheveux de Matt.

— Encore…

Au diable les principes ! S'il devait payer pour ça, eh bien, il paierait, songea Matt. Bon sang, ça en valait la peine ! Serrant Laurel contre lui, il s'empara de sa bouche avec fougue.

Incendie instantané. L'incendie éclata dans le corps de Laurel et se propagea aussitôt en Matt — ou inversement. Quelle importance ?

Laissant échapper un gémissement, Laurel se plaqua contre Matt, tandis qu'une certitude s'imposait à son esprit. C'était dans l'ordre des choses. C'était inévitable. Mêlant sa langue à la sienne, elle se laissa emporter par la passion.

Vibrant de tout son être, prise de vertige, elle ne

s'appartenait plus. Peu importait que ce soit Matt qui déclenche toutes les étincelles, toutes les sensations inconnues qui la consumaient. Personne avant lui n'avait provoqué en elle un tel séisme. Personne n'en serait jamais capable. Parmi toutes les pensées confuses qui tournoyaient dans son esprit, une simple exigence dominait. Encore…

Il était en train de perdre le contrôle, songea Matt. Peut-être l'avait-il perdu dès l'instant où il avait vu le visage de Laurel pour la première fois. Mais il s'en moquait éperdument. Elle pouvait lui prendre tout ce qu'elle voulait, du moment qu'elle s'offrait ainsi à lui. Brûlante, enflammée, vorace.

Le baiser de Laurel n'était pas délicat comme les traits de son visage, mais sauvage et impertinent. Sa bouche avide était d'une sensualité incandescente. Les seins écrasés contre son torse, elle enfonçait les doigts dans ses cheveux. Matt pressa les lèvres sur son cou et savoura avec volupté le goût de sa peau.

Le pouls de Laurel battait frénétiquement sous ses lèvres, puissant, affolé. Il mordilla sa peau veloutée, lui arrachant un râle de plaisir et de désir mêlés. Quand il se mit à la couvrir de caresses, elle prononça son prénom dans un soupir. Toute nonchalance avait abandonné Matt. Il n'avait plus rien de l'homme désinvolte qui côtoyait Laurel dans la salle de rédaction depuis un an. Il donnait libre cours à la passion qu'il avait si soigneusement contenue jusque-là. A la fièvre qui le dévorait.

Son désir pour elle était intense. Trop intense pour ne pas lui faire perdre la tête. Peut-être était-elle tout ce dont il rêvait depuis toujours. La douceur. Le feu. Quand son corps était plaqué contre le sien, il n'y avait plus de passé, plus d'avenir, seulement l'instant présent. Et celui-ci suffisait à remplir une vie entière.

Comment son esprit pouvait-il être aussi brumeux et son corps aussi vivant ? se demanda confusément Laurel en sentant son sang bouillonner dans ses veines. Etait-ce cela qu'elle attendait depuis toujours ? Cette fabuleuse sensation de liberté ? Ça dépassait tout ce dont elle avait rêvé, tout ce qu'elle avait pu imaginer. Et ça suffisait à la combler… Avec un grognement gourmand, elle approfondit son baiser.

Soudain, elle entendit Matt grogner contre sa bouche, elle sentit ses doigts se crisper sur ses hanches. Il la repoussa avec fermeté. Elle l'agrippa par les épaules, autant pour le garder contre elle que pour se maintenir en équilibre.

— Matthew…

— La porte.

Sa voix était fébrile, constata Matt en continuant de repousser Laurel. Jamais il n'avait été aussi près de perdre son sang-froid. Et sa raison…

— Quelqu'un sonne à la porte, Laurel. Tu ferais mieux d'aller ouvrir.

— La porte ? Quelle porte ?

Elle le regardait, hébétée.

Il ne put s'empêcher de rire.

— La porte d'entrée.

— Oh…

Elle promena un regard étonné autour d'elle, comme si elle voyait sa cuisine pour la première fois.

— Il faut que j'aille répondre ?

Devant son visage en feu et son air égaré, Matt faillit l'attirer de nouveau contre lui. Mais il résista à la tentation et la lâcha avec précaution.

— Oui, va ouvrir.

Laurel s'éloigna d'un pas chancelant.

C'était insensé ! Il avait bien failli la prendre sauvagement sur le sol de la cuisine, songea Matt avec effarement.

Il se tourna vers la cafetière qui fumait. Devait-il être reconnaissant à la personne qui avait sonné à la porte ? Ou bien la tuer ?

Etourdie, Laurel avait l'impression d'avoir longuement nagé en eaux profondes et d'être remontée trop rapidement à la surface. Ivre ? Elle se massa la tempe en saisissant la poignée de la porte. Ce que les Martini avaient commencé, Matt l'avait achevé. Elle secoua la tête avec vigueur. En vain. Renonçant à s'éclaircir les idées, elle ouvrit la porte.

— Laurel ! Tu as mis si longtemps à répondre que j'ai failli m'en aller.

Jerry Cartier, en costume trois pièces, la dévisageait d'un air vaguement contrarié.

Elle sentit aussitôt le feu s'apaiser en elle, mais son esprit restait embrumé par l'alcool.

— Oh ! bonjour, Jerry.

Elle recula machinalement et il en profita pour entrer.

— Que faisais-tu ?

— Ce que je faisais ?

La mémoire revint brusquement à Laurel. Elle laissa échapper un profond soupir.

— Du café. J'étais en train de préparer du café.

Elle referma la porte et s'y adossa, les jambes tremblantes.

Jerry se retourna vers elle.

— Tu bois trop de café. Ce n'est pas bon pour tes nerfs.

Laurel pensa à Matt. Il lui avait fait découvrir un tas de terminaisons nerveuses dont elle ignorait tout jusqu'à ce soir…

— Tu as probablement raison, murmura-t-elle.

Tout à coup, elle se redressa. Si Jerry savait tout ce qu'elle avait bu… La dernière chose dont elle avait envie, c'était un sermon interminable sur les méfaits de l'alcool !

— Assieds-toi, dit-elle en indiquant le fauteuil le plus proche.

Réprimant une grimace, elle gémit intérieurement. Si seulement elle pouvait s'allonger… dans l'obscurité et le silence ! En attendant, si elle avait de la chance — beaucoup de chance —, elle parviendrait peut-être à traverser le salon et à atteindre le canapé sans tituber. Elle fit un pas hésitant.

— Tu n'es pas prête, apparemment.

Elle s'immobilisa. Jerry avait raison. Elle n'était pas du tout prête pour la traversée du salon sur ses deux jambes. Mais ramper n'était pas une bonne idée. Rester debout non plus, d'ailleurs…

— Prête ?

— Pour aller dîner, précisa Jerry en fronçant les sourcils.

— Bonjour, Jerry.

Chargé d'un plateau sur lequel étaient posées trois tasses et une cafetière fumante, Matt pénétra dans le salon d'un pas nonchalant.

Dans son fauteuil, Jerry croisa les jambes.

— Bonsoir, Matthew…

Après avoir posé le plateau sur la table, Matt se dirigea vers Laurel.

— Alors, combien d'immeubles avez-vous déclarés inhabitables, dernièrement ? demanda-t-il à Jerry d'un ton affable.

Discrètement, il prit Laurel par le bras et la guida jusqu'au canapé. Elle se laissa tomber sur ce dernier avec un regard reconnaissant.

— Ça ne fait pas partie de mes fonctions, répondit Jerry en croisant les mains. Mais le maire m'a justement parlé d'un immeuble à l'autre bout de la ville. Toute la tuyauterie à refaire, paraît-il.

— Vraiment ?

— Du café ? intervint Laurel.

Martini ou pas, elle ne pouvait pas laisser Matt se moquer ouvertement de Jerry sans réagir. Et de toute façon, si elle ne buvait pas du café de toute urgence, elle allait s'endormir.

— Seulement une demi-tasse, répondit Jerry. Es-tu certaine de vouloir en prendre ?

Laurel saisit l'anse de la cafetière avec précaution. Pourvu qu'elle parvienne à servir sans tout renverser…

— Ça fait des heures que je n'en ai pas bu.

— Alors, comment s'est passée votre journée, Jerry ? s'enquit Matt en refermant la main sur celle de Laurel, autour de l'anse.

En entendant son petit soupir de soulagement, il réprima un sourire.

— Du travail. Beaucoup de travail, répliqua Jerry en soupirant. Et l'impression qu'on n'aura jamais le temps de tout faire.

Matt effleura du regard la bouche de Laurel.

— A qui le dites-vous…

Jerry voulut prendre la tasse que lui tendait Laurel, mais elle visa mal et il dut se pencher vivement sur le côté. Il lui jeta un regard aigu.

— Laurel… est-ce que tu as… bu ?

— Bu ?

Laurel écrasa le pied de Matt, qui se mordait les lèvres pour ne pas exploser de rire.

— Voyons, Jerry, je viens juste de me servir…

Portant sa tasse à ses lèvres, elle en but la moitié avant de demander :

— Quelle est la raison de ta visite ?

— Ma visite ?

Il secoua la tête d'un air effaré, tandis qu'elle se laissait aller contre le dossier du canapé, les doigts crispés sur sa tasse.

— Laurel, nous sommes censés dîner dehors !

— Oh…

Elle se mordit la lèvre. C'était sûrement vrai. Jerry ne pouvait pas se tromper. Il tenait son agenda avec la plus grande minutie.

— Laurel et moi préparons un article et nous

sommes un peu débordés, intervint Matt, plus pour s'amuser aux dépens de Jerry que pour voler au secours de Laurel. Nous étions justement en train de… travailler quand vous avez sonné.

Il ne cilla pas quand Laurel lui enfonça de nouveau son talon dans le pied.

— Pour les journalistes, la vie professionnelle a tendance à déborder sur la vie privée, ajouta-t-il avec le plus grand sérieux.

— Oui, mais…

Matt interrompit Jerry avec un large sourire.

— Les délais à respecter, vous savez sûrement ce que c'est. Laurel et moi, nous n'aurons probablement pas le temps de manger autre chose qu'un sandwich. Et nous risquons d'être obligés de travailler à ce rythme pendant… des semaines. Tu appelleras Jerry quand les choses se seront calmées, n'est-ce pas, Laurel ?

— Pardon ? Oh, oui ! bien sûr…

Laurel termina sa tasse. Si seulement Jerry pouvait s'en aller ! Elle avait trop envie d'en boire une autre…

— Je suis sincèrement désolée, Jerry.

— Je comprends parfaitement. Le travail passe avant le plaisir.

Matt faillit s'étrangler avec son café. Jerry posa sa tasse, ajusta le nœud de sa cravate et se leva.

— Appelle-moi au bureau quand tu seras plus disponible, Laurel. Et tâche de réduire ta consommation de café.

— Mmm…

Occupée à se mordre la joue pour réprimer un

fou rire nerveux, Laurel fut incapable de répondre autre chose.

Enfin, la porte se referma silencieusement derrière Jerry.

— Oh, Seigneur !

Sans trop savoir si elle avait envie de rire ou de hurler, Laurel se cacha le visage dans les mains.

— Tu exagères, tu m'as laissé te sortir du pétrin tout seul, Laurellie, murmura Matt en resservant du café.

Elle suffoqua d'indignation. Il était très tentant de lui jeter le contenu de sa tasse au visage… Malheureusement, c'était hors de question. Elle avait trop besoin de café.

— Avec tout ce qui s'est passé aujourd'hui — je parle de l'article —, précisa-t-elle devant le sourire suffisant de Matt, j'ai oublié ce dîner. Et je ne t'ai jamais demandé de me sortir du pétrin.

— Quelle ingratitude !

Matt tira doucement sur une mèche des longs cheveux de Laurel, jusqu'à ce que celle-ci consente à le regarder.

— Non seulement je t'aide à dissimuler à ton petit ami que tu es en état d'ébriété, mais je te laisse me briser trois orteils sans protester.

— Ce n'est pas mon petit ami.

Laurel vida sa tasse d'un trait et la reposa sur la table d'un geste brusque.

— Tu le berces de fausses espérances, commenta Matt.

— Ce n'est pas vrai.

Elle voulut se lever, mais renonça aussitôt. Impossible. Elle n'avait pas assez d'énergie.

— Les choses sont très claires entre nous, déclara-t-elle. Nous sommes amis. C'est un homme charmant. Il est juste un peu…

— N'emploie pas de nouveau le mot « gentil » ! Le pauvre vieux ne mérite pas ça. Remarque, je n'ai pas l'impression qu'il risque d'avoir le cœur brisé.

— Jerry ne me voit pas de cette façon, déclara Laurel, la moue boudeuse et le regard éteint.

Matt se pencha sur elle.

— Dans ce cas, je retire ce que j'ai dit tout à l'heure et je ne le qualifierai plus de pontifiant.

Laurel s'appuya sur Matt. Pas question de laisser la pièce se remettre à tournoyer…

— Je vais au lit.

— J'aime les femmes qui prennent l'initiative, rétorqua-t-il avec un sourire narquois.

— Seule, précisa-t-elle en réprimant un fou rire.

— Quel gâchis !

Il porta la main de Laurel à ses lèvres, puis il effleura son poignet, là où son pouls battait avec frénésie.

— Matthew, arrête, s'il te plaît.

Il la regarda. Ce serait facile. Si facile… Il suffirait de l'attirer contre lui et de l'embrasser. Ils en étaient conscients tous les deux. Elle en avait envie, il en avait envie, et pourtant ni l'un ni l'autre ne savaient très bien comment ils en étaient arrivés là.

— Dans plusieurs années, je me haïrai pour avoir choisi de jouer les héros, murmura-t-il en se levant. A ta place, je prendrais de l'aspirine maintenant,

Laurellie. Tu ne pourras pas éviter la gueule de bois, mais mieux vaut essayer de limiter les dégâts.

Tout en se traitant de parfait imbécile, Matt gagna la sortie et referma la porte derrière lui avec détermination.

Chapitre 5

— Je te hais, Matthew Bates.

Le visage défait, le teint blafard, Laurel se regardait avec dépit dans le miroir de la salle de bains. Des coups de marteau résonnaient sourdement à l'intérieur de son crâne. Pourquoi fallait-il qu'il ait raison une fois de plus ?

Elle prit un tube d'aspirine dans l'armoire à pharmacie et referma la porte d'un geste brusque. Le bruit lui arracha un gémissement. Elle se prit la tête à deux mains. C'était un réflexe stupide, songea-t-elle aussitôt. Sa tête ne risquait pas de tomber. Dommage. Ce serait une telle délivrance…

Elle avala deux comprimés d'aspirine et frissonna. Après tout, elle n'avait que ce qu'elle méritait. Quand on buvait quatre Martini à la suite, on n'avait pas le droit de se plaindre de la gueule de bois. Mais ce serait tout de même moins pénible si Matt n'avait pas raison…

Et ce n'était pas le souvenir de ce qui s'était passé au retour du bar qui allait l'aider à se remettre. Dire qu'elle s'était pratiquement jetée à son cou… Quelle idiote ! Non seulement il n'allait pas manquer de le lui rappeler, mais il allait en faire des gorges chaudes pendant des mois. Peut-être le méritait-elle également, mais… mais pourquoi fallait-il qu'elle se souvienne à quel point c'était fantastique ? Exceptionnel ! Et pourquoi fallait-il qu'elle meure d'envie que ça se reproduise ?

Non, ça ne se reproduirait pas. Laurel passa les deux mains dans ses cheveux. Si seulement les coups de marteau pouvaient cesser… Non, elle ne tomberait pas amoureuse de Matthew Bates. Non, elle ne se ridiculiserait pas à ce point. Elle était peut-être condamnée à faire équipe avec lui pour le travail, mais, en privé, ce serait désormais « bas les pattes ». Mieux valait mettre sur le compte de l'alcool les sensations inouïes que lui avait procurées son baiser. Même si ce n'était pas vrai.

Avec un soupir, Laurel se dirigea vers la douche. Elle allait prendre la mesure qui s'imposait. Se mettre la tête sous l'eau froide. Mais alors qu'elle tendait la main vers le robinet, les coups de marteau redoublèrent. Dans son crâne mais aussi contre la porte d'entrée. Celui ou celle qui tambourinait ainsi méritait une mort lente dans les pires souffrances, décida-t-elle en allant ouvrir.

— Bonjour, Laurellie.

Matt s'appuya contre le chambranle et lui adressa un sourire éclatant. Son regard glissa sur son peignoir, qui était aussi court que peu épais.

— J'aime bien ton déshabillé.

Il portait comme à son habitude une tenue décontractée, mais, de toute évidence, il était frais et dispos. Comment était-ce possible, alors qu'elle-même avait l'impression d'avoir avalé des tonnes de sable après une marche interminable dans le désert ?

— Je me suis réveillée en retard, marmonna-t-elle.

Puis elle croisa les bras, attendant ses quolibets.

— Tu as déjà pris ton café ? demanda-t-il en entrant.

Elle le regarda avec circonspection refermer la porte. Sans doute attendait-il le moment propice pour se payer sa tête.

— Non, répondit-elle sobrement.

— Je vais le préparer.

D'un pas nonchalant, il se dirigea vers la cuisine.

Elle le suivit des yeux, ébahie. Pas de commentaire ironique ? Pas de sourire narquois ? Elle regagna la salle de bains en traînant les pieds.

Elle s'était préparée à riposter, songea Matt en remplissant la cafetière. Alors qu'elle n'avait qu'une seule envie, ramper jusqu'à son lit et tout oublier. Une sacrée femme… Comme sa grand-mère.

Il se remémora la soirée de la veille. Parce qu'il avait jugé plus prudent de ne pas rester chez lui, à quelques mètres seulement de Laurel, il avait pris sa voiture. Un peu de travail sur le terrain pour se changer les idées. Olivia serait une mine d'informations, avait-il pensé. Et elle aurait sur les Trulane un point de vue sans aucun doute plus objectif que celui de Laurel…

Olivia l'accueillit sur la terrasse avec un regard à la fois perplexe et ravi.

— Voilà que, tout à coup, la soirée ouvre des perspectives, plaisanta-t-elle.

— Mademoiselle Olivia.

Matt prit la main noueuse ornée de bagues qu'elle lui tendait et la porta à ses lèvres. Elle sentait le jasmin fraîchement cueilli.

— Je suis fou de vous.

— Comme tous les hommes que j'ai connus, dit-elle avec un petit rire de gorge. Servez-nous à boire et asseyez-vous, Matthew. Avez-vous enfin réussi à amadouer ma petite-fille ?

Matt songea à la femme fougueuse qu'il serrait encore contre lui une heure plus tôt.

— Je progresse, murmura-t-il.

— Vous n'êtes pas très rapide, mon garçon.

— J'ai toujours pensé qu'un homme avait plus de chances de parvenir à ses fins s'il prenait le temps d'élaborer soigneusement sa stratégie.

Il lui tendit un verre avant de s'asseoir à côté d'elle.

— Vous ne vous joignez pas à moi ? demanda-t-elle.

— Il est trop difficile de garder les idées claires en votre compagnie.

Elle éclata de rire. Se carrant dans son fauteuil, Matt alluma une cigarette.

— Où est Susan ?

— A l'étage, horriblement choquée par la lecture de mon journal.

— Que pensez-vous d'elle ?

Olivia but une gorgée. Le clair de lune faisait scintiller les diamants qui ornaient ses doigts. Des insectes bourdonnaient autour de la lanterne suspendue au-dessus de l'entrée, et semblaient déterminés à se cogner contre la vitre. Du jardin parvenaient des effluves subtils.

— Une fille intelligente. Bien élevée, un peu éprouvée, mais plutôt solide.

— Elle prétend que sa sœur a été assassinée.

Olivia arqua les sourcils. Elle semblait plus songeuse que surprise, songea Matt.

— Alors c'est ça… Intéressant.

Elle but une nouvelle gorgée, puis pianota du bout des doigts sur son verre.

— La pauvre fille a été mordue par un serpent dans le marécage derrière le *Domaine du chêne*. Dites-moi pourquoi Susan pense que c'est un meurtre.

Dans le style concis et nerveux de ses articles, Matt raconta à Olivia les événements de la journée.

Une chauve-souris descendit en piqué au milieu des arbres, puis disparut. L'air vibrait du chant des criquets, ponctué de temps à autre par le coassement d'une grenouille. Les feuilles des palmiers bruissaient sous la brise légère, qui répandait le parfum entêtant des magnolias. On était bien loin de New York, songea-t-il.

— C'est une méthode un peu hasardeuse pour des gens aussi méticuleux que les Trulane, commenta Olivia. Mais dites-moi, Matthew, le crime et le mystère activent la circulation sanguine, certes, mais je suppose que ce n'est pas pour me prémunir contre l'artériosclérose que vous êtes venu me raconter tout ça.

Matt éclata de rire. Cette femme avait vraiment un humour irrésistible… Il s'inclina en arrière, attentif aux bruits de la nuit.

— Je connais l'histoire des Trulane dans ses grandes lignes, et Laurel m'a donné des précisions supplémentaires… enjolivées par des souvenirs émus.

— Une pointe de jalousie est un excellent stimulant, commenta Olivia. Ça vous incitera peut-être à passer à l'action.

— J'aimerais avoir votre point de vue sur cette famille.

— D'accord. Allons dans le jardin. Je m'engourdis quand je reste assise trop longtemps.

Matt prit la main que la vieille dame lui tendait et l'aida à se lever. Elle était beaucoup plus menue qu'elle n'en donnait l'impression et cela ne manquait jamais de le surprendre. Sa démarche était d'une souplesse étonnante. Si ses articulations la faisaient souffrir, elle le cachait habilement. Quand il avait dit être fou d'elle, il n'avait pas menti. Lors de leur première rencontre, il était tombé amoureux d'elle au bout de cinq minutes. Et il n'avait eu aucun mal à comprendre pourquoi elle avait été la jeune fille, puis la femme, puis la veuve la plus courtisée de la région.

— La vie de Marion s'est achevée en France, commença Olivia. Des bruits ont couru à propos d'une histoire d'amour malheureuse, mais elle n'en a jamais parlé. C'est une femme discrète mais elle a l'esprit très vif. Depuis toujours. Par ailleurs, elle a beau s'occuper d'œuvres de bienfaisance et se donner de grands airs, elle est terriblement snob. Je l'aime bien, mais elle n'est pas à la hauteur de sa mère, comme certains aimeraient le croire.

Matt tapota en riant la main appuyée à son bras.

— Je savais que je pouvais compter sur votre franchise, mademoiselle Olivia.

— Je ne supporte pas l'hypocrisie. Charles en revanche était comme sa mère. Un garçon séduisant, la tête dans les nuages. Mais il avait du talent. Il n'aimait pas parler de sa peinture, mais il était vraiment doué. L'une de ses aquarelles est accrochée dans mon salon.

Preuve qu'il était talentueux, songea Matt. Olivia pourrait sans doute acheter une toile à un voisin par compassion, mais elle n'exposerait jamais chez elle une œuvre qui ne le méritait pas.

— Il m'a beaucoup déçue quand il s'est enfui avec la femme de son frère.

Apercevant la lueur ironique dans les yeux de Matt, elle ajouta :

— J'ai des principes, Yankee. Si la femme et le frère de Louis s'aimaient, ils auraient dû l'avouer franchement au lieu de s'enfuir de nuit comme des voleurs. Le choc aurait été moins rude pour Louis.

— Parlez-moi de lui.

— Le premier amour de Laurel.

Olivia gloussa devant la moue de Matt.

— Du calme, Matthew. Chaque femme a droit à un conte de fées. Quand il était jeune, il était extrêmement séduisant et débordant d'énergie. C'était un homme dévoué à sa famille et aux affaires familiales, mais il ne se prenait pas au sérieux. J'aurais trouvé ça exaspérant. Je pense qu'il aimait sincèrement sa première épouse et que sa trahison l'a détruit. Et cela a été encore pire quand la rumeur a commencé à courir qu'elle était enceinte de Charles.

— Avez-vous rencontré Anne Trulane ?

— Non. Louis était très possessif avec elle et j'estime que c'était compréhensible.

Olivia cueillit une azalée en soupirant.

— Ils avaient prévu de donner une réception en septembre. Marion m'avait dit que ce serait une grande soirée très mondaine, destinée à présenter Anne à la haute société de La Nouvelle-Orléans. Selon elle, la pauvre enfant était à la fois excitée et terrorisée par cette perspective. Je reconnais que j'étais impatiente de la voir de près. On disait qu'elle ressemblait à Elise.

— On ?

— Les domestiques. Heureusement qu'ils sont là !

Olivia jeta un coup d'œil à la maison, se remémorant une époque où elle était capable de marcher et même de courir dans le jardin pendant des heures.

— Si je veux savoir ce qui se passe au *Domaine du chêne*, je le demande à ma cuisinière, qui me répète ce que lui a raconté leur cuisinière.

Elle eut un petit soupir d'aise.

— J'adore l'espionnage.

— Vous vous souvenez bien d'Elise Trulane ?

— Ma mémoire est deux fois plus vieille que vous, jeune homme.

Olivia éclata de rire, un rire sans amertume ni regrets.

— Et même plus que ça !

Malgré les sillons qu'y avait creusés le temps, son visage éclairé par la lune était splendide, songea Matt.

La main qu'il tenait sous la sienne était desséchée par l'âge. Et forte.

— Mademoiselle Olivia, où puis-je trouver une femme comme vous ?

— Vous en avez une sous le nez tous les jours, stupide Yankee !

Ils regagnèrent la véranda et la vieille dame se rassit dans son fauteuil.

— Ah, Susan… Venez.

Elle fit signe à la jeune femme, qui hésitait dans l'embrasure de la porte.

— La pauvre enfant, elle rougit sans arrêt, murmura-t-elle à l'adresse de Matt. Comment avez-vous trouvé mon journal ? demanda-t-elle en se tournant vers Susan.

— Très… haut en couleur. Vous avez eu une vie…

Susan hésita un instant avant de poursuivre.

— … bien remplie, madame Armand.

Olivia s'esclaffa.

— N'ayez pas peur des mots, mon enfant ! J'ai beaucoup péché et j'ai adoré ça.

— Un verre, Susan ? demanda Matt en conduisant la jeune fille jusqu'à un siège.

— Non, merci. Laurel n'est pas avec vous ?

— Je préfère ne pas l'amener quand je viens faire la cour à Olivia.

Matt constata avec plaisir que Susan était encore capable de sourire.

— Puisque je suis ici, je voudrais vous demander si vous vous rappelez les noms qu'Anne aurait pu mentionner dans ses lettres, ou bien les faits inhabituels ou incongrus qu'elle aurait pu vous raconter.

— Elle parlait surtout de Louis et de la maison… et de Marion, bien sûr, pour qui elle s'était prise d'amitié. Des domestiques également… en particulier une certaine Binney, la gouvernante, une femme cajun.

Susan fouilla dans sa mémoire.

— J'avais l'impression qu'elle n'assumait pas encore vraiment son rôle de maîtresse de maison. Avoir des domestiques la déstabilisait un peu.

— Quelqu'un en dehors de la famille ?

— Elle ne connaissait personne d'autre. Oh, si… il y avait un des comptables de Louis. Elle l'a mentionné une ou deux fois. Je crois qu'il rendait de temps en temps visite à Louis pour étudier des dossiers avec lui. Il la rendait nerveuse. Anne était très timide avec les hommes, précisa Susan avec un petit sourire triste. A part ça, elle ne parlait que de Louis. Il lui apprenait à monter à cheval…

— Nathan Brewster, murmura Olivia. J'ai entendu parler de lui. Un garçon intelligent. De votre âge, Matthew. Réputé pour son tempérament coléreux. Il a failli tuer un homme il y a quelques années, un homme qui se serait montré trop familier avec sa sœur.

— Y a-t-il des choses que vous ne savez pas, Olivia ? demanda Matt en secouant la tête.

— Non, rien du tout.

Avec un large sourire, Olivia lui tendit son verre vide pour qu'il le remplisse.

— Susan, avez-vous une photo d'Anne ?

— Oui, vous la voulez ?

— J'aimerais la voir.

Alors que Susan partait chercher la photo, Matt servit Olivia.

— Vous savez, je suppose, que le marécage du *Domaine du chêne* est prétendument hanté ?

— Ne prenez pas ce ton caustique, Matthew. Nous, les créoles, nous sommes plus réceptifs aux phénomènes surnaturels que vous autres, les Yankees. La plupart des marécages sont hantés, déclara Olivia le plus sérieusement du monde en faisant tournoyer le bourbon dans son verre. Les fantômes du *Domaine du chêne* datent d'avant la guerre.

Matthew se rassit. Il n'y avait qu'une seule guerre à laquelle Olivia pouvait faire référence. La guerre de Sécession. Laurel aussi l'avait évoquée.

— Racontez-moi ça.

— L'une des épouses Trulane avait l'habitude d'y retrouver son amant. Un endroit particulièrement inconfortable pour pratiquer l'adultère, entre nous.

Matt éclata de rire.

— Son mari les a surpris et les a tués, poursuivit Olivia. Le pistolet dont il s'est servi se trouve encore aujourd'hui au domaine, dans une vitrine de la bibliothèque. Le mari s'est débarrassé des corps en les jetant dans les sables mouvants. Depuis, on aperçoit de temps en temps des lumières dans le marécage ou bien on entend une femme pleurer. Très romantique.

— Et terrifiant pour quelqu'un comme Anne Trulane, ajouta Matt pensivement.

— Ce n'est qu'une photo d'identité, dit Susan en revenant. Mais elle a été prise il y a moins d'un an.

— Merci.

Matt étudia la photo. Jeune, mignonne, effacée. Ce furent les mots qui lui vinrent à l'esprit. Et vivante. L'image de son corps, tel qu'il était le matin où ils l'avaient retrouvée, lui revint à l'esprit. Réprimant un juron, il tendit la photo à Olivia.

— Ça alors, murmura la vieille dame en tapotant la photo contre sa paume. On dirait la jumelle d'Elise Trulane.

Le bruit que faisait Laurel en fouillant dans les placards de sa chambre ramena Matt au présent. Une autre rencontre était prévue aujourd'hui, avec Louis Trulane. Il prit la cafetière pleine et l'emporta sur le balcon, où il attendit Laurel.

Elle aimait les bégonias roses, constata-t-il. Cueillant une des fleurs qui dépassait de la balustrade, il huma longuement son parfum. Bégonias roses. Rideaux de dentelle. Quelle place pouvait-il y avoir dans ce décor raffiné pour un homme qui avait grandi avec des chaussures trouées ? C'était curieux… Il n'avait jamais autant pensé à son enfance que depuis qu'il faisait équipe avec elle.

Quand Laurel rejoignit Matt, celui-ci contemplait le jardin en contrebas. Mais il ne voyait ni les fougères ni les fleurs, comprit-elle. Elle n'avait surpris cette expression sur son visage qu'une ou deux fois au journal, en levant les yeux sur lui par hasard alors qu'il était à sa machine à écrire, plongé dans la rédaction d'un article. Absorbé dans ses pensées.

— Matthew ?

Elle s'apprêtait à lui demander à quoi il pensait, mais quand il se tourna vers elle, une lueur dans ses yeux l'en dissuada. Puis, tout à coup, il redevint tel que lui-même.

— Le café est prêt, dit simplement Matt.

« Pourvu que la vague de chaleur se poursuive encore longtemps », songea-t-il en admirant la jupe et le corsage de coton que Laurel avait revêtus.

— Pas de « je t'avais prévenue » ? demanda-t-elle en s'asseyant sur une des chaises en fer forgé.

— Je suis mal placé pour te critiquer, répondit-il en s'appuyant à la balustrade. J'ai eu ma part de lendemains difficiles. Tu te sens mieux ?

— Un peu. Je vais téléphoner à la maison avant que nous partions. Je veux m'assurer que Susan s'adapte bien.

Que pouvait porter une femme comme Laurel sous une tenue d'été ? se demanda Matt. De la soie, peut-être. Très fine.

— Susan va bien. Je l'ai vue hier soir, ainsi que ta grand-mère.

Laurel se figea alors qu'elle portait sa tasse à ses lèvres.

— Tu es allé à *Promesse d'amour* hier soir ?

— Je ne peux pas me passer d'Olivia.

— Bon sang, Matthew, c'est mon article !

— *Notre* article.

— Peu importe. De toute façon, tu n'avais rien à faire là-bas sans moi.

Il se servit une tasse de café.

— Je te rappelle que tu n'étais pas en état d'aller

où que ce soit, hier soir. Et si tu avais été plus en forme, ce n'est pas chez ta grand-mère que nous aurions fini la soirée.

Elle se leva brusquement.

— Hier, j'avais l'esprit brouillé par l'alcool. Mais ne t'imagine surtout pas que j'éprouve la moindre attirance pour toi, Matthew Bates.

Il se contenta de sourire.

— N'importe quel homme pourrait paraître séduisant après quatre Martini, poursuivit-elle. Même toi.

Il reposa sa tasse.

— Tu as les idées claires, ce matin, Laurellie ?

— Parfaitement et…

Elle s'étrangla, alors qu'il l'attirait contre lui.

— Oui, je dirais que tu as les idées claires.

Il se pencha vers elle.

— Tu es une femme qui sait exactement ce qu'elle veut et ce qu'elle ne veut pas.

« Bien sûr », songea Laurel en se laissant aller contre lui.

— Je ne veux pas… Oh…

Elle fut parcourue d'un long frisson quand il lui mordilla le lobe de l'oreille.

— Qu'est-ce que tu ne veux pas ?

— Que tu me… me brouilles les idées.

Elle sentit ses cils effleurer sa joue, tandis que sa bouche se rapprochait lentement de la sienne.

— Je te brouille les idées ?

— Oui.

Il approcha ses lèvres à quelques millimètres des

siennes. Laurel s'écarta vivement, le cœur battant à tout rompre.

— Tu fais ça pour distraire mon attention de l'affaire.

— Tu sais aussi bien que moi que ça n'a rien à voir avec l'affaire, dit-il en capturant d'une main ses longs cheveux.

— Eh bien, c'est sur elle que nous devons nous concentrer. Je ne veux pas que tu enquêtes sans moi. C'est moi qui ai rencontré Susan et…

— Bon sang, quand il y aura un article, si toutefois il y en a un, nous le signerons tous les deux !

La colère était moins déstabilisante que le désir… Soulagée que la discussion tourne à la dispute, Laurel répondit sur le même ton.

— Ça n'a rien à voir avec la signature de l'article ! Ça ne me plaît pas que tu interroges grand-mère et Susan quand je ne suis pas là. Si tu m'avais mise au courant de tes intentions, j'aurais bu plus de café, j'aurais pris une douche et je me serais ressaisie.

— Peut-être.

Matt enfonça les mains dans les poches de son pantalon.

— Mais, pour être tout à fait honnête, j'avais envie de discuter avec quelqu'un qui soit capable de faire preuve d'objectivité à propos des Trulane.

Serrant les dents, Laurel réprima une réplique cinglante. Malheureusement, il avait une fois de plus raison. Et elle le détestait d'autant plus…

— Allons-y, marmonna-t-elle en pivotant sur elle-même.

— Laurel.

Il la saisit par le bras.

— Ça n'a rien à voir avec l'article, expliqua-t-il d'une voix douce. Je ne veux pas que tu souffres.

Elle le regarda, ébranlée. Danger… Elle allait finir par être réellement en danger.

— Je t'ai déjà demandé de ne pas être gentil avec moi.

— Je serai odieux plus tard, pour compenser. Ce que tu ressens pour Louis…

— … n'a rien à voir avec tout ça.

De quoi parlaient-ils l'un et l'autre ? se demanda-t-elle, de plus en plus troublée. De l'article ou d'autre chose ?

— Laisse-moi régler ça toute seule. J'en suis capable.

Matt faillit insister, mais il se ravisa. Plus tard… Plus tard, il la mettrait au pied du mur. Quand le moment serait venu.

— D'accord, dit-il simplement. Allons-y.

La brise était apaisante. Elle soufflait doucement par la vitre alors qu'ils sortaient de la ville. La tête renversée en arrière et les yeux fermés, Laurel écoutait Matt lui raconter sa visite à sa grand-mère.

— Dois-je déduire de cette pointe de dédain dans ta voix que tu ne crois pas aux fantômes ?

— Parce que toi, tu y crois ? demanda-t-il en lui jetant un coup d'œil narquois.

Voyant qu'elle restait silencieuse, il ralentit pour la regarder plus attentivement.

— Laurel ?

Elle haussa les épaules en lissant sa jupe avec plus de soin que nécessaire.

— Disons que j'ai du sang créole, Matthew.

Il fut incapable de réprimer un sourire moqueur.

— Tu crois vraiment aux fantômes, Laurel ?

— A l'atmosphère…, corrigea Laurel, obligée d'avouer quelque chose qu'elle aurait préféré garder pour elle. Je suis allée dans ce marécage. Il y a des fleurs là où on s'attend le moins à en trouver, des petites parcelles de prairie, des hérons bleus, de l'eau stagnante.

Elle se tourna vers Matt et ses cheveux volèrent hors de la vitre, attirés par la brise.

— Il y a aussi des sables mouvants, d'horribles petits insectes et des serpents. Et puis des ombres. Je n'ai jamais aimé cet endroit. Il est sinistre. Il y a des endroits que le soleil n'atteint jamais.

— Laurel.

Matt arrêta la voiture à l'entrée du *Domaine du chêne*.

— Tu te laisses de nouveau influencer par tes souvenirs d'enfance. C'est un endroit comme un autre.

— Je peux seulement te dire ce que je ressens.

Elle plongea son regard dans le sien.

— Et ce que ressentait Anne Trulane, apparemment.

— D'accord.

Passant la première, il franchit les hautes colonnes de brique de l'entrée du domaine.

— Mais, pour l'instant, concentrons-nous sur les êtres humains.

L'allée était bordée d'immenses chênes très anciens,

recouverts par une épaisse couche de mousse espagnole. Le parc n'avait pas changé. Et la maison non plus, constata Laurel dès que celle-ci apparut.

Sa façade de brique était déjà marquée par le temps bien avant sa naissance. Ses lignes étaient plus géométriques que celles de *Promesse d'amour.* Moins fluides mais pas moins belles. Ses balcons noirs se découpaient nettement sur le vieux rose de la brique. La délicatesse des balustrades n'atténuait nullement l'arrogance du bâtiment. Si Laurel considérait la maison de ses ancêtres comme une femme, elle voyait le *Domaine du chêne* comme un homme, fier et sans âge.

— Il y a si longtemps, murmura-t-elle, envahie par une foule de souvenirs et d'émotions.

Princes charmants et thés, robes vaporeuses et gâteaux roses. La dernière fois qu'elle avait vu cette maison et qu'elle y avait rêvé, elle était encore une enfant.

Elle tourna la tête en soupirant et rencontra le regard de Matt. Aujourd'hui, elle éprouvait de nouvelles émotions… Pas aussi douces, pas aussi tendres. C'était la réalité, avec ses souffrances et ses joies. C'était réel. Trop réel… Submergée par une vague de panique, elle ouvrit maladroitement la portière et descendit de voiture.

Que lui arrivait-il ? se demanda-t-elle en inspirant profondément. Elle en était arrivée au point où elle ne pouvait même plus regarder Matt sans avoir envie de s'enfuir à toutes jambes — ou de se jeter à son cou. Le désir physique ne lui posait pas de problème.

Pendant un an, elle avait réussi à le surmonter. Mais autre chose était en train de s'y mêler. Quelque chose qui promettait d'être plus difficile à affronter. Et pourtant, il le faudrait bien. Tout comme il faudrait affronter les sentiments qu'elle éprouvait pour les Trulane.

Après avoir pris une nouvelle inspiration, elle se dirigea vers la véranda, suivie de Matt.

— Laisse-moi faire, lui dit-elle. Je connais Louis et Marion.

— Tu les *connaissais*, rectifia Matt.

La façon dont elle avait regardé la maison ne lui avait pas échappé. Ni le regard qu'elle avait ensuite posé sur lui.

— Les gens ont l'habitude déplaisante de changer. Je ne peux rien te promettre, Laurel.

— Tu es dur.

— Oui.

Il leva le heurtoir et le laissa retomber sur une porte en acajou du Honduras.

Une femme un peu dégingandée vint leur ouvrir la porte. Elle jeta un bref coup d'œil à Matt, puis ses yeux noisette se posèrent sur Laurel.

— Mademoiselle Armand, murmura-t-elle en tendant des mains très fines.

— Binney. C'est un plaisir de te revoir.

Josephine Binneford, gouvernante, avait traversé sans beaucoup changer les dix années pendant lesquelles Laurel ne l'avait pas vue. Ses cheveux étaient plus gris, mais toujours noués sur la nuque dans le même chignon strict. Les rides sur son visage étaient peut-être plus nombreuses, mais Laurel ne les vit pas.

— Mademoiselle Armand, répéta-t-elle. Vous êtes devenue une jeune femme magnifique. Plus de genoux éraflés ?

— Non, plus depuis longtemps.

Avec un sourire, Laurel embrassa la gouvernante sur la joue. Celle-ci sentait l'amidon et le lilas.

— Tu n'as pas changé, Binney.

— Oh ! vous êtes encore trop jeune pour savoir à quel point le temps passe vite.

La gouvernante s'effaça pour les laisser passer, puis elle referma la porte sur le soleil et la chaleur.

— Je vais prévenir Mlle Marion que vous êtes là.

D'une démarche raidie par l'arthrite, elle les conduisit dans le salon.

— *Revenez bientôt*, murmura-t-elle en français à Laurel. *Cette maison a besoin de jeunesse.*

Puis elle se dirigea vers l'escalier.

— Qu'a-t-elle dit ? demanda Matt, tandis que Laurel la suivait du regard.

— Elle m'a juste demandé de revenir bientôt.

Laurel croisa les bras, comme si elle avait soudain froid.

— Et que la maison avait besoin de jeunesse, ajouta-t-elle en avançant dans le salon.

Si les gens changeaient, la maison ne bougeait pas, songea-t-elle. Le salon aurait pu être transporté un siècle en arrière. Et au cours du siècle à venir, il resterait tel quel.

Le soleil entrait à flots par les hautes fenêtres encadrées de bleu roi. Il allumait des reflets sur les tables en acajou, mettant en valeur les différentes nuances de rouge. Il faisait étinceler un vase de cristal taillé, qu'une jeune mariée Trulane depuis longtemps décédée avait reçu en cadeau de mariage. Il caressait comme un amant une femme de porcelaine qui avait été figée pour l'éternité dans le tourbillon d'une valse solitaire.

Matt observait Laurel. Une foule d'émotions se peignaient sur son visage, constata-t-il avec exaspération. Comment l'amener à s'intéresser à lui quand sa vie était peuplée par les fantômes du passé ?

— Les souvenirs sont des biens précieux, déclara-t-il d'un ton qu'il espérait léger. A condition de ne pas oublier le présent.

Il voulait la mettre en colère. Sa colère était ce qu'il y avait de plus facile à affronter pour lui. Mais, à sa grande surprise, Laurel se tourna vers lui avec un regard très doux, qui illuminait son visage délicat.

— Toi aussi, Matthew, tu dois posséder ces biens précieux.

Un toit qui fuyait, un plancher glacial et une assiette dans laquelle il n'y avait jamais assez à manger, songea-t-il. La nuit, une femme en train de tousser, toujours en train de tousser, fatiguant des poumons déjà épuisés. Et puis la promesse qu'il s'était faite. Quitter cet endroit en emmenant la femme avec lui. Cette promesse, il n'avait pas réussi à la tenir entièrement.

— Oui, j'en ai, répondit-il d'un air sombre. Mais je préfère le présent.

Il n'y avait pas seulement de l'amertume dans sa voix,

songea Laurel avec une soudaine compassion. On y percevait une pointe de vulnérabilité. Spontanément, elle lui tendit la main.

— Matthew…

Pas question, songea aussitôt Matt. Pas question de susciter sa pitié. Ce n'était pas ainsi qu'il comptait la séduire. Il lui prit la main, puis la porta à ses lèvres.

— La vie est un cycle absurde, Laurellie. J'ai toujours pensé qu'il valait mieux occuper son temps à fabriquer les souvenirs plutôt qu'à les revivre.

Elle laissa retomber sa main.

— Tu ne veux pas te confier à moi, n'est-ce pas ?

— Concentrons-nous sur aujourd'hui, esquiva-t-il en passant ses doigts dans les belles boucles brunes.

Blessée sans trop savoir pourquoi, Laurel se détourna de lui.

— Aujourd'hui n'existe pas sans hier.

— Bon sang…

Une voix féminine interrompit Matt.

— Laurel, excuse-moi de t'avoir fait attendre.

Marion Trulane pénétra dans la pièce de la démarche souple et gracieuse d'une femme ayant suivi des cours de maintien. Elle portait une des vaporeuses robes pastel qu'elle affectionnait. Laurel lui prit les mains. Celles-ci étaient douces et menues. Quelle beauté insolente… Marion approchait de la quarantaine, mais son teint était d'une pureté remarquable et son ossature d'une élégance rare. Son parfum avait la même douceur que ses mains, ses cheveux, ses yeux.

— Marion, tu es magnifique, dit-elle.

— Merci.

Marion pressa brièvement les mains de Laurel.

— Je ne t'ai pas vue depuis ce gala de bienfaisance, il y a deux mois. C'était curieux de t'y voir avec ton calepin et ton stylo. Es-tu contente de ton travail ?

— Oui, c'est ce que je voulais faire depuis toujours. Je te présente un de mes collègues, Matthew Bates.

— Ravie de vous rencontrer, monsieur Bates.

Marion serra la main de Matt tout en scrutant son visage.

— Nous sommes-nous déjà rencontrés ?

— Sans avoir été présentés, mademoiselle Trulane. J'étais ici le mois dernier, quand votre belle-sœur a été retrouvée.

— Je vois.

Les yeux de Marion s'étaient assombris.

— Je crains d'avoir un souvenir assez confus de cette journée. Asseyez-vous, je vous en prie. Binney prépare des rafraîchissements. Louis nous rejoindra dans un instant.

Elle s'assit dans un fauteuil Hepplewhite à dossier droit, aux couleurs légèrement passées.

— Il est retenu au téléphone. A vrai dire, je suis heureuse de disposer de quelques minutes avec vous avant son arrivée, dit-elle en croisant les mains sur ses genoux. Tu n'as pas vu Louis depuis longtemps, Laurel.

— Dix ans.

— Oui, dix ans.

Marion regarda par la fenêtre un instant, puis elle soupira.

— On perd la notion du temps, ici. J'ai été forcée

d'arrêter de t'inviter après que Charles et Elise… sont partis. Louis était trop mal. Ce n'était pas l'atmosphère idéale pour une jeune fille sensible.

Dix ans, songea Laurel. Et elle en souffrait encore… Et lui, dans quel état était-il ?

— Je comprends. Je ne suis plus une petite fille.

— Non, en effet.

Marion détacha ses yeux de la pelouse impeccablement tondue et des chênes majestueux.

— Laurel, tu ne l'as vu qu'au tout début de sa transformation. Au fil des mois, au fil des années, il s'est aigri. Il est devenu sujet aux sautes d'humeur, aux absences. Parfois, il ne se souvenait plus…

Elle s'interrompit, décroisant les doigts.

— Il n'oubliait pas, rectifia-t-elle avec un sourire triste. Il choisissait de ne pas se souvenir. Lui et Charles étaient… enfin, c'est comme ça…

— Marion, je sais combien ç'a dû être difficile pour lui. Je l'ai toujours su. En fait, si j'ai arrêté de venir ici, ce n'est pas parce que tu ne m'invitais plus, mais parce que je savais que Louis n'avait pas envie de me voir.

— Tu as toujours été très perspicace.

Marion soupira.

— Quand il a ramené Anne ici, personne n'a été plus surpris ni plus heureux que moi. Elle avait fait disparaître toute son amertume.

— Je l'ai senti, en effet.

Laurel sourit devant le regard interrogateur de Marion.

— Je lui ai téléphoné quelques semaines après son mariage.

Hochant la tête, Marion croisa de nouveau les doigts. Ses ongles étaient ovales, dépourvus de vernis et coupés très court.

— Peut-être était-il trop protecteur, trop possessif, mais Anne était si jeune et il avait tellement souffert... Je te dis ça parce que je veux que tu...

Elle jeta un coup d'œil à Matt.

— ... que tous les deux vous compreniez dans quel état se trouve Louis aujourd'hui. Il y a eu tellement de souffrance dans sa vie... S'il paraît froid et distant, c'est uniquement à cause de sa peine.

Binney entra en poussant un chariot.

— Ah ! voilà le thé glacé. Aimes-tu toujours autant le sucre, Laurel ?

— Oui, répondit celle-ci en souriant. Oh, comme c'est gentil à toi, Binney ! s'exclama-t-elle en apercevant les minuscules gâteaux roses sur la table.

— J'ai seulement dit à la cuisinière que Mlle Laurel venait prendre le thé, expliqua Binney avec un clin d'œil complice. N'en mangez pas plus de trois, sinon je vais avoir droit aux reproches de votre grand-mère.

La gouvernante quitta la pièce et Laurel mordit dans un gâteau en riant. Le goût de la pâtisserie fit surgir un nouveau flot de souvenirs dans son esprit. Des glaçons tintèrent dans les verres, tandis que Marion servait le thé.

— Binney n'a pas changé. La maison non plus, déclara Laurel en souriant. Je suis si heureuse d'être ici...

— Les maisons ne changent pas, dit Marion en lui tendant du thé glacé dans un verre Waterford. Ce sont seulement ses habitants qui changent.

Laurel n'entendit pas Louis arriver, mais elle sentit sa présence. Avec précaution, elle reposa son verre. Quand elle se tourna vers la porte, elle rencontra son regard.

Chapitre 6

Dix ans, était-ce vraiment si long ? se demanda-t-elle, effarée. Elle se croyait préparée. Du moins elle espérait l'être… Louis avait les tempes grisonnantes. Ça, elle l'aurait accepté. Son visage était marqué de rides, plus profondes autour de la bouche et des yeux. Elle l'aurait accepté également. Mais son regard avait perdu toute la chaleur, toute la gaieté qu'elle aimait tant.

Il était mince. Trop mince. Cela le vieillissait. Il semblait beaucoup plus âgé que ses trente-six ans. Elle se leva et s'avança vers lui, le cœur serré.

— Louis…

Il prit sa main et une ombre de sourire étira ses lèvres.

— Tu es devenue une adulte, Laurel. Pourquoi m'attendais-je à voir une enfant ?

Il lui effleura le menton du bout du doigt, tandis qu'elle refoulait des larmes de pitié.

— Tu promettais d'être une beauté.

Elle sourit. Si seulement son regard pouvait s'éclairer un peu…

— Tu m'as manqué, dit-elle d'une voix douce.

Mais le regard de Louis ne s'éclaira pas. Il laissa

retomber sa main. Il était tendu, songea-t-elle avant de se rendre compte qu'elle l'était tout autant.

— Louis, je te présente mon confrère, Matthew Bates.

Louis jeta un coup d'œil à Matt et son regard se durcit.

— Je crois que nous nous sommes déjà rencontrés.

— Du thé, Louis ? demanda Marion en tendant la main vers la théière.

— Non.

Le ton de Louis était cassant, mais Marion resta impassible, excepté un imperceptible pincement des lèvres. Aucun des deux hommes ne remarqua ce dernier, car leur attention était fixée sur Laurel.

— Nous ne sommes pas ici pour boire du thé et manger des gâteaux, n'est-ce pas, Laurel ? murmura Louis avant de traverser la pièce pour s'immobiliser devant la cheminée éteinte.

Au-dessus de celle-ci était accroché un portrait de sa mère. Laurel se souvenait parfaitement de ce tableau. Il se trouvait là depuis des années, à l'exception d'une brève période pendant laquelle il avait été remplacé par le portrait d'Elise Trulane.

— Si nous en venions au fait ? suggéra Louis. J'ai accepté de vous recevoir, M. Bates et toi, pour mettre fin à la rumeur qu'a lancée Susan.

Il regarda longuement Laurel.

— Pose tes questions. Autrefois, j'avais toujours des réponses à te donner.

— Louis…

Elle eut envie de le rejoindre pour tenter de l'apaiser, mais une lueur dans les yeux de Matt l'arrêta.

— Je suis désolée de t'importuner ainsi. Vraiment désolée.

— C'est inutile.

Louis prit un fin cigare et l'observa un moment avant de l'allumer.

— Rien n'est immuable. Fais ce que tu es venue faire.

Elle sentit son estomac se nouer. Il y avait toujours en lui cette force, dont elle était déjà consciente quand elle était enfant. Cette force l'avait poussé à prendre les rênes d'une entreprise au capital de plusieurs millions de dollars avant même d'avoir fini ses études. Elle lui avait permis d'envoûter une petite fille qui, une fois devenue femme, se sentait marquée à jamais par son souvenir. Mais à cette force s'était ajoutée une telle froideur, à présent… Immobile au milieu du salon, Laurel sentait le fossé entre le passé et le présent se creuser un peu plus à chaque seconde.

— Susan est certaine qu'Anne ne serait jamais allée dans le marécage toute seule, déclara-t-elle.

Elle se maudit aussitôt. Elle n'aurait pu commencer de manière plus maladroite ! Elle continua pourtant.

— Elle prétend qu'Anne avait la phobie de l'obscurité et que, dans ses lettres, elle disait être terrifiée par le marécage.

— Et elle s'imagine que quelqu'un a obligé Anne à s'y rendre, termina Louis d'un ton froid. Je sais déjà tout cela.

Laurel inspira profondément. Elle était journaliste

et elle avait une enquête à mener : elle ne devait pas l'oublier.

— Anne avait peur du marécage, Louis ?

Il tira sur son cigare et la regarda à travers le nuage de fumée.

— Oui. Mais elle y est allée quand même, puisqu'elle y est morte.

— Pour quelle raison a-t-elle pu s'y rendre ?

— Peut-être pour me faire plaisir.

Il secoua négligemment la cendre de son cigare dans l'âtre immaculé.

— Elle commençait à trouver ridicule cette phobie qu'elle traînait depuis l'enfance. Quand j'étais avec elle, elle n'avait pas besoin de lumière, la nuit, murmura-t-il.

Soudain, il releva la tête avec l'air arrogant dont Laurel avait gardé le souvenir.

— La rumeur concernant les fantômes du marécage nourrissait son imagination. Ça m'agaçait.

Il tira de nouveau sur son cigare. Plus fort.

— Elle avait… besoin de mon approbation.

— Tu penses qu'elle aurait pu se lever au milieu de la nuit et aller dans le marécage pour te faire plaisir ? demanda Laurel en se rapprochant de lui.

— Cela paraît plus plausible que l'intervention d'un mystérieux inconnu qui aurait pénétré dans la maison par effraction et l'aurait emmenée de force, sans que personne n'entende rien.

Louis darda sur Laurel un regard glacial.

— Tu as lu le rapport de police, j'imagine.

Au souvenir des photos, elle sentit sa gorge s'assécher.

— Oui.

— Dans ce cas, il est inutile que je revienne là-dessus.

— Votre épouse avait-elle des insomnies ? demanda Matt.

Avec intérêt, il nota que la mâchoire de Louis se crispait imperceptiblement.

— De temps en temps. En particulier quand je travaillais.

Louis regarda par la fenêtre, par-dessus l'épaule de Matt.

— Elle croyait avoir aperçu des lumières dans le marécage.

— Quelqu'un d'autre les avait-il vues ?

Louis eut une moue de dérision.

— Des dizaines de gens ont prétendu en avoir vu, répondit-il. Quand ils étaient en compagnie d'une bouteille de bourbon, la plupart du temps.

— Monsieur Bates, Anne était à la fois effrayée et fascinée par le marécage, intervint Marion. Il arrive souvent que les gens éprouvent de la fascination pour ce qui les terrorise. Elle était obsédée par la légende. Malheureusement, aucun de nous ne la prenait au sérieux et nous sommes à blâmer pour cela. Elle était si jeune… Peut-être que si nous avions insisté pour qu'elle se promène dans le marécage en plein jour, elle n'aurait pas éprouvé l'envie irrésistible d'y aller la nuit.

— Tu penses qu'elle était capable de s'y rendre seule, la nuit ? demanda Laurel.

— C'est la seule explication. Nous l'aimions tous.

Les yeux embués de larmes, Marion jeta un coup d'œil à Louis.

— Elle était charmante et très douce, mais elle avait les nerfs à vif. Je croyais que c'était la perspective de la réception qui la perturbait.

— Quelle importance, à présent ? demanda Louis en jetant son cigare dans la cheminée. Anne est partie et ni Susan ni ses lettres n'y peuvent rien changer.

— Les lettres ont été volées dans la chambre de Susan, déclara Laurel d'un ton posé.

Louis haussa les épaules, manifestement exaspéré.

— C'est ridicule. Qui volerait des lettres ? Elle a dû les égarer.

— Vous avez été mariés pendant presque un an, intervint Matt. Pourtant, aucun de vos proches voisins n'a jamais rencontré votre épouse. Pourquoi ?

— Ça ne regarde que moi.

Laurel fit un pas vers Louis.

— S'il te plaît… Si nous pouvions juste comprendre…

— Comprendre ?

Devant son regard glacial, elle se figea.

— Comment le pourrais-tu ? C'était encore une enfant, à peine plus âgée que tu l'étais la dernière fois que je t'ai vue. Cependant, elle n'avait pas ton assurance. Je la gardais pour moi seul, parce que j'en avais envie. Et parce qu'il le fallait. Il y avait une différence d'une génération entre nous.

— Tu ne lui faisais pas confiance, murmura Laurel.

— Seuls les imbéciles accordent leur confiance.

— La ressemblance entre Anne et votre première épouse n'est-elle pas étrange ? demanda Matt.

Seul le petit hoquet étouffé de Marion troubla le silence qui suivit cette question. Louis crispa les poings mais son visage resta impassible. Sans un mot, sans un regard pour personne, il quitta la pièce d'un pas vif.

— Louis n'est pas vraiment lui-même, déclara Marion en tripotant nerveusement les verres. Il ne supporte pas qu'on compare Anne et Elise.

— C'est pourtant inévitable, fit valoir Matt. La ressemblance physique est trop frappante.

— Pas seulement physique… Votre remarque était tout à fait naturelle, monsieur Bates, s'empressa d'ajouter Marion. Mais Louis refuse de parler d'Elise et de Charles.

— Connais-tu Nathan Brewster ? demanda soudain Laurel.

Marion cilla imperceptiblement.

— Oui, bien sûr, c'est un des comptables de Louis.

— C'est l'un des rares noms cités par Anne dans ses lettres.

— Oh, c'est normal, je suppose. Il est venu ici quelquefois pour travailler avec Louis. Et comme Anne ne voyait pas beaucoup de monde…

Marion se leva avec un sourire contrit.

— Je suis désolée de ne pas vous être plus utile, mais peut-être pouvez-vous dissiper les doutes de Susan, à présent.

Elle tendit les mains à Laurel.

— Reviens bientôt, s'il te plaît. Juste pour bavarder comme autrefois.

— C'est promis. Dis à Louis…

Laurel pressa les mains de Marion dans les siennes en soupirant.

— Dis-lui que je suis désolée.

Ils quittèrent la maison et reprirent la route en silence.

Envahi par une frustration et une colère croissantes, Matt se jura pourtant de ne rien dire. Quels que soient les sentiments de Laurel, ils ne regardaient qu'elle. Si elle se laissait influencer par ses émotions, il n'y pouvait rien…

Mais ce fut plus fort que lui. Poussant un juron, il donna un coup de volant pour s'arrêter sur le bord de la route.

— Bon sang, Laurel, arrête !

Les mains croisées sur les genoux, la jeune femme resta immobile, les yeux fixés sur le pare-brise.

— Arrêter quoi ? demanda-t-elle enfin.

— De te noyer dans les regrets.

Elle tourna les yeux vers lui. Ils étaient secs, mais son regard n'en était pas moins éloquent.

— Oh, Matthew… Il paraissait si perdu…

— Laurel !

— Je sais… Il a changé. Je m'y attendais. Mais je n'étais pas prête à affronter la réalité.

Elle prit une profonde inspiration.

— Je n'étais pas prête à le voir à ce point malheureux.

Injuriant mentalement Louis Trulane et tout ce qu'il représentait, Matt attira Laurel contre lui. Elle ne protesta pas. Le soleil inondait l'intérieur de la voiture et les oiseaux gazouillaient joyeusement dans les arbres.

Acceptant le réconfort que Matt lui offrait, Laurel ferma les yeux, tandis qu'il lui caressait les cheveux.

— Je suis en deuil, murmura-t-elle. Je ne sais pas si tu peux comprendre ce que Louis représentait pour moi quand j'étais enfant, puis adolescente. Le découvrir dans cet état aujourd'hui…

Elle soupira et regarda sans les voir les ombres que dessinaient les arbres sur la route écrasée de soleil.

— Tu le considères comme une victime, Laurel. Nous sommes tous victimes de ce que la vie nous réserve. Ce qui compte, c'est la manière dont nous affrontons les épreuves.

— Quand on perd quelqu'un qu'on a aimé, c'est comme si on mourait un petit peu.

— Nous sommes tous confrontés au malheur un jour ou l'autre, dit-il en respirant le parfum de ses cheveux.

Il avait raison, songea Laurel. Bien sûr, il avait raison. Mais ça ne l'empêchait pas d'éprouver du chagrin pour Louis. Elle resta silencieuse, la tête sur son épaule, tandis qu'il passait la main dans ses cheveux. Son corps était si rassurant… Les battements de son cœur si réguliers… Elle pouvait se perdre ici. Dans cette voiture, sous les rayons du soleil, au son du chant des oiseaux.

— Je t'ai déjà demandé de ne pas être gentil avec moi, murmura-t-elle.

Devant son regard pénétrant, elle sentit ses joues

s'enflammer. Il lisait trop bien en elle… Il posa une main sur sa joue. Elle entrouvrit les lèvres.

— Tais-toi, murmura-t-il avant de s'emparer de sa bouche.

Avec moins de douceur que la fois précédente. Pourquoi y avait-il de la colère dans son baiser ? se demanda-t-elle avec perplexité. Cependant, cette colère était mêlée d'un désir intense, brûlant. Impossible d'y résister… Alanguie dans ses bras, elle sentait chacun de ses os, chacun de ses muscles se liquéfier et tout son être s'abandonner à la force impérieuse qui les poussait l'un vers l'autre. C'était un besoin irrépressible et mutuel, comprit-elle. Un besoin qui avait toujours existé. Plus elle l'avait combattu, plus elle s'était efforcée de l'ignorer, plus il s'était renforcé, menaçant de prendre le pas sur tous les autres. La faim, la soif, le besoin de respirer semblaient dérisoires en comparaison. Malgré tout…

— Matthew…

Elle laissa retomber sa tête sur son épaule en tentant de maîtriser les battements de son cœur.

— Ce n'est pas… Je ne suis pas prête…

Vibrant d'impatience et de désir, il voulut s'emparer de nouveau de sa bouche.

— Ça viendra.

— Je ne sais pas.

Elle posa les mains sur son torse pour le repousser. Si seulement il pouvait comprendre… Si seulement elle comprenait elle-même…

— Je t'ai dit que tu semais la confusion dans mon esprit. C'est vrai. C'est la première fois que je désire un homme et je ne m'attendais pas du tout à ce que ça tombe sur toi.

Il la serra contre lui.

— Tu finiras par t'y habituer.

Prenant soudain conscience de ce qu'elle venait de lui avouer, Matt se figea.

— C'est la première fois que… ? s'exclama-t-il avec stupéfaction. Tu n'as jamais… été avec un homme ?

Elle releva le menton.

— Je n'ai pas l'habitude de me forcer à faire des choses dont je n'ai pas envie, figure-toi.

Vierge ? Mon Dieu, comment avait-il fait pour ne pas s'en rendre compte ? se demanda Matt avec effarement. Pour ne pas le sentir ? Il desserra peu à peu son étreinte et finit par la lâcher.

— Ça change tout, n'est-ce pas ? murmura-t-il en prenant une cigarette. Ça change tout… Je vais être ton amant, Laurellie. Prends le temps d'y réfléchir.

— Quelle arrogance ! s'exclama-t-elle, suffoquée d'indignation.

— Nous en reparlerons.

Matt souffla un nuage de fumée. Laurel semblait aller mieux, songea-t-il. Pour sa part, il avait les nerfs à vif. Pour elle, comme pour lui, mieux valait prendre le temps de réfléchir.

— J'ai quelques idées à propos d'Anne Trulane.

Il remit le contact, tandis que Laurel s'efforçait de réprimer son irritation. La priorité, c'était l'article, se répétait-elle. Ils régleraient ce… problème personnel plus tard.

— Je t'écoute, dit-elle d'un ton neutre.

Matt s'efforçait de conduire en douceur et d'ignorer le désir qui le taraudait.

— Louis a épousé Anne Fisher parce qu'elle ressemblait à sa première femme.

— Oh, vraiment, Matthew…

— Laisse-moi terminer. Qu'il l'ait aimée ou non n'a aucune importance. Après l'avoir épousée, il l'a ramenée au domaine et l'y a cloîtrée, l'isolant du monde extérieur. Des hommes. Il n'avait pas confiance en elle.

— Il avait été victime d'une trahison particulièrement cruelle.

— Tout juste.

Matt jeta sa cigarette par la vitre.

— Il était hanté par l'idée qu'elle puisse rencontrer un homme plus jeune que lui. Il était possessif, jaloux. Et si Anne s'était rebellée ? Et si elle lui avait donné une raison de douter de sa fidélité ?

— Tu suggères que Louis l'a tuée, parce qu'il pensait qu'elle avait trahi sa confiance ?

Effrayée par le froid soudain qui l'envahissait, Laurel s'emporta.

— C'est ridicule ! Il est incapable de tuer qui que ce soit.

— Comment peux-tu savoir de quoi il est capable ? L'homme que tu as vu aujourd'hui est un inconnu pour toi.

Il avait raison, reconnut-elle intérieurement. Et cette vérité était terriblement douloureuse.

— Ta théorie n'est pas convaincante, protesta-t-elle néanmoins. Anne est morte entre minuit et

4 heures. Or, Louis a réveillé les domestiques entre 2 et 3 heures.

— Il a très bien pu l'emmener dans le marécage avant 2 heures. Peut-être n'avait-il pas l'intention de la tuer. Il voulait peut-être simplement lui faire peur, la laisser dans le marécage.

— Dans ce cas, pourquoi organiser des recherches ?

Matt jeta un bref coup d'œil à Laurel.

— Il avait peut-être oublié ce qu'il avait fait.

Laurel ouvrit la bouche, puis la referma. Louis avait des absences, selon Marion. Il était distrait, furieux, amer. Seigneur ! Elle n'aimait pas du tout la tournure que prenait cette enquête…

Laurel resta silencieuse pendant que Matt manœuvrait dans les embouteillages du centre-ville. Aucun homme ne pouvait oublier qu'il avait abandonné sa femme en pleine nuit dans un marécage. Aucun homme… sain d'esprit.

Matt se gara le long du trottoir.

— Où allons-nous ? demanda-t-elle.

— Rendre visite à Nathan Brewster.

Laurel leva les yeux vers l'immeuble abritant le siège social de la société des Trulane. C'était l'un des plus anciens et des plus prestigieux de la ville. Peut-être y découvriraient-ils des éléments permettant d'écarter les soupçons qui pesaient sur Louis, se dit-elle avec espoir.

— Marion n'avait pas envie de parler de Nathan Brewster.

— J'ai remarqué, répliqua Matt en descendant de voiture. Essayons de découvrir pourquoi.

— Je sais à quoi tu penses, murmura Laurel alors qu'ils se dirigeaient vers l'entrée de l'immeuble.

— Allons bon ! Ça pourrait être très embarrassant, plaisanta-t-il.

Elle pénétra dans l'immeuble en levant les yeux au ciel.

— Tu penses qu'Anne était attirée par Nathan Brewster et qu'elle a agi en conséquence. Que Louis l'a découvert et qu'il a préféré l'entraîner dans le marécage et l'y abandonner plutôt que d'essayer de trouver une solution ou de divorcer.

Matt cherchait l'étage de la comptabilité sur le panneau affiché dans le hall.

— Ça m'a traversé l'esprit, acquiesça-t-il.

— Tu as des préjugés contre Louis.

— Oui, en effet, maugréa-t-il en lui prenant la main pour l'entraîner vers l'ascenseur. Allons parler à cet homme et voyons quelle est sa réaction. Peut-être détourne-t-il des fonds ou bien a-t-il tout simplement une aventure avec Marion.

— Tes hypothèses sont de plus en plus ridicules !

Laurel pénétra dans l'ascenseur et croisa les bras.

— Tu fais la tête.

— Pas du tout !

Poussant un soupir exaspéré, elle fusilla Matt du regard.

— Je ne suis pas d'accord avec ta théorie, c'est tout.

— Donne-moi la tienne.

Elle regarda les lumières des étages s'allumer les unes après les autres.

— Quand nous aurons parlé à Brewster.

La porte s'ouvrit sur un hall au sol recouvert d'une épaisse moquette. Ignorant délibérément Matt, Laurel se dirigea vers l'hôtesse d'accueil.

— Laurel Armand, Matthew Bates, du *Herald*, annonça-t-elle d'un ton ferme. Nous aimerions voir Nathan Brewster.

La jeune femme ouvrit un registre.

— Vous avez rendez-vous ?

— Non. Dites à M. Brewster que nous souhaitons lui parler d'Anne Trulane.

— Si vous voulez bien vous asseoir, je vais voir si M. Brewster est disponible.

— Bien joué, Laurellie, commenta Matt. As-tu déjà pensé à intégrer l'armée ?

— Cette manière de procéder m'ouvre beaucoup de portes.

Elle s'assit sous un palmier en pot et croisa les jambes. Matt réprima un sourire. La jeune femme triste et vulnérable qui avait posé la tête sur son épaule, quelques instants plus tôt, s'était évanouie.

— Tu as de la classe, dit-il.

Il baissa les yeux.

— Et des jambes superbes.

Elle lui jeta un regard en coin.

— C'est vrai.

— M. Brewster vous attend.

L'hôtesse les précéda dans un couloir sur lequel donnaient plusieurs portes. Elle en ouvrit une, puis regagna silencieusement la réception.

Nathan Brewster respirait la sensualité, songea Laurel dès qu'elle le vit. Une sensualité lubrique, bestiale. Il n'était pas très grand, mais il émanait de toute sa personne une virilité flagrante, qui ne pouvait échapper à aucune femme. Il avait un physique agréable, mais ce n'était pas le plus important. C'était sa virilité presque sauvage qui devait attirer ou repousser au premier regard.

— Mademoiselle Armand… Monsieur Bates, dit-il en indiquant deux petits fauteuils de cuir avant de s'asseoir derrière son bureau. Vous voulez me parler d'Anne Trulane ?

— C'est exact, déclara Laurel en s'asseyant à côté de Matt.

Quelle avait pu être la réaction d'une femme comme Anne Trulane vis-à-vis de cet homme ? se demanda-t-elle.

— Elle est morte, déclara Brewster. En quoi cela intéresse-t-il la presse ?

— Vous avez rencontré Anne au *Domaine du chêne*, déclara Laurel. Ce qui est le cas de très peu de gens.

— Mes visites là-bas étaient professionnelles.

Il prit un crayon et commença à jouer avec.

— Pouvez-vous nous dire l'impression qu'elle vous a faite ?

— Elle était jeune, timide. C'était à M. Trulane que j'avais affaire. Je lui ai à peine parlé.

— C'est curieux, intervint Matt en regardant le crayon passer et repasser entre les doigts de Brewster. Vous faites partie des très rares personnes qu'Anne mentionnait dans ses lettres.

Le crayon se brisa avec un bruit sec.

— Je ne vois pas à quoi vous faites allusion.

— Anne parlait de vous dans ses lettres à sa sœur, déclara Matt d'un ton posé, sans quitter Brewster des yeux. Celle-ci ne croit pas que la mort d'Anne soit accidentelle.

Brewster déglutit péniblement. Le mouvement de sa pomme d'Adam n'échappa pas à Matt.

— Elle est morte des suites d'une morsure de serpent, déclara le comptable.

— Dans le marécage, compléta Laurel, fascinée par la violence manifeste des émotions qui secouaient cet homme. Saviez-vous qu'elle avait peur du marécage, monsieur Brewster ?

Matt se raidit devant le regard meurtrier que le comptable darda sur Laurel.

— Comment l'aurais-je su ? demanda Brewster.

— A votre avis, pourquoi s'est-elle rendue seule dans un endroit qui la terrifiait ?

— Peut-être ne supportait-elle plus d'être enfermée ! s'écria Brewster. Peut-être avait-elle besoin de sortir à tout prix !

— Enfermée ? répéta Laurel, en s'efforçant d'ignorer la boule qui lui nouait l'estomac. Etes-vous en train de dire que Louis la retenait prisonnière ?

— Quel autre terme voulez-vous employer ?

Les doigts de Brewster se serraient et se desserraient convulsivement sur les deux morceaux de crayon.

— Jour après jour, mois après mois, ne jamais voir personne d'autre que les domestiques et un homme qui surveillait le moindre de ses mouvements… Elle ne faisait jamais rien sans lui en demander l'autorisation. Elle ne franchissait jamais les grilles de la propriété sans lui.

— Etait-elle malheureuse ? demanda Laurel. Vous a-t-elle dit qu'elle était malheureuse ?

— Cela paraît évident. Trulane la traitait plus comme sa fille que comme son épouse. Elle avait besoin de quelqu'un qui la traite comme une femme.

— Vous ? demanda Matt d'une voix douce.

La respiration de Brewster était de plus en plus hachée. Son agressivité ne demandait qu'à se déchaîner, comprit Matt. Cet homme était obligé de faire un énorme effort pour la contrôler. Et il ne devait pas souvent y parvenir…

— Je la désirais, admit Brewster d'une voix rauque. Dès l'instant où je l'ai vue, sur la pelouse, en plein soleil. C'était une femme faite pour la lumière. Je la désirais, je l'aimais, d'une manière que Trulane était incapable de comprendre.

— Vous aimait-elle ?

Brewster devint écarlate.

— Elle l'aurait quitté. Elle ne serait pas restée dans ce… mausolée toute sa vie.

— Et elle vous aurait rejoint ? murmura Laurel.

— Tôt ou tard, oui. Je lui avais dit qu'elle n'était pas obligée de rester prisonnière, que je l'aiderais à s'échapper. Je lui avais dit qu'il vaudrait mieux pour elle être morte que…

— … que vivre avec Louis, termina Laurel.

Brewster resta silencieux.

— Ça devait être très frustrant d'aimer la femme de votre employeur. Vous n'aviez que très rarement l'occasion de la voir ou de lui faire part de vos sentiments.

— Anne connaissait mes sentiments, rétorqua Brewster d'un ton mordant. Mais quelle importance, aujourd'hui ? Elle est morte. Cet endroit l'a tuée. *Il* l'a tuée.

Il darda sur ses deux visiteurs un regard étincelant.

— Ecrivez ça dans votre journal.

— Vous pensez que Louis Trulane a tué sa femme ? demanda Matt en regardant Brewster jeter à terre les deux morceaux de crayon d'un geste rageur.

— Il aurait aussi bien pu braquer un pistolet sur sa tempe. Elle s'est enfuie, murmura le comptable en regardant ses mains vides. Elle a fini par s'enfuir mais elle n'est pas venue me rejoindre.

Il crispa les poings.

— Maintenant, laissez-moi tranquille.

Laurel ne commença à se détendre qu'une fois sur le trottoir, au soleil.

— Voilà un homme particulièrement irascible, murmura-t-elle.

— Et qui ne fait rien pour le cacher.

En frissonnant, elle s'appuya contre la voiture de Matt.

— Je comprends pourquoi il rendait Anne nerveuse.

Matt alluma une cigarette.

— Donne-moi ton impression en tant que femme.

— Passion, virilité. Suffisamment primitif pour fasciner.

Elle secoua la tête.

— Certaines femmes doivent le trouver irrésistible parce qu'un peu effrayant. Mais à mon avis, pour une femme comme Anne Trulane, c'était un homme à éviter à tout prix.

Laissant échapper un petit rire, elle ramena une mèche de cheveux derrière l'oreille.

— Sans être psychiatre, je crois pouvoir affirmer que Brewster n'était pas du tout le genre d'homme d'Anne Trulane. Mais à mon tour d'élaborer un scénario.

— Je t'écoute.

— Brewster est amoureux d'elle — ou croit être amoureux d'elle. Aucune importance. Pour un homme comme lui, ça revient au même. Il déclare sa flamme à Anne et lui demande de quitter Louis pour lui. Comment réagit-elle ? Elle est effrayée, consternée. Un peu flattée, peut-être.

— Flattée ? demanda Matt en arquant les sourcils.

— C'était une femme. Jeune, naïve.

Laurel leva les yeux vers les fenêtres de l'immeuble.

— Oui, je pense qu'elle a pu ressentir tout ça à la fois. Elle est perturbée. Brewster est pressant, enflammé. Elle aime son mari, mais elle ne sait pas comment affronter cette situation. Elle n'ose même pas en parler à sa sœur dans ses lettres.

Matt hocha la tête.

— Continue.

— Supposons que Brewster ait exigé qu'elle lui accorde un rendez-vous. Peut-être même a-t-il menacé de parler à Louis. Elle ne veut surtout pas.

L'approbation et la confiance de son mari sont trop importantes pour elle. Elle connaît sûrement l'histoire de sa première épouse. Alors…

Laurel plissa les yeux.

— Elle accepte de le rencontrer, dehors, la nuit, pendant que Louis travaille. Ils se disputent parce qu'elle refuse de quitter son mari. C'est un homme brutal, dit-elle en se remémorant les doigts puissants de Brewster sur le crayon. Il s'est mis dans la tête qu'elle l'aime mais qu'elle a peur de partir. Il l'entraîne loin de la maison, loin de la lumière. Elle est terrifiée. Elle a peur de lui, de l'obscurité. Elle s'enfuit, mais il fait noir et, sans s'en rendre compte, elle se retrouve dans le marécage. Elle est partie. Brewster ne la retrouve pas. Ou n'essaie même pas de la retrouver. Et ensuite…

— Intéressant, commenta Matt en jetant sa cigarette. Et aussi plausible que n'importe quelle autre hypothèse. Si seulement nous avions ces fichues lettres… Elles devaient contenir un indice, sinon elles n'auraient pas disparu.

— Sans doute.

— Je veux aller jeter un coup d'œil dans le marécage.

Laurel réprima un frisson.

— Ce soir ?

— Mmm.

Cela devait arriver à un moment ou à un autre, songea Laurel avec résignation.

— Allons chercher de la lotion contre les moustiques, dit-elle avec ironie.

— Nous ne sommes pas obligés d'y aller tous

les deux. Tu peux rester chez toi et m'attendre en laissant une lumière allumée à ta fenêtre, plaisanta-t-il.

Laurel releva le menton d'un air hautain.

— C'est mon article. J'y vais. Tu peux m'accompagner si ça te chante.

— Notre article, rectifia-t-il une fois de plus. De toute façon, il n'y aura sans doute rien là-bas qu'une bande d'insectes répugnants et de la boue.

Et des serpents… Laurel déglutit péniblement.

— Nous verrons bien, dit-elle d'un ton qu'elle espérait désinvolte. En tout cas, nous aurions bien besoin de trouver des indices.

Ils se regardèrent, la mine perplexe. Impasse… pour l'instant.

— Allons déjeuner, suggéra Laurel en ouvrant la portière. Et retournons au journal avant d'être licenciés.

Chapitre 7

Laurel passa plus d'une heure avec Matt aux archives du journal à consulter des fichiers jusqu'à en avoir des douleurs dans la nuque. L'atmosphère poussiéreuse des archives et l'odeur de vieux journaux lui manqueraient peut-être, mais il fallait reconnaître que ce système présentait des inconvénients.

Certains journalistes rechigneraient sans doute à s'initier à l'informatique, mais pas elle, se promit-elle en se massant la nuque.

— Brewster a eu droit à la page deux du journal, murmura-t-elle en parcourant un article. Il y a deux ans.

Elle leva les yeux vers Matt.

— Grand-mère avait raison. Personne n'a une meilleure mémoire.

— Elle m'a parlé d'une sœur…

— C'est ça. La sœur de Brewster fréquentait un homme qui aimait un peu trop le bourbon, apparemment. Ce type l'avait vue dans un bar en compagnie d'un autre homme, lui avait fait une scène et avait voulu la faire sortir de force. Brewster était là. Il a fallu une dizaine d'hommes pour l'arrêter. Et le temps qu'ils y parviennent, il avait cassé le nez et trois côtes au gars en question, ainsi que deux tables et un miroir, se blessant lui-même à la main.

Matt haussa les sourcils.

— Des charges ont été retenues contre lui ?

— Coups et blessures, en tête de liste. Il s'en est sorti avec une amende parce que son… adversaire n'a pas voulu porter plainte.

Laurel griffonna quelques notes sur un bout de papier.

— Apparemment, quand Brewster perd son sang-froid, il le perd pour de bon. Je vais voir si je peux retrouver la sœur. Il lui a peut-être parlé d'Anne.

— Mmm.

Matt griffonnait, lui aussi, dans son calepin.

— Qu'as-tu trouvé ? demanda Laurel.

— Ce ne sont que des spéculations, murmura-t-il en se levant. J'ai quelques coups de téléphone à donner.

— Matthew, n'est-ce pas toi qui m'as vanté les vertus du travail en équipe ? demanda-t-elle en le suivant.

Il appela l'ascenseur et lui adressa un sourire charmeur.

— Je te mettrai au courant quand j'aurai passé ces coups de téléphone.

— Tu édictes tes propres règles du jeu en cours de partie ? maugréa-t-elle en entrant dans la cabine.

Matt la contempla, envahi par le souvenir de sa passion, de sa vulnérabilité. De son innocence.

— C'est peut-être préférable.

Electrisée par son regard, Laurel détourna les yeux.

— Tenons-nous-en à l'article.

— Pas de problème.

Au moment où les portes de la cabine se rouvraient, il lui prit le bras et l'entraîna dans la salle de rédaction, où ils se séparèrent.

Les journalistes doivent s'habituer à ce qu'on leur réponde grossièrement, qu'on refuse de leur répondre, ou qu'on esquive habilement leurs questions. Laurel eut droit à toute la palette de réactions quand elle passa ses coups de fil pour essayer de localiser Kate Brewster. Lorsqu'elle y parvint enfin, elle essuya une nouvelle rebuffade.

La sœur de Brewster refusa catégoriquement de discuter de la bagarre dans le bar. Quant à son frère, elle n'avait pas grand-chose à en dire. Quand Laurel mentionna le nom d'Anne Trulane, elle perçut une hésitation à l'autre bout du fil. Etait-ce de la peur dans la voix de son interlocutrice ? se demanda-t-elle quand celle-ci affirma ne connaître personne de ce nom.

Mais Laurel connut une autre frustration appartenant au quotidien des journalistes. Le bruit soudain de la tonalité : sa correspondante lui avait raccroché au nez.

Elle leva les yeux et vit Matt coincer son téléphone sur son épaule pour prendre des notes. Il y en avait au moins un des deux qui progressait, songea-t-elle avec dépit en se levant pour aller s'asseoir sur le coin de son bureau. Elle tenta en vain de lire ce qu'il avait écrit. Son écriture très particulière était illisible à l'envers. Elle prit négligemment le gobelet dans lequel le café de Matt refroidissait et but une gorgée. En l'entendant prononcer le nom d'Elise Trulane, elle tendit l'oreille.

Que manigançait-il ? se demanda-t-elle, tandis qu'il continuait d'écrire en l'ignorant. Il prenait des renseignements sur Elise… De toute évidence, la ressemblance entre les deux femmes l'obsédait. Mais quel rapport pouvait-il y avoir entre une première épouse qui s'était enfuie et une seconde qui était morte ? Assaillie par une idée terrifiante, Laurel fixa Matt. La vengeance ? Mais ce serait de la folie. Louis n'était pas… Louis ne pouvait pas… Au regard que lui lança Matt, elle comprit qu'il lisait dans ses pensées. Délibérément, elle lui tourna le dos. Face à elle se trouvait le bureau de Don Ballinger. Les informations qu'ils avaient transmises au rédacteur en chef étaient succinctes mais avaient suffi à leur obtenir son feu vert.

Matt raccrocha et tapota le bord de son bureau avec son crayon.

— Où en es-tu ? demanda-t-il.

— Nulle part, si ce n'est que la sœur de Brewster est devenue nerveuse dès que j'ai prononcé le nom d'Anne Trulane. Et qu'elle a préféré ne pas se mouiller au sujet de son frère. Et toi, où en es-tu ?

Matt jouait avec son crayon. Mais pas avec la même fébrilité que Brewster. Ses mains étaient fines. Ni élégantes comme celles de Louis, ni brutales comme celles de Brewster. Elles étaient habiles et solides. Comme il l'était lui-même. Troublée, Laurel leva les yeux vers le visage de Matt. Il lui arrivait de plus en plus souvent d'être distraite de son travail, parce qu'elle pensait à lui…

— Matthew, où en es-tu ? répéta-t-elle alors qu'il regardait dans le vague.

— Il semble que la ressemblance physique n'était pas le seul point commun entre les deux Mme Trulane.

Il laissa tomber le crayon sur son bureau et prit une cigarette.

— Toutes les deux n'avaient qu'un seul parent. Dans le cas d'Elise, c'est une tante. Je viens de lui parler.

— Pourquoi ?

— Simple curiosité.

Il alluma sa cigarette, tandis que, derrière eux, un journaliste raccrochait son téléphone d'un coup sec en jurant.

— Elle décrit sa nièce comme une jeune fille timide et calme, poursuivit Matt. Apparemment Elise aimait beaucoup le *Domaine du chêne* et, contrairement à Anne, elle assumait pleinement son rôle de maîtresse de maison. Elle aimait jardiner, recevoir, et envisageait de changer la décoration de la maison. Sa tante a été très étonnée d'apprendre qu'elle s'était enfuie avec son beau-frère… et elle n'a jamais eu de nouvelles d'elle depuis. Elle pensait qu'Elise était très amoureuse de son mari.

— Comme tout le monde. Ce sont des choses qui arrivent, Matthew. Sans que personne ne se doute de rien. Je ne vois pas pourquoi Elise aurait raconté à sa tante ou à quelqu'un d'autre qu'elle avait une aventure avec son beau-frère.

— Tu as sans doute raison. Cependant, il y a un

détail que je trouve intéressant. Elise a hérité de cinquante mille dollars à son vingt et unième anniversaire. C'est-à-dire un mois après avoir quitté le domaine. L'argent n'a jamais été réclamé.

Une foule de pensées se bousculèrent aussitôt dans l'esprit de Laurel.

— Peut-être que… qu'elle a eu peur que Louis puisse retrouver sa trace si elle réclamait son héritage.

— Cinquante mille dollars, ça rend très courageux.

— Je ne vois pas ce qu'Elise a à voir avec Anne.

Matt plongea son regard dans le sien.

— Si, tu le vois parfaitement.

Le visage de Laurel était de nouveau pâle et crispé, constata-t-il. Comme lors de leur visite au domaine. Réprimant un juron, il se leva.

— C'est une information qu'il faut garder à l'esprit, dit-il d'un ton vif. Pour l'instant, nous ferions mieux de nous concentrer sur notre petite promenade de ce soir. Rentrons nous reposer un peu avant de nous mettre en route.

— D'accord.

Laurel réprima un soupir de lassitude. Elle n'avait aucune envie de discuter. Et même si c'était lâche, elle n'avait aucune envie non plus de réfléchir à ce que Matt venait de lui apprendre. La journée avait été assez éprouvante. Elle avait besoin d'un peu de temps pour parvenir à maîtriser ses émotions.

Pendant le trajet, Matt s'en tint délibérément à des propos anodins. Il était très doué pour masquer ses pensées et ses sentiments sous une attitude désinvolte. C'était une de ses armes les plus efficaces sur le plan professionnel, mais également personnel. S'il était furieux que Laurel prenne systématiquement la défense de Louis Trulane, il n'en laisserait rien paraître. S'il était miné par l'envie impérieuse, presque violente, de l'emmener dans un endroit isolé pour lui faire oublier jusqu'à l'existence de cet homme, il ne le montrerait pas. Sa voix était calme, sa conduite souple. Mais, en réalité, il était tendu à l'extrême.

— Une bonne sieste, ça va être le paradis, dit Laurel quand ils descendirent de voiture au pied de leur immeuble. Les deux dernières journées ont été longues.

« L'année a été longue », rectifia intérieurement Matt, rongé par le désir.

— La nuit va être longue également, dit-il d'un ton léger.

Laurel lui sourit pour la première fois depuis qu'ils avaient quitté le *Herald*.

— A quelle heure partons-nous en expédition ?

— Minuit est l'heure tout indiquée, je suppose.

Il effleura ses cheveux avant de monter l'escalier.

— L'ail n'a aucun pouvoir contre les fantômes, n'est-ce pas ? demanda Laurel d'un air songeur. Les balles de revolver non plus et les morceaux de bois encore moins. Qu'est-ce qui est efficace ?

— Le bon sens.

Elle poussa un profond soupir.

— Aucun romantisme…

Il s'immobilisa sur le palier et lui sourit.

— Tu veux parier ?

En riant, elle se pencha pour ramasser un paquet qui avait été déposé devant sa porte.

— Je ne me souviens pas d'avoir commandé quelque chose.

— De la part de Jerry, sans doute.

Laurel voulut prendre un air outré, mais elle n'y parvint pas.

— A minuit, Matthew.

Après avoir fouillé un instant dans son sac, elle trouva ses clés et déverrouilla la porte. Après un dernier regard malicieux, elle lui ferma la porte au nez.

Le sourire de Matt s'effaça. Cette femme le rendait fou, songea-t-il en se dirigeant vers son appartement. Il fallait qu'elle soit aveugle pour ne pas s'en apercevoir. Peut-être s'était-il montré trop prudent…

Une fois chez lui, il gagna la cuisine en enlevant sa chemise qu'il jeta par terre. Pour dire la vérité, il lui avait fallu des semaines pour reconnaître qu'il avait eu le coup de foudre dès l'instant où elle avait posé sur lui ses grands yeux émeraude.

Ce jour-là, il n'avait pas voulu le croire. De même que des années auparavant, il avait refusé d'admettre qu'il était tombé amoureux de l'adolescente dont Curt avait posé la photo sur leur bureau, dans leur chambre à l'université.

— Ma sœur, avait commenté Curt d'un air distrait. Elle est stagiaire au journal de mon père pendant l'été.

Matt n'avait pas vraiment entendu ce que lui avait dit Curt, parce que le souffle lui avait soudain manqué. Lui, un étudiant de troisième année, plus expérimenté que bien des hommes mûrs, il restait cloué sur place, pris de vertige, à cause d'une fille qui ne devait pas avoir plus de quinze ans… Impossible, s'était-il dit avant de continuer à défaire sa valise.

Matt prit du jus d'orange dans le réfrigérateur et but à la bouteille. Il s'était remis de ce premier… — mais quel nom donner à ce choc intense ? — assez rapidement. Du moins était-ce ce qu'il avait voulu croire. Mais quand, des années après, William Armand lui avait écrit pour lui offrir un poste au *Herald*, il n'avait pas hésité un seul instant. Et il ne s'était pas demandé pourquoi.

La situation aurait été plus simple si, derrière ce visage fabuleux, il avait découvert un esprit borné, se dit-il en jetant la bouteille vide à la poubelle. Ou bien une personnalité trop fade, ou un caractère trop doux. La situation aurait été plus simple si, pendant l'année passée en face d'elle au journal, il n'avait pas eu l'occasion de constater qu'elle correspondait à l'idée qu'il se faisait de la femme idéale.

Il avait bien l'intention de la conquérir. Mais puisqu'elle était encore vierge, il allait lui faire la cour dans les règles. Dîners aux chandelles et attentions délicates. De nouveau submergé par le désir, Matt laissa échapper un juron. Pourvu qu'il parvienne à dominer ses instincts…

Il avait bien l'intention de la conquérir, même si leur différence de milieu constituait un obstacle non négligeable. Il avait déjà réussi à franchir plusieurs portes. A présent, il devait faire en sorte que sa chance ne l'abandonne pas.

Oui, il allait la conquérir.

Enfonçant les mains dans ses poches, il se dirigea vers la salle de bains. Ce fut à ce moment-là qu'il l'entendit hurler.

Plus tard, il ne se rappellerait pas être sorti en courant de son appartement pour se précipiter chez elle. Il se rappellerait l'avoir entendue crier encore et encore, mais pas avoir tambouriné à sa porte avant de finir par l'enfoncer. En revanche, l'image de Laurel, figée au milieu de son salon, le visage blême, les mains à la gorge et les yeux écarquillés d'effroi, ne s'effacerait jamais de sa mémoire…

— Laurel !

Il la prit dans ses bras. Elle était raide comme une statue.

— Qu'y a-t-il ? Que se passe-t-il ?

Il sentait les battements affolés de son cœur. Etait-il vraiment possible qu'un cœur puisse battre aussi vite ? Sa peau était à la fois glacée et inondée de sueur, mais elle ne tremblait pas. Pas encore.

— Le paquet, murmura-t-elle d'une voix étranglée. Dans le paquet…

Sans la lâcher, il se tourna et regarda dans le paquet posé sur la table. Un juron lui échappa.

— Ce n'est rien, Laurel. Il est mort. Il ne peut pas te faire de mal.

Tremblant de rage, il souleva le serpent.

— Il ne peut plus te faire aucun mal, répéta-t-il, horrifié par la chose immonde qu'il tenait à la main.

Des gouttes de sueur perlaient au front de Laurel.

— Matthew… s'il te plaît, supplia-t-elle d'une voix éteinte.

Sans un mot, il laissa retomber le serpent dans la boîte, referma celle-ci et sortit de l'appartement. Quand il revint — vingt, trente secondes plus tard —, il trouva Laurel appuyée sur la table, la tête baissée, en train de sangloter. Toujours sans un mot, il la souleva de terre et la porta jusqu'au canapé où il s'assit, la berçant dans ses bras comme un bébé. Ce fut à ce moment-là seulement qu'elle se mit à trembler.

Cinq minutes… dix minutes, et il restait silencieux, se contentant de la serrer contre lui, tandis qu'elle pleurait sur son épaule, secouée de tremblements. Elle semblait si fragile… Bien sûr, il avait déjà eu l'occasion d'entrevoir sa vulnérabilité, mais il n'aurait jamais pu l'imaginer ainsi — aussi désarmée, perdue. Il serra les dents. Le jour où il mettrait la main sur celui ou celle qui avait déposé ce paquet devant sa porte, il lui ferait regretter amèrement son geste.

En sûreté. Elle était en sûreté à présent, se répétait Laurel. Même si la peur menaçait de la submerger de nouveau — cette peur abominable, paralysante, indicible. Le cœur de Matt battait sous sa paume, et la chaleur de son corps la réchauffait peu à peu. Il la serrait dans ses bras et tout allait rentrer dans l'ordre…

— Je suis désolée, dit-elle d'une voix tremblante.

— Tu n'as aucune raison de l'être.

Il lui embrassa les cheveux, puis les caressa.

— C'est comme ça depuis toujours. J'ai été mordue par un serpent quand j'étais petite. Je ne m'en souviens pas. Je ne me souviens pas non plus d'avoir été malade, mais je ne peux pas… je ne peux pas supporter…

— Ce n'est rien. Il n'est plus là. N'y pense plus.

Elle ne tremblait presque plus, mais Matt sentait encore de temps en temps un spasme la secouer. Sa respiration était hachée, son visage trempé de larmes. Oh, comme il avait envie de lui faire tout oublier... Et comme il avait envie de mettre la main sur l'ordure qui lui avait infligé ça...

— Je vais te servir un cognac.

— Non, dit-elle aussitôt en crispant les poings contre son torse.

Elle se détestait d'être aussi faible, songea Laurel avec dépit. Mais elle avait trop besoin de la force de Matt.

— Serre-moi seulement dans tes bras, le supplia-t-elle.

— Aussi longtemps que tu veux.

Elle poussa un petit soupir et ses doigts se décrispèrent peu à peu. Le silence se prolongea. Elle avait dû s'endormir, songea Matt. Sa respiration s'était apaisée, son cœur battait plus lentement et son corps avait retrouvé un peu de sa chaleur. Si elle le lui demandait, il pourrait rester ainsi sans bouger pendant des jours...

— Matthew..., murmura-t-elle en levant la tête vers lui.

Ses yeux étaient encore rougis et son visage n'avait pas repris ses couleurs. Submergé par une vague d'émotion, il dut se retenir pour ne pas la serrer contre lui à l'étouffer.

— Ne t'en va pas, s'il te plaît.

— Non, murmura-t-il en lui caressant la joue.

Sa peau était encore mouillée de larmes.

— Je reste là.

Elle lui prit la main et la pressa contre ses lèvres. Matt fut envahi par un sentiment intense et doux à la fois, qu'il n'identifia pas comme de la tendresse.

Mais Laurel la vit s'allumer dans ses yeux.

C'était ce qu'elle attendait, comprit-elle. C'était ce dont elle avait besoin, ce qu'elle désirait, même si jusqu'alors elle avait refusé de l'admettre. S'il le lui demandait maintenant… mais il n'en ferait rien, bien sûr. C'était évident. Il fallait que ça vienne d'elle.

— Fais-moi l'amour, murmura-t-elle.

— Laurel…

Bouleversé, Matt se tut. Comment pourrait-il lui faire l'amour, alors qu'elle était aussi vulnérable ? En d'autres circonstances, oh oui ! en d'autres circonstances, il aurait tout donné pour l'entendre prononcer ces mots…

— Tu devrais te reposer, éluda-t-il.

Il paraissait hésitant. Curieux… Elle le croyait au contraire si sûr de lui, songea Laurel. Peut-être éprouvait-il pour elle des sentiments aussi troublants que ceux qu'elle éprouvait pour lui…

— Matthew, je te le demande en toute lucidité.

Sa voix n'était pas très forte, mais elle était ferme, constata-t-elle avec plaisir.

— Je te désire. Je te désire depuis longtemps.

Elle fit glisser sa main sur son torse, puis dans son cou, et lui caressa la joue.

— Aime-moi… maintenant.

Elle pressa ses lèvres contre les siennes, comme si c'était la chose la plus naturelle au monde.

Peut-être aurait-il trouvé la force de résister à son propre désir. Peut-être… Mais comment résister à celui de Laurel ? Laissant échapper un gémissement, Matt captura sa bouche pour un baiser plein de ferveur. Elle était si souple, elle semblait si malléable… Ne risquait-elle pas de se dissoudre dans ses bras, comme un mirage qu'il aurait poursuivi désespérément pendant des jours et des nuits, pour finalement le voir s'évanouir sous ses yeux ? Il approfondit son baiser avec une ardeur mêlée de crainte, mais à son grand soulagement, Laurel resta dans ses bras, bien réelle et toute chaude contre lui.

Enivré par la douceur sublime de ses lèvres, il dut faire un effort surhumain pour réprimer l'envie irrésistible de les dévorer. La saveur exquise de sa bouche, le contact de sa main sur sa joue, son parfum délicat se fondirent en un mélange enivrant qui faillit lui faire perdre tout contrôle de lui-même. Non, pas question. Il ne pouvait pas se le permettre. Pas la première fois.

S'exhortant à conserver son sang-froid, il enfouit son visage dans le cou de Laurel. Mais ses lèvres semblaient mues par une force propre. Il avait trop envie de l'embrasser… Ses mains ne tenaient pas en place. Il avait trop envie de la caresser…

— Laurel… J'ai tellement envie de toi…

Il lui arracha son corsage, tout en s'exhortant à la patience. Elle l'embrassa dans le cou.

— Pas ici, murmura-t-il.

Il se leva et la porta jusqu'à la chambre, la tête appuyée contre son épaule. Les rais obliques de lumière qui filtraient à travers les stores de bois faisaient briller les yeux de Matt d'un éclat intense, constata Laurel quand il la déposa sur le lit.

— Je ne vais pas te faire mal, murmura-t-il.

Elle lui tendit les bras en souriant.

— Je sais.

Il s'allongea près d'elle. Les paupières mi-closes, elle voyait la lumière jouer sur sa peau, tandis qu'il la couvrait de baisers. C'était si facile… Elle aurait dû se douter qu'avec lui ce serait aussi facile. Promenant les mains sur son dos nu, elle sentait sous ses doigts les muscles saillants, la peau veloutée, la force. Il l'avait attirée dès le premier instant, et elle s'était efforcée de l'ignorer. Mais aujourd'hui, elle pouvait se délecter à sa guise de ce corps superbe.

Il la caressait du bout des lèvres. Jamais elle n'aurait imaginé une sensation aussi merveilleuse, songea-t-elle, parcourue de longs frissons.

Des frissons délicieux.

La bouche de Matt se promena sur son cou, puis ses épaules, tandis que ses mains s'attardaient dans ses cheveux. Une légère morsure, un petit coup de langue, et elle eut l'impression de flotter.

De la rue parvenait un air de blues joué à la trompette. Dans l'esprit de Laurel, la musique se mêlait aux murmures de Matt. Il enfouit le visage dans son cou. Renversant la tête en arrière, elle sentit le parfum vanillé de la bougie allumée sur sa table de chevet. Elle laissa échapper un long soupir, sans se douter que ce dernier exacerbait encore le désir de Matt.

Il s'empara de sa bouche dans un baiser où se

mêlaient tendresse et passion. Consciente de son impatience, elle lui répondit avec une ardeur égale à la sienne.

Lorsqu'il posa la main sur son sein à travers la soie de son caraco, les soupirs de Laurel devinrent gémissements. Transpercée par mille flèches de plaisir, elle cambra les reins. Vibrant de tout son corps, elle était assaillie par une foule de sensations nouvelles qui lui donnaient le vertige.

Soucieux de faire monter lentement le désir en elle, sans précipiter le mouvement, Matt couvrait son corps de caresses d'une douceur infinie.

Lentement, millimètre par millimètre, il fit glisser son caraco de soie jusqu'à sa taille, découvrant sa peau satinée. Il dégusta celle-ci, la parsemant de baisers gourmands, attentif aux soupirs et aux gémissements indiquant que Laurel perdait peu à peu le contrôle d'elle-même. Quand il cueillit entre ses lèvres la pointe d'un sein, elle poussa un petit cri étranglé. Dieu, quel délice…

Il mordilla doucement le bourgeon hérissé, le retenant prisonnier entre ses dents tout en le léchant du bout de la langue, jusqu'à ce qu'elle ne s'appartienne plus, engloutie dans la passion, dans les profondeurs obscures du plaisir, au-delà de toute conscience.

Pour Laurel, tout n'était plus que sensation pure — la pensée, la raison n'existaient plus, tandis que les flammes de la volupté la dévoraient tout entière. Son corps, offert et suppliant, ondulait en mouvements instinctifs. Matt continuait de la couvrir de baisers tout en finissant de la déshabiller.

Vibrante de désir, Laurel était enivrée par l'odeur qui se dégageait de leurs deux corps mêlés. Une odeur intime. Sublime.

Il lui semblait que son corps était en feu, qu'elle n'avait plus aucun pouvoir sur lui. Elle ne s'appartenait plus. Tout ce que Matt voulait d'elle, il pouvait le prendre. Il pouvait disposer d'elle. Les choix qu'elle avait faits — d'abord de lui résister, puis de se donner à lui — n'avaient plus aucun sens. Il n'était plus question de choix dans ce monde de chaleur et de lumière. Son corps se consumait de désir. Son esprit était tout entier accaparé par le même désir. Elle était à lui.

Matt le savait. Mais il s'efforçait de ne pas oublier qu'elle était encore vierge. Pourtant, la passion qu'elle lui inspirait menaçait dangereusement de lui faire perdre son sang-froid. Elle était aussi désinhibée qu'un jeune animal, ses mains le caressaient sans la moindre hésitation, ses lèvres couraient sur sa peau… Le souffle court, le sang bouillonnant dans ses veines, Matt résistait contre le tourbillon irrésistible qui menaçait de l'emporter. Faisant appel à toute sa volonté, il s'efforçait de conserver le même rythme.

Quand il glissa un doigt dans la fleur de sa féminité, Laurel se cambra sous lui, emportée par la première vague du plaisir suprême. Au-delà de son propre désir, qu'il avait de plus en plus de mal à contenir, Matt sentit la stupeur éblouie avec laquelle Laurel bascula dans le gouffre. Personne ne lui avait jamais offert cette jouissance. Personne.

Il enfouit son visage dans son cou en étouffant un

gémissement. Si moite, si chaude… Elle était prête à le recevoir. Il changea de position.

— Laurel…

Encore secouée de spasmes, elle ouvrit les yeux et les plongea dans les siens. Matt était tendu comme un arc, comprit-elle confusément. Malgré la brume de volupté qui engourdissait son esprit, elle fut assaillie par une certitude : Matt ne se préoccupait que de son plaisir à elle. Submergée par un désir intense, qui se mêlait au plaisir fabuleux qu'elle venait de découvrir, elle attira Matt vers elle, exigeant silencieusement un baiser.

Au moment où leurs bouches s'unirent, elle lui offrit sa virginité. Matt plongea en elle avec aisance et douceur, comme s'il se laissait glisser depuis la rive dans l'eau tiède d'une rivière.

Elle dormait. Matt était allongé à côté de Laurel et regardait les rais de lumière qui filtraient à travers les lamelles du store virer du blanc au rose, puis au gris, avant que le clair de lune ne vienne se glisser dans la chambre.

Son corps était au repos, mais son esprit était agité par une foule de pensées.

Par moments, au cours des derniers mois, il avait presque réussi à se convaincre que, une fois qu'il serait parvenu à ses fins, le désir lancinant que lui inspirait Laurel s'éteindrait. Mais, à présent qu'il était dans son lit et qu'elle dormait la tête sur son épaule, le corps caressé par les rayons de lune, il savait que ce désir persisterait, aussi fondamental et indispensable que le besoin de respirer.

Physiquement, elle était sienne. Pas de doute là-dessus. Il avait le pouvoir de déchaîner sa passion et de la combler. Ce n'était pas suffisant. Saurait-il gagner son cœur comme il avait su conquérir son corps ? Aurait-il la patience nécessaire ?

Matt la contempla avec émotion. Sa peau était comme de la porcelaine, sur laquelle ses cils noirs tranchaient de manière saisissante. Quelle délicatesse… Il traça du bout du doigt le contour de sa pommette. Oui, elle était d'une délicatesse extrême. Ce qui parfois lui donnait le sentiment d'être un petit garçon maladroit devant un jouet trop fragile. Mais Laurel avait également de la verve, de l'énergie et de l'ambition. Et ces traits de caractère, qu'il possédait lui aussi, les rapprochaient l'un de l'autre.

Des coéquipiers… Dans les yeux de Matt s'alluma une lueur amusée. Oui, ils étaient bel et bien des coéquipiers. Se penchant sur elle, il captura sa bouche.

Etourdie, le corps parcouru de frissons, Laurel se réveilla et fut aussitôt submergée par une vague de passion. Son corps s'enflammait sous les caresses frénétiques de Matt. C'était de nouveau lui qui donnait le rythme, mais celui-ci n'avait plus rien de nonchalant. Gémissant contre sa bouche, elle fut emportée dans un tourbillon de volupté, catapultée toujours plus haut, s'envolant de cime en cime, jusqu'à ce que Matt la rejoigne pour fusionner avec elle dans un bonheur partagé.

Rompue, épuisée, elle reprit peu à peu son souffle.

Le visage enfoui dans ses cheveux, Matt était allongé sur elle. Plus que tout, cette étreinte rapide, impétueuse, lui prouvait à quel point il s'était montré attentif et délicat la première fois.

Elle l'aimait, comprit Laurel en le serrant dans ses bras. Voilà une information qui n'aurait pas manqué de faire tomber Matt à la renverse… Un sourire malicieux aux lèvres, elle enfonça les doigts dans les cheveux qui bouclaient sur la nuque de Matt. « Matthew Bates, je vais jouer serré… et je vais gagner. »

Elle laissa échapper un soupir d'aise. Se sentait-on toujours aussi délicieusement indolent après l'amour ?

— Ton intention était-elle de me suggérer qu'il est temps de se lever ? demanda-t-elle dans un murmure.

Relevant la tête, il lui sourit.

— Je ne pense pas.

— Ce qui vient de se passer n'était pas prévu.

— Si.

Il déposa un baiser sur son front.

— Nous sommes juste un peu en avance sur le programme.

Elle arqua les sourcils d'un air faussement hautain, qui contrastait avec l'éclat de son visage repu de plaisir.

— Le programme de qui ?

— Le nôtre, répondit-il avec désinvolture. Le nôtre, Laurel.

Elle noua les mains sur sa nuque.

— Tu es beau, Matthew Bates.

Une lueur amusée s'alluma dans les yeux de Matt.

— Vraiment ?

— Oui. Je crois que je commence à m'habituer

à cette allure de surfeur et à cet accent yankee. A moins que…

Les yeux pétillants de malice, elle se mordit la lèvre.

— A moins que ce soit tout simplement ton corps qui me plaise. Tu fais du sport ?

Il se hissa sur les coudes.

— De temps en temps.

Elle pinça un de ses biceps.

— Haltères ?

— Non.

— Tant mieux. Je n'ai jamais aimé les muscles trop voyants.

Elle lui caressa le bras jusqu'au poignet, puis remonta vers l'épaule.

— Tu sembles en parfaite condition pour la suite du programme.

Il se pencha pour lui mordiller la lèvre.

— C'est-à-dire ?

— Une petite randonnée dans le marécage.

Matt effleura nonchalamment les lèvres de Laurel, tout en réfléchissant. Il pouvait la distraire, attendre qu'elle se rendorme, puis partir sans elle.

— Je me disais que nous pourrions… remettre ça à plus tard, commença-t-il.

— Vraiment ? Jusqu'à ce que tu trouves un moyen de t'esquiver et d'y aller sans moi, par exemple ?

Matt réprima un soupir. Il aurait dû s'en douter… Le corps de Laurel était alangui, mais son esprit restait beaucoup trop vif.

— Laurel…

Il posa une main sur son sein.

— Oh, non ! s'exclama-t-elle en s'écartant vivement de lui. Pas question d'essayer de me distraire. Nous travaillons en équipe.

— Ecoute !

Il la prit fermement par les épaules.

— Il est inutile que tu viennes. Nous n'avons pas besoin d'être deux pour fouiller le coin. Ce sera même plus facile si un seul d'entre nous y va.

— Dans ce cas, tu restes ici.

Elle déposa un baiser sur ses lèvres et se leva.

— Bon sang, Laurel, réfléchis !

— A quoi ? rétorqua-t-elle en fouillant dans les tiroirs de la commode.

— Ce n'est pas devant ma porte que quelqu'un a déposé un paquet.

Elle se mordit la lèvre avant de se tourner vers lui, un T-shirt et une culotte à la main.

— Non, en effet, répliqua-t-elle calmement. C'est devant la mienne, et pour une raison évidente. Nos recherches inquiètent quelqu'un, Matthew. Et ce quelqu'un va avoir affaire à moi.

Il la regarda. Sa peau nue brillait à la lumière de la lune. Elle était menue, mais elle se tenait bien droite, le menton relevé, et elle semblait parfaitement capable de se venger.

— D'accord, brave petit soldat, dit-il en s'asseyant au bord du lit. Quand nous aurons découvert le coupable, tu pourras te défouler sur lui. Mais d'ici là, souviens-toi que le marécage est infesté de serpents… qui ne sont ni morts ni enfermés dans des boîtes.

En voyant les doigts de Laurel se crisper sur le

T-shirt, Matt se maudit. Pourquoi avait-il éprouvé le besoin de l'effrayer ?

— Je fermerai les yeux.

La mâchoire serrée, elle enfila sa culotte et ajouta :

— Tu ferais mieux de t'habiller.

— Ce que tu peux être entêtée ! lança-t-il avec humeur.

— Oui, en effet.

Elle enfila son T-shirt et le foudroya du regard.

— Entêtée mais pas stupide. Celui qui a déposé ce paquet devant ma porte voulait m'inciter à renoncer. A priori, ça ne peut être que Brewster ou… les Trulane, dit-elle à contrecœur. Et si on veut que je renonce, c'est qu'il y a une bonne raison. Et cette raison pourrait bien se trouver dans le marécage.

— Je ne te contredirai pas sur ce point. Mais ça n'implique pas que tu sois obligée d'y aller.

— Si je me laissais intimider par ce genre de menace, je n'aurais plus qu'à rendre ma carte de presse. Personne ne me poussera à cette extrémité.

Elle le défia du regard.

— Personne.

Matt ravala son irritation. Elle avait raison. Comment prétendre le contraire ? Il enfila son jean en silence.

— Il faut que j'aille chercher un T-shirt et une lampe, dit-il. Sois prête dans dix minutes.

— D'accord, répondit-elle en feignant de fouiller dans un tiroir.

Une fois seule, Laurel enfouit son visage dans ses mains et donna libre cours à sa peur. Une nausée l'emporta dans un tourbillon, avant de refluer peu à peu. Cramponnée à la commode, elle se concentra sur sa respiration. Elle devait absolument aller dans le marécage — surtout après avoir reçu ce paquet. Reculer maintenant, ce serait perdre la partie.

Elle enfila un vieux jean. Ses mains ne tremblaient presque plus, constata-t-elle avec satisfaction. Anne Trulane avait peur du marécage, et elle comprenait ce genre de peur. Une peur irraisonnée qu'on ne pouvait pas plus expliquer que surmonter. Anne n'avait pas pu s'aventurer volontairement dans cet endroit obscur et menaçant. Pas plus qu'elle-même ne pourrait se rendre volontairement dans un élevage de serpents. Elle le pressentait depuis le début, bien sûr. Mais à présent qu'elle venait d'être confrontée à sa propre phobie, elle en avait la certitude. Et bon sang, elle allait le prouver.

Laurel alluma la lumière et se mit à chercher ses bottes dans le fouillis de son placard. Si Matt réagissait de manière excessive, c'était uniquement parce qu'il était inquiet pour elle. Elle pouvait le comprendre, mais pas l'accepter.

Son amour pour lui aurait pu l'inciter à lui céder sur ce point. Mais, dans ce cas, combien d'autres concessions risquait-elle de faire par la suite ?

Quelle que soit la nature de ses sentiments pour elle, elle lui avait plu telle qu'elle était, songea-t-elle en mettant la main sur une botte. Il fallait absolument qu'elle reste elle-même. C'était la meilleure attitude à adopter.

Se maudissant pour son manque d'ordre, elle continua de fouiller le placard à la recherche de l'autre botte.

A son retour, Matt la trouva assise par terre au milieu de la chambre, en train de se battre avec les lacets de ses bottes. Il avait réussi à se calmer en se disant que Laurel serait plus en sécurité avec lui que seule chez elle. Et en se promettant qu'il ne la lâcherait pas des yeux pendant tout le temps qu'ils seraient dans le marécage.

— Tu as un problème ? demanda-t-il d'un ton léger.

— Je ne comprends pas ce qui s'est passé, marmonna-t-elle en tirant sur un lacet. C'est comme si un génie caché au fond de mon placard prenait un malin plaisir à semer la pagaille dans mes affaires. Qui d'autre aurait pu faire des nœuds aussi serrés avec mes lacets ?

Matt promena un regard désabusé sur le sol jonché d'objets divers.

— Moi qui te croyais extrêmement méticuleuse et organisée… Je perds toutes mes illusions.

— Je le suis… mais seulement au travail. Aïe !

Laurel regarda son ongle cassé avec une moue de dépit avant de recommencer à se battre avec ses lacets.

— Voilà. A présent, il ne me manque plus qu'une lampe, dit-elle quand elle eut enfin réussi à mettre ses bottes.

Bondissant, elle se précipita dans la cuisine.

— Tu sais, Laurellie, ton pantalon est tellement usé qu'il est presque transparent, commenta Matt en la suivant.

— Ce n'est pas grave. Il fera sombre.

Il lui donna une petite tape sur les fesses.

— Pas si sombre que ça.

Elle prit une lampe dans le tiroir de la cuisine et vérifia qu'elle fonctionnait.

— Dans ce cas, tu devras marcher devant moi en essayant de ne pas penser à mon anatomie, rétorqua-t-elle avec un large sourire.

— Je préférerais marcher derrière.

— Il n'en est pas question.

Tout à coup, Laurel se figea.

— Qu'est-ce que… ? commença-t-elle en fixant la porte d'entrée avec stupéfaction.

— Tu étais trop occupée à crier pour m'ouvrir la porte, expliqua Matt d'un air désinvolte en la poussant dehors. J'ai appelé le gardien pour qu'il s'occupe de la faire réparer.

— Tu as défoncé ma porte ?

Elle le regarda d'un air ébahi.

Il l'entraîna dans l'escalier en riant.

— Eh oui… On ne fait plus des portes aussi solides qu'autrefois…

Il avait défoncé sa porte pour voler à son secours ! A cette pensée, Laurel fut envahie par une émotion délicieuse. En bas des marches, elle le prit par la taille.

— Tu sais, Matthew, j'ai toujours eu un faible pour les preux chevaliers sur des destriers blancs.

Matt lui prit le visage à deux mains et l'embrassa.

— Même ceux qui sont désargentés ?

— Surtout ceux-là.

Chapitre 8

Matt se gara derrière le mur du *Domaine du chêne*. Dès qu'il coupa le moteur, ils eurent l'impression qu'un silence de mort s'abattait sur eux. Ils avaient soigneusement évité d'en parler, mais s'introduire sans autorisation chez Louis donnait mauvaise conscience à Laurel. Il le savait, songea Matt en descendant de voiture. Et il savait également que ce sujet resterait tabou. Il glissa sa lampe dans la poche arrière de son jean.

— Je vais te faire la courte échelle, déclara-t-il.

Hochant la tête, Laurel prit appui sur les mains de Matt et se hissa avec agilité sur le mur. Puis elle se cala sur le ventre et lui tendit la main pour l'aider à monter à son tour. Ils se laissèrent ensuite glisser de l'autre côté.

— J'ai l'impression que ce n'est pas la première fois que tu pratiques ce genre de sport, murmura-t-elle en s'essuyant les mains sur son jean.

— Disons que j'ai été obligé d'escalader quelques murs au cours de ma carrière.

— Et ce n'est pas une métaphore.

— Ne m'oblige pas à faire remarquer que tu as toi-même grimpé comme une pro.

Laurel promena son regard autour d'elle, s'attardant sur la maison, dont l'ombre se dressait un peu plus loin.

— Je suppose que tu as pensé aux conséquences légales, si nous nous faisons prendre.

C'était le seul commentaire qu'elle se permettrait, songea Matt.

— Ne nous faisons pas prendre, répliqua-t-il sobrement en lui prenant la main.

Silencieux comme des ombres, ils traversèrent la pelouse nord. Les lampes étaient inutiles dans cette partie de la propriété. La lumière du clair de lune était faible, mais suffisante. Il n'y avait pas un souffle d'air, mais de nombreux bruits troublaient le silence. Le bruissement des feuilles, dû aux oiseaux de nuit, était ponctué de temps à autre par le hululement d'une chouette. Mais ce qui dominait, c'était le chant incessant des grillons.

Par intermittence, les petites lumières dorées des lucioles perçaient l'obscurité. Il flottait dans l'air une forte odeur de fleurs d'été et d'herbe verte.

Laurel apercevait déjà les contours lugubres du marécage. Son aversion était telle qu'elle dut faire appel à toute sa volonté pour continuer d'avancer. Ses doigts se resserrèrent autour de ceux de Matt. Sa paume était fraîche et sèche contre la sienne, constata-t-elle.

Ne ressentait-il rien ? Elle réprima un frisson. N'était-il pas sensible à l'atmosphère oppressante des marais ? Ceux-ci renfermaient des secrets qu'il valait mieux, peut-être, ne pas tenter de déterrer. Des secrets qui prenaient racine dans les herbes détrempées… Quand ils franchirent la limite du marécage, un nouveau frisson la parcourut.

— C'est un endroit comme un autre, murmura Matt d'une voix douce.

— Il est maléfique, répliqua-t-elle.

Refoulant sa peur avec détermination, Laurel desserra l'étreinte de ses doigts, mais sans toutefois lâcher la main de Matt.

— Il est difficile d'imaginer qu'une des épouses Trulane, même poussée par l'amour ou le désir, ait pu choisir cet endroit pour tromper son mari, déclara-t-elle d'un ton qui se voulait enjoué.

Avec un petit rire, Matt sortit sa lampe.

— Peut-être qu'elle avait un faible pour l'humidité et les moustiques. Voyons…

Il n'alluma pas sa lampe, mais regarda derrière lui la silhouette de la maison qui se profilait au milieu des arbres.

— Ça me paraît l'endroit le plus logique pour accéder au marécage quand on arrive directement de la maison, déclara-t-il.

Laurel suivit son regard.

— D'accord avec toi.

— Par conséquent, il y a de grandes chances pour qu'Anne soit passée par là.

— Oui.

— Voyons si nous trouvons quelque chose. Ne t'éloigne pas de moi.

— Conseil inutile, Matthew, répondit Laurel en

prenant sa lampe dans sa poche. Si tu sens quelqu'un te grimper sur le dos, ce sera moi.

Moins de trois mètres plus loin, le feuillage des arbres s'épaissit, voilant le clair de lune. L'ombre de la maison se perdit derrière un écran d'autres ombres enchevêtrées. Déjà les joncs sauvages surgissaient de terre, formant un mur végétal. Les faisceaux jumeaux des lampes de Matt et de Laurel ouvraient un chemin dans l'obscurité.

Baignant dans une humidité poisseuse, c'était un monde d'ombres et de murmures qui donnaient la chair de poule. Une odeur d'herbes pourrissantes prenait à la gorge. Pas étonnant qu'Anne ait été terrorisée par cet endroit sinistre, se dit Matt, qui commençait à mieux comprendre la jeune femme. Pour sa part, il n'aimerait pas s'y perdre seul, dans l'obscurité. Mais pourquoi avait-elle continué à avancer au lieu de faire demi-tour ? Peur panique ? Il eut une moue dégoûtée devant l'étroite voie envahie par la végétation.

Non, elle aurait dû prendre ses jambes à son cou.

— Ça n'a aucun sens, marmonna-t-il.

Laurel braqua le faisceau de sa lampe sur le côté, en direction d'un bruit étouffé. Elle resserra les doigts autour du poignet de Matt, dont le pouls lent et régulier l'apaisa un peu.

— Qu'est-ce qui n'a aucun sens ?

— Pourquoi n'a-t-elle pas fait demi-tour ?

Avec circonspection, Laurel éclaira de nouveau le chemin. Elle avait probablement entendu un opossum. Il n'y avait pas que les serpents qui faisaient du bruit… Des ours bruns avaient souvent été aperçus dans la forêt au nord du marécage, se rappela-t-elle en déglutissant péniblement.

— Quelle que soit la théorie que nous adoptions, Matthew, Anne était effrayée. Elle a paniqué, et elle a perdu la tête.

— Tu as peur ? demanda-t-il en regardant les doigts de Laurel, crispés sur son poignet.

— Non.

Avec un sourire contrit, Laurel desserra son étreinte.

— Je n'ai pas peur, je suis terrorisée.

— Pourrais-tu sortir d'ici ?

— Eh bien, je…

Elle lui broya de nouveau le poignet. Ce n'était pas le moment de jouer les héroïnes…

— Tu ne me laisses pas ici, Matthew Bates.

— Que ferais-tu, si je te laissais là ?

— Je te tuerais dès que je te retrouverais.

Avec un sourire ravi, il la prit par le bras et ils se remirent en route.

— Comment ? demanda-t-il.

— Je t'empoisonnerais, j'imagine. C'est le moyen le plus lent et le plus douloureux.

— Mais avant ça, comment sortirais-tu du marécage ?

— Je…

Déglutissant péniblement, Laurel se retourna. Ils étaient cernés par les ombres, les bruissements, l'odeur fétide de terre mouillée et d'herbe pourrie. Un peu plus loin vers l'est et le sud-ouest, il y avait également des sables mouvants, se rappela-t-elle.

— Je partirais en courant par là, je tournerais à

droite à la hauteur de cette souche et je continuerais tout droit.

— Et tu serais dehors en cinq minutes, approuva-t-il.

Il se tourna vers elle. Ses yeux étincelaient à la lumière du clair de lune.

— Pourquoi Anne a-t-elle continué à s'enfoncer dans le marécage ?

En essayant de se mettre à la place d'Anne, Laurel craignait de perdre le peu de courage qu'elle avait et de prendre ses jambes à son cou… Passant une main dans ses cheveux, elle s'efforça de réfléchir calmement.

— Elle avait été mordue… Peut-être délirait-elle.

— Je me demande à quelle vitesse le poison agit.

Il faudrait vérifier, se dit Matt avant de poursuivre.

— Il me semble qu'elle aurait dû avoir le temps de regagner la propriété ou au moins de s'en rapprocher.

— Ils l'ont trouvée près du bayou, n'est-ce pas ?

— Oui. Au centre du marécage. Pendant les recherches, nous sommes tombés à plusieurs reprises sur ses traces. Elle semblait avoir tourné en rond.

Peur panique, songea-t-il de nouveau. Pourtant, elle n'était pas restée pétrifiée comme Laurel devant le paquet. Elle avait couru, manifestement à l'aveuglette, s'enfonçant de plus en plus profondément dans ce marécage qui la terrorisait plus que tout au monde… ou bien fuyant devant un danger qui la terrorisait encore plus.

Un bruit tout près d'eux fit tressaillir Laurel. Matt pointa sa lampe sur les buissons et mit en fuite un raton laveur.

— Je déteste me ridiculiser, marmonna-t-elle. Continuons.

Vexée, Laurel passa devant Matt. Ils continuèrent leur marche en silence. Elle éclairait le chemin, tandis que Matt braquait sa lampe à droite et à gauche, sans qu'ils sachent ni l'un ni l'autre ce qu'ils espéraient trouver. Mais leur expérience de journaliste leur avait appris qu'il était souvent payant de suivre son intuition.

— Ne ris pas, déclara Laurel en s'arrêtant brusquement.

— D'accord.

Se mordillant la lèvre, elle hésita.

— Je suis sérieuse, Matthew. Ne ris pas.

— Croix de bois, croix de fer…

— J'ai l'impression que… que quelqu'un nous regarde.

— Un autre raton laveur ?

— Matthew…

— Détends-toi, dit-il en s'efforçant de prendre un ton d'autant plus désinvolte qu'il avait le même sentiment très désagréable.

Il massa la nuque de Laurel pour l'apaiser. Des histoires de fantômes… Il n'allait tout de même pas se mettre à prendre des légendes au sérieux ! S'il avait cru à ce genre de phénomènes, il aurait pensé qu'il y avait dans les ombres des marais quelque chose de maléfique qui battait en retraite devant la lumière du soleil. Mais il ne croyait pas à ces sornettes. La source du mal, c'était toujours l'homme.

— Trop de gens sont morts ici, dit Laurel en frissonnant.

Il lui massa de nouveau la nuque.

— Tu veux que nous fassions demi-tour ? demanda-t-il d'une voix douce.

« Oh, mon Dieu, oui ! » songea-t-elle. Mais elle redressa les épaules.

— Non, continuons. Le bayou n'est pas loin. On sent son odeur.

Quand ils atteignirent la rive, l'odeur de végétation saturée d'humidité se fit plus forte. Mais aucun bruit ne provenait du bayou, qui s'écoulait lentement. Les cyprès dressaient leurs silhouettes décharnées. Quelques rayons de lune parvenaient à s'insinuer à travers le feuillage des arbres et se reflétaient dans l'eau, la faisant paraître encore plus sombre. A leur approche, une grenouille sauta dans le bayou avec un petit floc.

Il y avait des alligators tapis dans l'eau, songea Laurel en fronçant le nez. Des alligators énormes.

— C'était là.

Matt dirigea le faisceau de sa lampe vers le sol.

— Laurel, s'il le fallait, serais-tu capable de retrouver ton chemin pour sortir du marécage en partant d'ici ?

Elle regarda par terre le cercle lumineux et se remémora soudain les photos du dossier. Se mordant la lèvre, elle s'efforça de chasser ces images de son esprit.

— Oui. Le chemin que nous avons pris est le plus facile, je suppose. Mais quelle que soit la direction que l'on prenne, on finit par sortir d'ici.

— En effet.

Matt continuait de scruter le sol.

— C'est curieux qu'elle ait choisi le cœur du marécage pour renoncer.

Il réprima un juron de frustration. Rien… Absolument rien… Mais que diable s'attendait-il à trouver ?

— Si seulement je pouvais mettre la main sur ces lettres !

— Si elles contenaient des informations compromettantes, la personne qui les a prises les a sûrement détruites.

— Je me demande si Susan…

Matt s'interrompit brusquement. Quelque chose scintillait dans le faisceau de sa lampe. Il se baissa et ramassa un petit morceau de métal.

— Qu'est-ce que c'est ? demanda Laurel.

— On dirait un fragment de bijou. En très mauvais état.

Il se releva et examina sa trouvaille.

— Appartenait-il à Anne ?

Laurel le lui prit des mains et essuya la boue séchée qui le recouvrait.

— Je ne sais pas. Au bout d'un mois ici…

Braquant sa lampe sur l'objet, elle fut assaillie par un souvenir confus.

— On dirait la face d'un médaillon… sans doute précieux. Regarde la finesse du motif gravé.

Le souvenir se précisa brusquement pour lui échapper aussitôt.

Elle secoua la tête avec agacement.

— Ça me rappelle quelque chose… Peut-être appartenait-il à tante Ellen. Louis a pu le donner à Anne après leur mariage.

— Nous devrions pouvoir le vérifier. A supposer que ça nous avance à quelque chose…

Il reprit le bout de métal et le mit dans sa poche, avant de braquer sa lampe vers la droite, le long de la rive.

— Reste ici une minute, je vais aller jeter un coup d'œil par là-bas.

— Qu'est-ce que tu cherches ?

— Si je le savais…

— Je viens avec toi.

— Laurel, c'est un vrai bourbier. Tu as eu de la chance d'éviter les serpents jusqu'à maintenant. Inutile de prendre des risques inutiles.

Elle se mordit la lèvre. Il avait raison. Des vipères venimeuses nageaient dans le bayou…

— Tu as deux minutes, Matthew. Si tu restes plus longtemps, je te rejoins.

— Deux minutes.

Il déposa un baiser sur sa tempe.

— Reste ici.

— Je ne risque pas de bouger…

Elle suivit des yeux la lumière de la lampe qui s'éloignait. Il ne savait pas ce qu'il cherchait, mais elle comprenait son besoin d'agir. Jusqu'à présent, leur butin était bien maigre. De nouvelles questions et un fragment de bijou…

Elle plissa le front. Pas de doute, ce dernier lui évoquait quelque chose. Un souvenir d'enfance ? Avait-elle vu ce médaillon quand il était encore entier et étincelant… sur une robe blanche ? Elle pressa les doigts sur ses tempes en fouillant dans sa mémoire.

Une des robes de dentelle que tante Ellen portait lors des réceptions ? Non, décidément, elle ne voyait pas… Frustrée, elle renonça.

« Plus qu'une minute, Matthew », dit-elle silencieusement. Pourquoi les petits bruits de la nuit lui paraissaient-ils amplifiés à présent qu'il ne se trouvait plus auprès d'elle ? Une goutte de sueur coula dans son dos, la faisant frissonner.

« C'est juste cet endroit qui me porte sur les nerfs, se dit-elle en refusant de céder à l'envie de regarder derrière elle. Dans une heure, nous serons de retour chez moi et je rirai de bon cœur en me rappelant que je frissonnais dans la chaleur étouffante en imaginant des lutins dans mon dos. Dans une heure… »

Un bruit plus net que les autres, derrière elle, la fit tressaillir. « Maudits ratons laveurs ! » songea-t-elle, irritée contre elle-même. Elle ouvrait la bouche pour appeler Matt quand un bras se referma autour de son cou.

Tétanisée par la frayeur, elle ne sentit pas tout de suite la douleur ni le manque d'air. Dans un réflexe d'autodéfense, elle balança son coude en arrière, mais il ne rencontra que le vide. Au même instant, elle fut projetée en avant avec force. Sa lampe lui échappa des mains et elle tomba au milieu des joncs, se cognant violemment la tête sur le tronc d'un cyprès.

Au bord du bayou, Matt vit l'arc de lumière dessiné par la lampe de Laurel volant dans les airs, puis ce fut le noir complet. Il s'élança aussitôt en criant son nom, maudissant la boue qui le ralentissait. Lorsqu'il la vit étendue par terre, il fut assailli par l'image du cadavre d'Anne Trulane et il crut que son cœur allait s'arrêter de battre. S'agenouillant près d'elle, il la saisit par les épaules et l'attira contre lui d'un geste brusque. En l'entendant gémir, il recommença à respirer.

— Qu'est-ce qui t'arrive ? hurla-t-il, rendu agressif par la terreur qu'il venait d'éprouver.

— Ma tête… J'ai heurté…, répondit-elle d'une voix tremblante.

Elle secoua la tête pour tenter de s'éclaircir les idées. Grave erreur, constata-t-elle aussitôt, alors que le sol tanguait sous elle.

— Quelqu'un m'a poussée… quelqu'un qui est arrivé par-derrière.

Elle agrippa le T-shirt de Matt, qui se relevait.

— Oh, non ! tu ne me laisses plus toute seule ici !

Ecumant de rage, furieux de se sentir aussi impuissant, Matt s'agenouilla de nouveau à côté d'elle.

— D'accord, reste assise un moment.

Il passa la main dans ses cheveux.

— Tu es blessée ?

Laurel pouvait voir la colère, l'inquiétude et la frustration dans son regard.

— Non, pas vraiment.

Elle sourit. A part des élancements dans la tête, elle ne sentait rien.

— Juste une bosse. Je n'ai pas perdu connaissance. J'ai vu des étoiles, c'est tout… mais pas autant que la première fois où tu m'as embrassée.

Cette remarque réconfortait Matt, comprit-elle

en le sentant se détendre légèrement. Cependant, il scrutait toujours son visage d'un air anxieux.

— Je n'aurais jamais dû te laisser seule.

— Matthew, si tu commences à jouer le macho et à culpabiliser, je vais m'énerver.

Elle l'embrassa.

— Voyons si j'arrive à me lever.

En la tenant fermement, Matt la hissa lentement sur ses pieds.

Pas de vertige, constata-t-elle. Et les élancements laissaient place à une douleur très supportable.

— Ça va, je t'assure, dit-elle en voyant qu'il continuait de l'observer avec inquiétude. J'ai déjà reçu des coups plus douloureux.

« Tu n'en recevras plus tant que je serai près de toi », lui promit silencieusement Matt.

Il s'efforça de sourire.

— Je ne ferai aucun commentaire sur les gens qui ont la tête dure, dit-il sur le ton de la plaisanterie. Mais dis-moi ce que tu as vu… à part des étoiles ?

— Rien.

Elle soupira.

— J'étais tellement décidée à ne pas me comporter comme une idiote, que je n'ai pas voulu me retourner quand j'ai entendu un bruit derrière moi. Et tout à coup, j'ai senti un bras m'étrangler. Je n'ai même pas eu le temps de mettre en pratique ce que j'ai appris dans mes cours d'autodéfense. J'ai été violemment poussée contre cet arbre. Et quand les étoiles ont cessé de tourbillonner, tu étais là.

Refoulant sa soif de vengeance, Matt caressa la tête de Laurel avec douceur.

— Tu vas avoir une bosse, commenta-t-il en s'efforçant de prendre un ton léger. Mais pas d'égratignure.

— Voilà une bonne nouvelle.

Soudain, il l'embrassa longuement, avec ferveur. Ses mains ne tremblaient plus, mais il bouillait toujours de rage.

— Tu es sûre que tu peux marcher ? demanda-t-il quand il finit par s'arracher à ses lèvres.

— Pour sortir d'ici ? Absolument ! Au fait, j'ai perdu ma lampe.

— Tu n'as plus qu'à en racheter une, dit-il en ramassant la sienne. Elle est tombée dans le bayou.

— Oh ! super. Elle était neuve… En tout cas, nous avons la confirmation que quelqu'un essaie de m'intimider, ajouta-t-elle alors qu'ils prenaient le chemin du retour.

— Oui. Quelqu'un qui n'a rien d'un fantôme. Car les fantômes ne poussent pas les gens contre les arbres, n'est-ce pas, Laurel ?

— Non.

Laurel savait ce que Matt pensait. Ils n'étaient pas loin de la maison, et ses habitants connaissaient bien le marécage.

Ils continuèrent d'avancer silencieusement, encore plus prudents qu'à l'aller, tendant l'oreille à chaque bruit et s'efforçant d'identifier chaque ombre. Matt ne lâchait pas la main de Laurel. Lorsqu'ils aperçurent de nouveau la maison, celle-ci était plongée dans l'obscurité.

Le dégoût que lui avait inspiré le marécage poursuivit Matt même après qu'ils eurent franchi le mur de la propriété. Bon sang, comme il avait envie d'une douche ! Une très longue douche…

Laurel resta silencieuse jusqu'à ce que le *Domaine du chêne* soit loin derrière eux.

— Il va falloir de nouveau parler à Louis et à Marion, dit-elle alors.

— Je sais, acquiesça Matt en appuyant sur l'allume-cigare.

S'il se remplissait les poumons de fumée, il se débarrasserait peut-être de l'odeur nauséabonde qui semblait s'accrocher à lui…

— Nous leur rendrons visite demain.

Renversant la tête en arrière, Laurel ferma les yeux. On était déjà demain…

— Je ne sais pas si tu es comme moi, mais je meurs de faim.

Matt lui jeta un coup d'œil. Elle était encore un peu pâle, mais c'était peut-être un effet du clair de lune. Sa voix était ferme et sa respiration régulière. Il n'avait pas vraiment senti de la peur chez elle, même quand elle était à terre, étourdie. De la frustration, oui, et aussi de l'irritation, parce qu'elle s'en voulait de s'être laissé surprendre. Mais pas de la peur.

Avec les ombres des arbres qui dansaient sur son visage, elle ressemblait à Olivia. Unique, indomptable, fascinante. Il prit sa main et la porta à ses lèvres.

— Nous allons acheter une pizza et la manger chez moi.

Laurel approuva avec enthousiasme.

— Oui, une pizza royale !

Il était plus de 2 heures quand Laurel repoussa son assiette sur la table, incapable d'avaler une bouchée de plus. N'ayant aucune idée préconçue, elle n'avait pas été surprise par l'appartement de Matt. Le décor invitait à la nonchalance — gros coussins bien rembourrés, épais tapis, couleurs apaisantes, le tout dénotant un goût très sûr et un penchant très net pour le confort.

Au mur, il n'y avait ni journaux encadrés ni reproductions de Picasso, mais deux huiles d'un artiste qu'elle ne connaissait pas et qui avaient toutes les deux New York pour sujet. Une vue d'ensemble soulignant la splendeur de la ville, et une scène de rue dans un quartier aux immeubles décrépis et aux trottoirs défoncés. Le contraste entre les deux œuvres, excellentes l'une et l'autre, était étonnant. Sans doute Matt avait-il connu les deux aspects de la ville, songea Laurel.

— Non, merci, je n'en peux plus, dit-elle quand il voulut lui servir une autre part de pizza.

— Tu n'avais pas dit que tu serais capable de la manger entière tellement tu étais affamée ? plaisanta-t-il avant de mordre dans la part qu'il venait de lui proposer.

Laurel se leva et se promena dans la pièce, son verre de vin à la main, en goûtant le moelleux du tapis sous ses pieds nus.

— Ton appartement me plaît. Tu aimes visiblement le confort.

— Comme la plupart des gens, fit-il valoir en la suivant des yeux, tandis qu'elle se dirigeait vers la chaîne hi-fi.

— Mmm. Mais tout le monde n'en fait pas un art de vivre.

Laurel écarta un disque pour étudier les toiles de plus près.

— Ces tableaux sont impressionnants. Je ne connais pas ce peintre, mais je suis sûre que j'aurai l'occasion de voir bientôt d'autres œuvres de lui.

— Il serait ravi de t'entendre.

Matt prit son verre sans cesser d'observer Laurel. Le vin était doux et moelleux.

— Nous avons grandi dans le même quartier.

— Vraiment ? New York te manque ? demanda-t-elle avec curiosité.

Matt jeta un coup d'œil au tableau, puis reporta son attention sur son verre.

— Non.

— Pourtant, tu l'emportes partout avec toi, apparemment.

— Nous trimballons tous nos bagages partout où nous allons, murmura-t-il en se levant pour mettre le reste de pizza au réfrigérateur.

Laurel le suivit des yeux avec perplexité. Pourquoi cette réflexion ? Elle contempla de nouveau les tableaux. Le même quartier... Rues sales et immeubles dégradés.

Lorsque Matt revint de la cuisine, elle n'avait pas bougé.

— Tu as grandi là.

Il n'eut pas besoin de regarder de quel tableau elle parlait.

— Oui, répondit-il en enlevant son T-shirt. J'ai besoin de prendre une douche.

Elle le suivit et le saisit par le bras à l'entrée de la salle de bains. Ignorant son mouvement d'impatience, elle demanda :

— C'était dur, n'est-ce pas ?

— J'ai survécu, dit-il d'un air indifférent. Tout le monde n'a pas cette chance.

Il réprima un soupir. La compassion de Laurel était perceptible dans ses yeux, le contact de sa main, sa voix.

— Raconte-moi.

— Laisse tomber.

Aussi surprise que blessée par le ton cinglant de Matt, Laurel recula d'un pas. Puis elle redressa les épaules et déclara :

— D'accord, je suis désolée. Merci pour la pizza. A demain matin.

Il la retint par le bras.

— Laurel, tu sais bien que tu ne peux pas retourner chez toi tant que la porte n'est pas réparée.

— Tout le monde n'a pas besoin de serrures et de verrous, Matthew, rétorqua-t-elle en le regardant droit dans les yeux.

— Bon sang…

Il s'exhorta au calme. Il était crispé, encore remué par ce qui était arrivé à Laurel dans le marécage et par ce qui s'était passé entre eux dans son lit. En vérité, il était en proie à une foule d'émotions qu'il avait du mal à maîtriser…

— Ecoute, j'ai grandi dans un quartier difficile de l'East Side. Ça n'a rien à voir avec toi. Rien du tout.

Laurel ne cilla pas.

— Bien. Disons que c'était de la simple curiosité professionnelle et restons-en là.

— Bon sang, Laurel !

Matt la saisit par les épaules, alors qu'elle pivotait sur elle-même.

— Tu ne dormiras pas chez toi toute seule cette nuit.

— Ne me dis pas ce que je dois faire.

— Si. Et pour une fois, tu vas m'écouter.

— Lâche-moi.

Malgré sa colère, Matt sentit la souffrance derrière le ton glacial de Laurel. En soupirant, il appuya son front contre le sien.

— Excuse-moi.

— Tu ne me dois pas d'excuses.

— Si. Je t'ai blessée et ce n'était pas mon intention.

— Non, ce n'est pas grave, insista Laurel, dont la colère s'évanouit instantanément. J'ai été indiscrète.

— Non, je…

Matt hésita. Il n'était pas prêt à évoquer le passé. Pas avec Laurel.

— Je n'ai pas envie de me quereller avec toi, Laurel. Ecoute, il est tard, la journée a été très longue. Je ne peux pas me pencher sur mon passé cette nuit.

Elle le prit dans ses bras.

— Plus de questions ce soir.

— Laurel…

Il s'empara de la bouche qui s'offrait à lui. Peu à peu, il sentit sa tension se dissiper.

— Reste ici, murmura-t-il. Reste avec moi.

Avec un petit soupir d'aise, elle posa la tête sur son épaule.

— La douche est-elle incluse dans le prix de la chambre ?

Elle entendit son rire étouffé, tandis qu'il enfouissait le visage dans son cou.

— Bien sûr. Mais nous allons être obligés de la prendre ensemble. Tu as entendu parler de la pénurie d'eau ?

— Non, pas du tout.

— Vraiment ?

Il l'entraîna dans la salle de bains.

— Elle atteint un seuil critique. Je vais t'expliquer, dit-il en lui enlevant son T-shirt.

Elle pouffa joyeusement.

Quand Laurel sortit de la douche, sa peau était rouge et lui cuisait. S'enveloppant dans une serviette, elle déclara :

— Je suis très impressionnée par ton engagement pour la défense de l'environnement.

— C'est toute ma vie.

Il lui arracha sa serviette.

— Il faut également économiser sur les lessives. Tu sais combien de litres d'eau consomme une machine à laver ?

Il promena son regard sur elle.

— Et maintenant, tu ferais mieux d'aller te coucher, sinon tu vas attraper froid.

Elle quitta la pièce d'une démarche altière, le laissant admirer sa nudité.

— Je suppose que ta conscience t'interdit d'allumer la lumière, dit-elle une fois dans la chambre, où il l'avait suivie.

— Devoir civique, dit-il en la saisissant par la taille et en l'entraînant dans sa chute sur le lit.

Feignant l'indignation, elle s'écria :

— Matthew !

Il la réduisit au silence en s'emparant de ses lèvres. Il avait bien l'intention de poursuivre la torture sensuelle à laquelle il l'avait soumise sous la douche… Mais ses jambes étaient mêlées aux siennes, son corps offert au sien, et sa bouche…

— Oh, mon Dieu ! Laurel, j'ai tellement envie de toi !

Il l'embrassa avec une fougue décuplée par les émotions de la nuit.

Il oublia d'être patient et elle oublia d'avoir besoin de sa patience. Il oublia d'être doux et elle oublia d'avoir besoin de sa douceur. Il plongea sa langue au plus profond de sa bouche, comme s'il craignait de ne pouvoir en savourer pleinement le goût, la saveur. Mais Laurel n'avait pas l'intention de le priver de quoi que ce soit. Submergée par un désir qui s'accroissait de seconde en seconde, elle répondit à son baiser avec une ardeur et une avidité égales aux siennes. Cette fois, il n'était pas question de se laisser aller passivement dans ses bras, mais de prendre autant qu'elle donnerait.

Elle ne savait pas que la passion pouvait balayer toute trace de civilisation chez l'homme, mais elle le découvrit. Savourant les délices de l'abandon, elle touchait et goûtait tout ce dont elle avait envie avec des mains et des lèvres fébriles, aussi impatientes que celles de Matt. Il sentait bon le savon qu'elle avait fait mousser sur lui quelques instants plus tôt. Ce parfum entêtant la grisait et exacerbait son désir, qui la poussait toujours plus loin dans sa quête.

Ils étaient deux ombres dans le lit, enchevêtrées, agrippées l'une à l'autre, emportées dans un tourbillon de sensualité brûlante. Peut-être étaient-ce les dangers sournois qui les avaient menacés au cours des heures précédentes qui les incitaient tous les deux à se repaître de tout ce que pouvaient s'offrir mutuellement un homme et une femme. Peau humide de sueur, pouls frénétique, gémissements haletants. Seul comptait l'instant, le présent enivrant. Hier et demain n'existaient plus.

Conscient de sa brutalité, Matt était incapable de se contrôler. Le feu qui semblait jaillir du corps de Laurel attisait celui qui le consumait. Elle était aussi délicate, souple et veloutée que lorsqu'il s'était uni à elle quelques heures plus tôt — mon Dieu, était-ce seulement quelques heures plus tôt ? Mais elle ne restait plus passive. Animée par une ardeur égale à la sienne, elle était en proie à la même fièvre. Elle voulait tout. Tout ce qu'il lui avait déjà donné et tout ce qui lui restait encore à découvrir. Elle voulait tout apprendre, tout connaître de l'amour et de ses mystères.

Il couvrit son ventre de baisers affamés, lui arrachant des soupirs éblouis. S'offrant à sa bouche, elle le guida vers le cœur brûlant de sa féminité, l'invitant à assouvir son désir.

Sous les caresses expertes de sa langue, Laurel se cambra, foudroyée par un plaisir inédit. L'emportant vers des sommets inexplorés, il lui fit franchir un premier pic et continua sur sa lancée, implacable, tandis que, secouée de spasmes, elle enfonçait les ongles dans ses épaules.

Vague après vague, elle était submergée par un plaisir dévastateur, mais Matt l'entraînait toujours plus loin. Il était impossible que ce plaisir vertigineux se prolonge encore, songea-t-elle confusément juste avant d'être propulsée encore plus haut. Puis plus haut encore. Et encore… Au lieu d'être saturée, elle vibrait d'énergie. Le cœur de Matt battait au même rythme que le sien. A peine assouvi, son désir était de nouveau attisé.

— Matthew, supplia-t-elle dans un gémissement étranglé. J'ai envie de toi.

Quand la bouche de Matthew quitta la fleur de sa féminité pour remonter le long de son corps en effleurant sa peau, elle sentit les frissons qui le parcouraient et les martèlements de son cœur. Leurs souffles haletants ne faisaient plus qu'un. Elle vit ses yeux étinceler dans la lumière pâle du clair de lune, puis elle se délecta du mélange exquis de sel et de savon qui parfumait sa peau.

— J'ai envie de toi…, murmurèrent-ils en chœur.

Elle cambra les reins pour l'accueillir en elle.

Chapitre 9

Le ciel était bas. D'épais nuages couleur d'étain retenaient prisonnières la chaleur et l'humidité, incitant à espérer la pluie plutôt qu'à la redouter. Les feuilles des arbres pendaient mollement, immobiles.

Laurel renversa la tête en arrière et tenta de trouver un peu de réconfort dans l'air poisseux que la vitesse faisait souffler par la vitre de la voiture. Les arbres qui bordaient la route projetaient sur celle-ci une ombre qui atténuait à peine la chaleur accablante. Elle réprima un soupir. Ce serait si agréable d'être installée sous un arbre dans l'herbe humide, au bord d'une rivière…

Pour la troisième fois en deux jours, elle était en route pour le *Domaine du chêne*. Chaque fois, elle appréhendait un peu plus les réponses qu'elle risquait d'y trouver.

Leur visite provoquerait sans nul doute la colère de Louis. L'homme qu'elle avait vu la veille serait furieux d'être dérangé de nouveau… à supposer qu'il consente à leur parler. Quant à Marion… Laurel fut assaillie de remords. Marion serait profondément blessée. Blessée que Laurel s'obstine à poursuivre des recherches qu'elle trouvait déplaisantes et pénibles pour son frère et pour elle.

Il fallait éviter d'y penser, songea Laurel en regardant par la vitre. Elle n'avait pas le choix. Certaines questions devaient être posées. Ils étaient allés trop loin pour faire machine arrière. Après tout, ce serait sans doute plus facile pour Louis et Marion d'être interrogés par elle. Mais non, se dit-elle aussitôt, la mort dans l'âme. Ça ne serait pas plus facile. Pour personne.

Matt était silencieux et elle savait pourquoi. Il voulait lui laisser le temps de se préparer à cette entrevue avant leur arrivée au domaine. Attention touchante. Elle réprima un sourire. Etonnant… Une semaine plus tôt, elle aurait juré que Matthew Bates était incapable de se montrer attentionné. Elle avait beaucoup appris à son sujet au cours des derniers jours. Pas tout, cependant, songea-t-elle en se souvenant des deux tableaux. Mais tout de même un grand nombre de choses importantes. La plus importante étant qu'elle l'aimait.

Ils n'avaient pas encore parlé sérieusement de ce qui s'était passé entre eux. Curieusement, elle sentait qu'ils étaient tous deux réticents à sonder l'autre sur ses sentiments. « Ne t'emballe pas. Il ne faut rien précipiter. » C'étaient les mots qui lui revenaient sans cesse à l'esprit. Etait-ce également ce que se disait Matt ?

Tout était arrivé si vite. Un an ? Est-ce si rapide ? se demanda-t-elle en esquissant un sourire. C'était en tout cas l'impression qu'elle avait. Ils avaient refoulé l'un et l'autre ce qui avait germé entre eux au fil des mois, si bien que la soudaine flambée de passion avait été totalement inattendue. Et d'autant plus excitante. Mais que représentait-elle vraiment pour lui ? Si seulement elle avait le courage de le lui demander…

Elle étudia son profil. Energique, séduisant, avec un sourire désinvolte et des yeux malicieux. Toutefois, sa personnalité était beaucoup plus complexe que ne le laissaient supposer les apparences. L'observation de son écriture lui avait appris qu'il était perspicace et ironique. Elle avait également découvert que sa désinvolture était une façade. Ce n'était pas sa vraie nature. Matthew Bates était un homme nerveux et impatient qui ne suivait que ses propres règles. Non seulement elle l'aimait, mais elle appréciait son caractère ! songea Laurel, amusée.

Coéquipiers… Son sourire s'élargit. « Tu ferais mieux de t'y habituer, Matthew Bates, parce que nous allons faire équipe pendant très très longtemps. »

— Ce que tu vois te plaît ? demanda-t-il d'un ton pince-sans-rire.

Inclinant la tête, elle continua de l'étudier. « Ne t'emballe pas », se répéta-t-elle une fois de plus.

— A vrai dire, oui, répondit-elle. Et je n'en reviens toujours pas.

Il rit et lui caressa doucement les cheveux sans quitter la route des yeux.

— J'adore tes compliments, Laurellie. On ne sait jamais comment on doit les prendre.

— Ça t'oblige à rester sur le qui-vive.

— Tu m'as quand même dit une fois que j'avais des yeux fantastiques.

Elle arqua les sourcils.

— Vraiment ?

— Il est vrai que c'était après quatre Martini.

Elle éclata de rire alors qu'ils franchissaient l'entrée du domaine.

— L'alcool fait dire n'importe quoi. De quelle couleur sont-ils, au fait ?

Plissant les paupières, il se tourna vers elle.

— Bleus. Cheveux blonds, yeux bleus… C'est assez banal, mais l'ensemble n'est pas trop catastrophique.

— Merci. En revanche, ton menton…

— Mon menton n'est pas pointu, protesta-t-elle en relevant machinalement ce dernier.

— Si, mais console-toi. Ça ne se voit pas tant que ça…

Matt se gara devant la maison et descendit de voiture en faisant tinter les clés dans sa main. Il avait rendu le sourire à Laurel, mais ce n'était que temporaire, songea-t-il en l'observant, tandis qu'elle contemplait la maison. Le conflit entre ses sentiments et sa conscience professionnelle se reflétait sur son visage.

— Matthew, Marion acceptera de nous recevoir parce que son éducation l'y oblige, mais… je doute que Louis accepte de nous parler, dit-elle après une hésitation, tandis qu'ils montaient les marches du porche.

— Nous devrons le convaincre, répliqua-t-il en laissant le heurtoir retomber lourdement sur la porte.

— Je ne veux pas trop insister pour l'instant. Si…

— Alors quand ? coupa-t-il d'un ton vif en dardant sur elle un regard étincelant.

Laurel ouvrit la bouche, mais l'air furieux de Matt l'incita à garder le silence.

— D'accord, murmura-t-elle enfin. D'accord.

Pris de remords, Matt voulut se rattraper.

— Laurel…

Mais la porte s'ouvrit, l'empêchant de poursuivre. Binney les regardait tous les deux avec surprise. Puis une lueur fugitive s'alluma dans ses yeux.

— Mademoiselle Laurel, nous ne pensions pas vous revoir si vite.

— Bonjour, Binney. J'espère que ça ne tombe pas trop mal, mais nous aimerions parler à Louis et à Marion.

Binney jeta un coup d'œil à Matt, puis reporta son attention sur Laurel.

— M. Louis ne va pas bien. Le moment est mal choisi.

— Il est malade ?

— Non.

Binney hésita.

— Non, mais il… il n'est pas de très bonne humeur, dit-elle en croisant ses longs doigts noueux devant elle.

— Je suis désolée, dit Laurel avec un sourire, tout en se haïssant. Nous ne le dérangerons pas longtemps. C'est important, Binney.

Sans attendre d'y être invitée, elle pénétra dans le hall.

— Très bien.

Le regard accusateur que lui lança la gouvernante

avant de refermer la porte accrut le sentiment de culpabilité de Laurel.

— Venez dans le salon. Je vais prévenir Mlle Marion que vous êtes là.

— Merci, Binney.

Sur le seuil du salon, Laurel prit la main de la gouvernante.

— Arrive-t-il souvent à Louis de… ne pas être de très bonne humeur ?

— De temps en temps.

— Cela lui arrivait-il déjà quand Anne était… quand il était marié à Anne ?

Pinçant les lèvres, Binney jeta un regard furtif vers l'étage. Puis elle déclara à voix basse, précipitamment et en français :

— Vous l'avez connu, mademoiselle Laurel, mais il y a eu tellement de changements, il est arrivé tellement de malheurs… Rien n'est plus comme à l'époque où vous veniez pour prendre le thé et apprendre à monter à cheval.

— Je comprends, Binney. J'aimerais l'aider.

La gouvernante jeta un nouveau coup d'œil vers l'étage.

— Après le départ de M. Charles, M. Louis a commencé à avoir des… sautes d'humeur. Il lui arrivait d'errer dans la maison sans adresser la parole à personne, ou bien de s'enfermer dans son bureau pendant des heures. Nous étions inquiets pour lui, mais…

Elle eut un haussement d'épaules éloquent.

— Quand il s'est mis à voyager pour ses affaires,

ç'a commencé à aller mieux. La vie n'était pas facile pour lui, mais il était… calme. Puis un jour, il a ramené la jeune fille. Sa femme.

— Et il a de nouveau changé ?

— Oui, en mieux.

La gouvernante hésita. Elle avait manifestement des scrupules et c'était bien compréhensible, songea Laurel.

— Nous avons été surpris, reprit Binney. Elle ressemblait tellement à sa première femme.

Binney parlait à voix si basse que Laurel devait tendre l'oreille pour saisir ses paroles.

— C'était bizarre de la voir. Même sa voix… Mais M. Louis était heureux avec elle, il avait rajeuni. Il lui arrivait encore de temps en temps de broyer du noir et de s'enfermer, mais rarement.

S'efforçant d'ignorer le nœud dans son estomac, Laurel demanda :

— Binney, Anne avait-elle peur quand Louis… broyait du noir ?

La gouvernante pinça de nouveau les lèvres.

— Elle était peut-être un peu perplexe.

— Etait-elle heureuse ici ?

Une ombre passa dans les yeux noisette.

— Elle disait que la maison semblait sortir d'un conte de fées.

— Et le marécage ?

— Elle en avait peur. Elle n'aurait pas dû y aller. Ce qu'il y a là-bas, il vaut mieux ne pas s'en approcher, déclara Binney en baissant encore la voix.

— Qu'y a-t-il là-bas ?

— Des esprits, répondit la gouvernante avec un tel naturel que Laurel frissonna.

Il était inutile de discuter les vieilles croyances, les vieilles légendes, décida-t-elle.

— Anne voyait-elle souvent Nathan Brewster ?

— C'était une épouse fidèle.

Le ton de la gouvernante avait imperceptiblement changé, comme si elle était soudain moins déterminée à prendre aveuglément la défense des habitants du domaine, comprit Laurel. Autant aller droit au but.

— Louis savait-il que Brewster était amoureux d'Anne ?

— Ce n'est pas à moi de le dire, répliqua Binney d'un ton réprobateur.

« Ni à vous de poser la question », entendit Laurel comme si la gouvernante l'avait dit à voix haute.

— Je vais prévenir Mlle Marion que vous êtes là.

Pivotant sur elle-même, Binney s'éloigna.

— Bon sang, j'ai perdu sa confiance, pesta Laurel.

— Assieds-toi, dit Matt en lui avançant un fauteuil. Et explique-moi de quoi vous avez parlé.

— Elle m'a dit que Louis avait de fréquentes sautes d'humeur après le départ de Charles et d'Elise. Ce qui est compréhensible, ajouta-t-elle un peu trop machinalement au goût de Matt. Tout le monde était inquiet pour lui. Mais son état s'est un peu amélioré quand il s'est mis à voyager pour ses affaires. Le jour où il a ramené Anne, la ressemblance entre ses deux épouses a suscité des commentaires, bien sûr. Mais apparemment Binney appréciait la jeune femme.

D'après elle, Louis allait beaucoup mieux depuis son second mariage. Quant à Anne, elle semblait heureuse.

Laurel se laissa aller contre le dossier avec un soupir, tout en pianotant nerveusement des deux mains sur les accoudoirs.

— Elle partage le sentiment des gens de la région à propos du marécage.

— Encore cette histoire de fantômes ?

— Ne sois pas aussi terre à terre ! C'est une question de… d'atmosphère.

Mieux valait ne pas insister, décida Matt.

— Il me semble avoir entendu le nom de Brewster.

— Elle s'est contentée de m'assurer qu'Anne était une épouse fidèle. J'ai essayé de lui en faire dire plus, mais c'est à ce moment-là que j'ai perdu sa confiance.

— Oublie tes sentiments une minute et utilise ton cerveau, conseilla Matt d'un ton sec.

Après tout, pourquoi ne pas la brusquer un peu ? Il préférait la voir en colère plutôt que triste, songea-t-il avant de poursuivre.

— Si la gouvernante était au courant pour Brewster — et le fait qu'elle se soit fermée comme une huître prouve qu'elle l'était — qui d'autre savait ?

— On ne peut rien cacher aux domestiques, Matthew. Ils étaient tous au courant.

— Pourtant, aucun d'eux n'a parlé de lui quand ils ont été questionnés par la police.

Laurel croisa les mains devant elle pour s'empêcher de pianoter.

— En parler aurait terni la réputation d'Anne et par ricochet celle de Louis. Par ailleurs, n'oublie pas que les enquêteurs ont conclu à une mort accidentelle. Ce genre de détail ne devait pas paraître pertinent, à l'époque.

— Et aujourd'hui ?

— Les domestiques sont loyaux envers Louis, répondit-elle avec lassitude. Ils ne vont pas colporter des potins sur lui auprès d'étrangers.

— J'ai des contacts en ville. Je pourrais demander à quelqu'un de venir fouiner ici discrètement.

— Pas encore. Attendons encore quelques jours.

Laurel prit la main de Matt, qui se tenait debout à côté d'elle.

— Je ne veux pas faire appel à la police tant que ce n'est pas strictement nécessaire. De toute façon, nous n'avons pas assez d'éléments pour faire rouvrir l'enquête. Tu le sais bien.

— Peut-être… Peut-être pas.

Matt réprima un soupir.

— Quelques jours, Laurel. Pas plus…

Une fois féminine l'interrompit.

— Laurel… Monsieur Bates.

Marion entrait dans le salon, les mains tendues vers Laurel.

— Asseyez-vous, je vous en prie, monsieur Bates. Je suis désolée de vous avoir fait patienter, mais nous ne vous attendions pas.

La réprobation contenue dans ces propos était à peine voilée, songea Laurel. Et compréhensible…

— Excuse-nous, Marion. J'espère que nous ne te dérangeons pas trop.

— A vrai dire, je suis un peu pressée, mais…

Elle serra les mains de Laurel avant de s'asseoir en face d'elle dans une causeuse de brocart.

— Voulez-vous du café ? Une boisson fraîche, peut-être ? Il fait un temps si triste…

— Non, merci, Marion. Nous ne te retiendrons pas longtemps.

Des banalités, songea Laurel, écœurée. Comme il était facile d'enfouir l'horreur sous des banalités…

— Nous avons encore besoin de vous parler, à toi et à Louis, dit-elle. C'est très important.

— Oh… Louis est sorti.

— Doit-il revenir ? demanda Matt, qui était resté debout malgré l'invitation à s'asseoir.

— Je ne sais pas. Enfin, je ne sais pas quand. Je suis désolée.

L'expression de Marion s'altéra légèrement.

— A vrai dire, Laurel, je ne suis pas sûre qu'il accepte de te voir.

Laurel ne cilla pas. C'était dur à entendre, mais elle s'y attendait.

— Marion… Matthew et moi sommes allés voir Nathan Brewster hier.

En moins d'une seconde, plusieurs émotions se succédèrent sur le visage de Marion. Détresse, nervosité, contrariété, doute. Mais elle reprit très vite son sang-froid.

— Vraiment ? Pourquoi ?

— Il était amoureux d'Anne, répondit Laurel. Et apparemment, il ne s'en cachait pas.

Le regard de Marion se durcit.

— Anne était une jeune femme charmante. N'importe quel homme aurait pu être attiré par elle.

— Je n'ai pas dit qu'il était attiré par elle, corrigea Laurel. J'ai dit qu'il était amoureux d'elle. Il voulait qu'elle quitte Louis.

La fine chaîne que Marion portait au cou étincela brièvement quand elle déglutit péniblement.

— Ce que pouvait vouloir M. Brewster n'avait aucune importance. Anne aimait Louis.

— Tu étais au courant.

Laurel observa les yeux de Marion, gris pâle comme ceux de son frère. Après un moment de silence, celle-ci laissa échapper un soupir.

— Oui. J'étais au courant. Il était impossible de ne pas s'en apercevoir, vu la façon dont il regardait Anne. Elle en était très perturbée.

Marion eut un geste d'impuissance.

— Elle s'est confiée à moi parce qu'elle ne savait pas quoi faire. Elle n'aurait jamais quitté Louis, murmura-t-elle en pétrissant nerveusement le tissu de sa jupe.

Son visage, en revanche, restait impassible. C'était comme si ses mains étaient mues par une volonté propre.

— Elle aimait Louis.

— Il était au courant ?

— Il n'y avait rien à savoir, rétorqua sèchement Marion.

Elle se ressaisit aussitôt et poursuivit d'un ton plus calme.

— Si Anne s'est confiée à moi, c'est uniquement

parce que cet homme la perturbait. Elle a d'ailleurs dit à sa sœur qu'il la rendait nerveuse. Anne aimait Louis, répéta Marion avec force. Et puis quelle importance, aujourd'hui ?

Les traits soudain crispés, elle les regarda tour à tour, tout en continuant de pétrir nerveusement sa jupe.

— La pauvre enfant est morte et les médisances de ce genre ne peuvent qu'aggraver la souffrance de Louis. Laurel, ne peux-tu pas cesser tout ça ? Tu dois bien te douter de l'effet qu'a sur Louis cette pression permanente.

— Si c'était aussi simple…, intervint Matt avant que Laurel ait le temps de répondre. A votre avis, pourquoi quelqu'un a-t-il pris la peine d'envoyer un avertissement à Laurel ?

— Un avertissement ?

Marion secoua la tête, tandis que ses doigts s'immobilisaient enfin.

— Quel avertissement ?

— Quelqu'un a déposé un paquet devant ma porte, expliqua Laurel. Il y avait une vipère cuivrée morte à l'intérieur.

— Oh, mon Dieu !

Marion prit les mains de Laurel, qui put constater qu'elle tremblait.

— Qui a bien pu commettre un acte aussi odieux ? Et pourquoi ? Quand est-ce arrivé ?

— Hier en fin d'après-midi. Quelques heures après notre départ du domaine.

— Oh, mon Dieu, tu as dû… Anne a été mordue par une vipère cuivrée…, murmura Marion, comme si ce détail venait de lui revenir à l'esprit. Tu crois… ? Laurel, tu ne crois tout de même pas que Louis te ferait une chose pareille ! Tu ne peux pas croire ça !

— Je ne peux… je ne *veux* pas croire ça de Louis, corrigea Laurel. Mais nous avons pensé qu'il valait mieux vous mettre au courant tous les deux.

Prenant une profonde inspiration, Marion lâcha les mains de Laurel.

— Tu as dû avoir une peur épouvantable. Moi-même, je suis si… Et Louis…

Elle secoua la tête.

— Bien sûr, je le lui dirai, tu peux compter sur moi, mais…

— Mademoiselle Marion ?

— Oui, Binney ?

— Excusez-moi, mais Mme Hollister est au téléphone. Elle veut vous parler de la collecte de dons en faveur de l'hôpital. Elle dit que c'est urgent.

— Oui, très bien. Dis-lui que j'arrive dans un instant.

Marion se retourna vers Laurel en triturant nerveusement le col de sa robe.

— Je suis navrée de ce qui t'est arrivé, Laurel. Si vous voulez bien attendre ici, je vais répondre à ce coup de téléphone et je reviens. Cependant, je ne vois pas ce que je pourrais vous dire de plus.

— Pas de problème, Marion, vas-y. Nous allons partir.

Marion hocha la tête et quitta la pièce.

— Eh bien, quand tu t'y mets, tu ne lâches plus prise, commenta Matt quand ils furent seuls.

— Oui, n'est-ce pas ?

Sans le regarder, Laurel prit son sac et se leva.

— C'est ma conscience professionnelle, je suppose.

Matt la prit par les épaules et l'obligea à le regarder.

— Laurel, cesse de te morfondre.

— J'aimerais en être capable, murmura-t-elle en regardant par la fenêtre. Je n'ai pas aimé la mine défaite de Marion quand j'ai mentionné Brewster.

— Elle en sait plus qu'elle n'a bien voulu le dire.

Matt caressa les cheveux de Laurel, réprimant l'envie de l'attirer contre lui.

— Louis est dehors, dit-elle d'un ton très calme. Je veux lui parler seule à seul.

Matt s'écarta vivement d'elle. Comment une requête aussi banale pouvait-elle le faire souffrir à ce point ? se demanda-t-il avec effarement.

— D'accord.

Il enfonça les mains dans ses poches et la suivit des yeux tout en traitant mentalement Louis Trulane de tous les noms.

La chaleur qui régnait dehors semblait encore plus écrasante après la fraîcheur du salon. Le temps était à la pluie mais celle-ci ne tomberait pas. Les rares oiseaux qui prenaient la peine de chanter le faisaient sans enthousiasme. En passant à côté des rosiers, Laurel fut assaillie par le parfum entêtant des fleurs. La chemise de Louis était tachée de sueur, constata-t-elle en approchant de lui.

— Louis.

Il tourna vivement la tête et se figea. Son regard n'était plus aussi éteint que lors de leur précédente visite. De toute évidence, il était furieux.

— Que fais-tu ici ?

— Il faut que je te parle.

— Il n'y a rien à dire.

— Louis…

Elle lui saisit le bras alors qu'il se remettait en marche. Mais, devant son regard noir, elle le lâcha aussitôt.

— Laisse-nous quelques souvenirs agréables, Laurel. Et ne viens plus me voir.

— Je garderai toujours les souvenirs, Louis. Mais j'ai aussi mon travail à accomplir.

Elle scruta son visage. Que faire pour éviter qu'ils ne se brouillent définitivement ?

— Je ne crois pas qu'Anne soit allée dans le marécage de son plein gré.

— Je me moque éperdument de ce que tu crois. Elle est morte.

Il regarda derrière elle, vers le nord, où la pelouse laissait place au marécage.

— Anne est morte, répéta-t-il en fermant les yeux. Un point, c'est tout.

— Vraiment ? rétorqua-t-elle en s'exhortant à ne pas se laisser attendrir. S'il existe la moindre possibilité que quelqu'un l'ait attirée dans le marécage par la ruse ou par la menace, n'as-tu pas envie de le savoir ?

Il brisa une fine branche de myrte qu'il tenait à la main. L'image de Brewster et de son crayon s'imposa à l'esprit de Laurel.

— Ce que tu dis est absurde. Personne n'a rien fait de tel. Personne n'avait de raison d'agir ainsi.

— Tu en es certain ?

De nouveau retentit le claquement sec du bois entre les doigts de Louis.

— Quelqu'un n'apprécie pas que nous enquêtions, ajouta-t-elle.

— C'est mon cas, figure-toi ! explosa Louis en jetant la branche cassée et les fleurs. Est-ce que ça implique que j'ai assassiné ma femme ? Pour l'amour de Dieu, Laurel, pourquoi éprouves-tu le besoin de te mêler de ça ? C'est fini. Rien ne pourra jamais me la ramener.

— Le fait que j'enquête te contrarie-t-il au point que tu puisses déposer un serpent mort devant ma porte ?

— Pardon ?

— Quelqu'un m'a envoyé une vipère cuivrée morte, bien enveloppée dans un paquet.

— Une vipère cuivrée, comme…

La voix de Louis s'éteignit.

— Une plaisanterie de mauvais goût, reprit-il en rejetant ses cheveux en arrière dans un geste qui fit naître des souvenirs dans l'esprit de Laurel. Je crains de ne pas être d'humeur à faire des plaisanteries depuis quelque temps. Même si je vois mal…

Il s'interrompit de nouveau et la fixa d'un air étrange.

— Je me souviens. Pauvre petite Laurel, tu as toujours eu une peur maladive des serpents. J'ai failli étrangler un de mes cousins le jour où il en a brandi un sous ton nez au cours d'une réception de

Marion. Quel âge avais-tu ? Neuf ans ? Dix ans ? Tu te souviens ?

— Je me souviens.

Le visage de Louis se radoucit légèrement.

— As-tu réussi à te débarrasser de cette phobie ?

Laurel déglutit péniblement.

— Non.

— Je suis désolé.

Il lui effleura la joue, et le cœur de Laurel se serra. Ce geste amical était encore plus douloureux que ses paroles de colère.

— Tu n'as jamais aimé le marécage à cause des serpents, murmura-t-il.

— Je n'ai jamais aimé le marécage, Louis.

— Anne le détestait.

Il regarda de nouveau vers le nord.

— Je la taquinais gentiment pour tenter de dédramatiser le problème… comme je le faisais avec toi. Oh, mon Dieu, elle était adorable…

— Tu ne me l'as jamais présentée. Pourquoi ne la présentais-tu jamais à personne ?

— Elle ressemblait à Elise.

Il n'était pas conscient que sa main était toujours sur sa joue, comprit Laurel.

— La première fois que je l'ai vue, ça m'a stupéfié. Mais elle n'était pas comme Elise.

Les yeux de Louis, du même gris que le ciel, se durcirent.

— En la voyant, les gens auraient pensé qu'elle était comme elle. J'étais incapable de supporter… les comparaisons, les murmures.

— L'as-tu épousée parce qu'elle te rappelait Elise ?

La colère sembla de nouveau submerger Louis. Une colère si soudaine et si violente que Laurel eut un mouvement de recul. Mais les doigts de Louis se crispèrent sur sa joue.

— Je l'ai épousée parce que je l'aimais… j'avais besoin d'elle. Je l'ai épousée parce qu'elle était jeune et docile et que je savais qu'elle serait dépendante de moi. Ce n'était pas une femme qui aurait pu s'intéresser aux autres hommes. Pendant l'année que nous avons passée ensemble, je suis resté avec elle en permanence pour éviter qu'elle ne sombre dans l'ennui et l'insatisfaction comme Elise disait l'avoir fait dans cette maudite lettre.

— Louis, j'imagine ce que tu ressens…

— Crois-tu vraiment ? coupa-t-il d'une voix à peine audible. Comprends-tu ce qu'est la perte, Laurel ? La trahison ? Non, dit-il sans lui laisser le temps de répondre. Pour comprendre ce genre de choses, il faut les avoir vécues.

— S'il y avait eu quelqu'un d'autre…

La bouche soudain sèche, Laurel s'humecta les lèvres avant de poursuivre.

— S'il y avait eu un autre homme, qu'aurais-tu fait ?

Il darda sur elle un regard glacial.

— Je l'aurais tué. Un seul Judas, c'est suffisant pour n'importe qui.

Louis pivota sur lui-même et s'éloigna à grands pas. Laurel frissonna malgré la chaleur poisseuse.

*
* *

Il en avait vu assez ! Matt se précipita dehors et, réprimant l'envie de courir après Louis pour déverser sa hargne sur lui, il rejoignit Laurel. Elle suivait Louis des yeux, constata-t-il avec exaspération.

— Allons-nous-en, dit-il sobrement.

Elle hocha la tête. Il y avait de l'électricité dans l'air — au propre comme au figuré. L'orage menaçait dans le ciel, mais aussi en elle, en Louis et en Matt. Il suffirait d'un rien pour le faire éclater. Ils traversèrent la pelouse impeccablement tondue et rejoignirent la voiture de Matt en silence.

— Alors ? demanda ce dernier quand ils eurent quitté le domaine.

— Binney avait raison à propos de l'humeur de Louis, répondit Laurel au bout d'un moment. Il est sur les nerfs, furieux, mais sans rien sur quoi se défouler. Il persiste à considérer la mort d'Anne comme un accident. Quand il regardait en direction du marécage, il avait une expression…

Laurel jeta un coup d'œil à Matt. Sa mine sombre n'était pas si différente de celle de Louis.

— Matthew, je suis persuadée qu'il l'aimait. Il a peut-être été attiré par elle parce qu'elle ressemblait à Elise, et il l'a peut-être même épousée pour se donner inconsciemment une seconde chance, mais il l'aimait sincèrement.

— Penses-tu que dans son esprit la différence entre les deux femmes était toujours bien claire ?

— Je ne suis pas psychiatre.

Se maudissant aussitôt pour son ton cinglant, Laurel

serra les dents. Si Matt et elle recommençaient à se quereller, leur enquête n'aboutirait jamais.

— Je peux seulement te faire part de mes observations, reprit-elle d'une voix plus calme. A mon avis, Louis aimait Anne, et sa mort lui cause un immense chagrin. Peut-être entre-t-il une part de culpabilité dans ce chagrin… Parce qu'il la taquinait au sujet de sa peur du marécage, précisa-t-elle devant le regard interrogateur de Matt. Il s'en veut sans aucun doute de ne pas avoir pris cette peur suffisamment au sérieux.

— Tu lui as parlé du paquet ?

— Oui.

Pourquoi ne pleuvait-il pas ? se demanda Laurel en pinçant le tissu de son corsage pour le décoller de son dos. Tout semblerait peut-être un peu moins sale après la pluie…

— Au début, il n'a pas compris. Et ensuite, il m'a paru plus dégoûté qu'autre chose. Et puis… il s'est rappelé que j'avais toujours été terrifiée par les serpents. Pendant quelques instants il est redevenu comme avant. Gentil, chaleureux…

Elle tourna la tête vers la vitre, tandis que Matt jurait intérieurement, en proie à une jalousie féroce.

— Je lui ai demandé pourquoi il n'avait jamais présenté Anne à personne. Il m'a répondu qu'il ne voulait pas entendre les inévitables comparaisons avec Elise. Il ne la quittait jamais parce qu'il ne voulait pas qu'elle s'ennuie et…

— Qu'elle aille voir ailleurs, termina Matt.

— N'as-tu donc aucune compassion pour lui ? Ne

peux-tu comprendre tout ce qu'il a enduré ? s'exclama-t-elle avec véhémence.

— De la compassion, tu en as suffisamment pour deux.

— Va au diable ! Tu es si suffisant ! Tu juges les gens si vite… Tu ne crois pas que tu as de la chance de n'avoir jamais perdu quelqu'un que tu aimais ?

Matt jeta sa cigarette par la vitre.

— C'est de Trulane qu'il s'agit, pas de moi. Si tu as l'intention de repartir en croisade, fais-le pendant tes loisirs. Pas pendant le travail. Nous sommes coéquipiers et, pour ma part, je m'occupe uniquement des faits.

Laurel eut toutes les peines du monde à surmonter son indignation.

— Tu veux des faits ? demanda-t-elle d'une voix glaciale. En voici un. Louis m'a dit que si Anne avait eu un amant il aurait tué celui-ci. Il l'a dit avec un sang-froid que tu aurais certainement trouvé admirable. Pourtant, Nathan Brewster travaille toujours pour lui.

— Et voici un autre fait, riposta Matt en se garant sur le parking du *Herald* et en la saisissant par le bras. Tu es tellement folle de Trulane que tu le vois comme le héros d'un roman des sœurs Brontë. Tu refuses d'envisager qu'il puisse être différent de l'image que tu as de lui. C'est un homme amer et sans pitié, capable d'utiliser la violence sans le moindre scrupule. Sa première épouse a choisi son frère cadet. T'es-tu jamais demandé pourquoi ?

Elle dégagea son bras d'un geste vif.

— Tu ne connais rien à l'amour et à la loyauté.

— Et toi ? Tu y connais quelque chose ? Si tu

étais adulte, tu te rendrais compte que tu n'aimes pas Trulane mais que tu es obsédée par lui.

Elle devint livide.

— Je l'aime vraiment, dit-elle d'une voix vibrante d'émotion. Mais ça, tu es incapable de le comprendre. Tu voudrais que les choses soient noires ou blanches. Très bien. Reste comme ça et fiche-moi la paix.

Elle descendit vivement de voiture, mais Matt la rattrapa. Il la saisit par les épaules.

— Ne me fuis pas ! cria-t-il avec une rage mêlée de panique. J'en ai par-dessus la tête de Louis Trulane ! Je n'ai aucune envie de l'avoir sur le dos chaque fois que je te touche.

Laurel darda sur lui un regard méprisant.

— Tu es stupide. Puisque tu aimes tant les faits, tu ferais bien de les reconsidérer avec attention. Maintenant, laisse-moi tranquille.

La voix de Laurel se brisa.

— Laisse-moi tranquille pendant quelque temps, insista-t-elle.

Cette fois, Matt ne tenta pas de la retenir. Il attendit qu'elle ait disparu dans l'immeuble, puis il s'appuya contre le capot de sa voiture. Sous la chaleur écrasante, il sortit une cigarette et tenta de recouvrer son sang-froid.

Pourquoi l'avait-il agressée ? Il passa nerveusement la main dans ses cheveux. Agresser quelqu'un verbalement, c'était aussi minable que l'agresser physiquement. Etait-ce la chaleur ? Il se contorsionna pour décoller de ses épaules sa chemise humide de sueur. Elle était si accablante qu'elle aurait rendu nerveux n'importe qui.

Il secoua la tête avec dérision. Qui espérait-il convaincre avec un argument d'une telle mauvaise foi ? Lui-même ? Il expira longuement la fumée et la regarda stagner dans l'air lourd et immobile. Le fond du problème, c'était que, après la nuit qu'ils avaient passée ensemble, il n'avait pas supporté de voir Louis lui caresser la joue.

Stupide. Laurel avait trouvé le mot juste. Il s'était laissé submerger par la jalousie et il avait déversé sa rancune sur elle. Il avait été incapable de se maîtriser. Non, en réalité, il n'avait même pas essayé de se maîtriser. La colère était tellement plus confortable que la peur… La peur qu'il avait éprouvée pour Laurel quand il avait regardé dans le paquet qu'elle avait reçu. La peur qu'il avait éprouvée à cause d'elle quand il avait compris qu'il l'aimait éperdument. Il ne voulait pas la perdre. Il n'y survivrait pas.

S'il s'était montré agressif, c'était peut-être dans l'espoir qu'elle renonce et qu'elle le laisse poursuivre l'enquête seul. S'il avait pu la dissuader de l'accompagner dans le marécage, elle n'aurait pas été blessée.

Peut-être s'était-il servi de Louis comme prétexte pour provoquer une querelle, parce qu'il avait peur d'avouer à Laurel ce qu'il ressentait pour elle. Malgré tout, le contrôle de la situation lui avait échappé dès l'instant où il avait commencé à travailler avec Laurel sur cette affaire.

Comment était-il censé lui avouer qu'il l'aimait — qu'il l'aimait peut-être depuis l'instant où il avait vu cette photo appuyée contre les livres de Curt, à l'université ? Elle le croirait fou, s'il lui disait cela.

Matt écrasa sa cigarette par terre. Peut-être l'était-il.

Mais il n'en restait pas moins journaliste. Et les journalistes allaient toujours jusqu'au bout des choses, en procédant par étapes. D'abord, il fallait accorder à Laurel le temps qu'elle réclamait. Il lui devait bien ça et il en profiterait pour approfondir les recherches de son côté. Ensuite, il faudrait trouver un moyen de lui présenter des excuses sans mentionner le nom de Trulane.

Matt se dirigea vers l'immeuble du journal.

Et, enfin, il faudrait lui faire entrer dans la tête qu'il l'aimait.

Que ça lui plaise ou non.

Chapitre 10

C'était une chance qu'on l'ait envoyée en reportage dès son arrivée dans la salle de rédaction, songea Laurel dans la voiture qui la conduisait au centre-ville, où trois voitures s'étaient carambolées à un carrefour. Elle avait eu le temps de prendre un calepin neuf, de trouver un photographe et de ressortir, avant que Matt ne fasse son apparition.

Elle n'avait aucune envie de le voir. Pas avant que sa colère et sa souffrance ne se soient un peu atténuées. La chaleur, le bruit et la confusion qui devaient régner sur le lieu de l'accident la distrairaient de ses problèmes personnels. Du moins temporairement.

Matt était vraiment excessif ! se dit-elle en serrant les dents, tandis que le photographe passait à l'orange dans le flot de la circulation. Excessif et intransigeant. Comment pouvait-on manquer à ce point de compassion ? Il s'était pourtant montré plein de sollicitude quand elle avait été agressée, dans le marécage. Comment pouvait-il rester insensible devant la souffrance de Louis Trulane ? Après tout ce que ce dernier avait enduré, il n'était tout de même pas difficile de comprendre que sa douleur était bien réelle. Comment pouvait-elle aimer quelqu'un qui… ? Elle se mordit la lèvre. Oui, elle l'aimait. Peu importait comment ou pourquoi. Elle aimait Matt. Tout simplement.

Mais c'était justement parce qu'elle l'aimait que son attitude l'avait blessée à ce point. L'accuser d'être obsédée par Louis… Comment avait-il osé ? N'importe quel homme sensé serait capable de comprendre que Louis Trulane avait été le prince charmant de son enfance. Elle l'avait aimé avec un cœur d'enfant et à la manière d'une enfant. Au fil du temps, cet amour avait évolué, non pas parce que Louis avait changé mais parce qu'elle-même avait changé.

Certes, elle aimait toujours Louis et elle manquait peut-être d'objectivité à son égard. Elle lui garderait toujours une immense tendresse en souvenir du passé et il n'y avait rien de plus naturel. Or, Matt lui demandait de tourner le dos à ce passé. Comment aurait-elle pu accepter ? Dire qu'il avait été jusqu'à suggérer qu'elle pensait à Louis quand elle était avec lui. Comment pouvait-il imaginer un seul instant… ?

Une idée s'imposa soudain à l'esprit de Laurel. Une idée fascinante. Matt serait-il tout simplement jaloux ?

— Oh ! s'exclama-t-elle en se laissant aller contre le dossier de son siège.

Le photographe lui jeta un regard en coin, mais ne fit aucun commentaire.

Jaloux ! Laurel eut un sourire ravi. Voilà une hypothèse intéressante… Même si la conduite de Matt restait irrationnelle et stupide. Car s'il était jaloux, cela ne signifiait-il pas que ses sentiments pour elle étaient plus profonds qu'elle n'osait l'espérer ? Peut-être. A moins qu'il ait tout simplement un caractère insupportable, comme elle le pensait à l'origine. Dans l'euphorie de l'amour, elle avait fini par l'oublier, mais cette seconde hypothèse n'était pas exclue non plus. En tout cas, cela méritait réflexion.

La voiture fut bientôt immobilisée dans un embouteillage inextricable, au milieu d'un concert de Klaxon assourdissant.

— Je vais descendre là et continuer à pied, dit-elle au photographe. Gare-toi dès que tu peux.

Matt se trouvait dans le quartier français. L'ambiance y était plus calme que dans la rue où se trouvait Laurel au même instant, mais la chaleur y était aussi intense. L'air était saturé de l'odeur du fleuve et du parfum des fleurs, un mélange qui, dans son esprit, était intimement lié à La Nouvelle-Orléans. Mais il n'y prêtait guère attention : au cours de la dernière heure, il avait été très occupé.

Une visite au commissariat et quelques questions posées d'un air dégagé lui avaient permis d'apprendre qu'aucune recherche officielle n'avait été entreprise après le départ d'Elise et de Charles Trulane. Aucun des deux n'avait été répertorié dans le fichier des personnes disparues. La lettre écrite par Elise, la disparition des vêtements et du matériel de peinture avaient suffi à satisfaire tout le monde. Sauf Matt.

Quand il avait voulu approfondir le sujet, il s'était heurté à un mur d'indifférence. A quoi bon chercher à savoir comment ils avaient quitté la ville et si des témoins les avaient vus ? Ils étaient bel et bien partis, et dix ans c'était très long. Des centaines d'autres affaires requéraient l'attention de la police de La Nouvelle-Orléans, et celle-ci avait d'autres chats à fouetter. S'il y tenait, les gars du labo se pencheraient sur son petit bout de métal, mais pourquoi s'intéressait-il à cette histoire, au juste ?

Matt avait éludé la question et il avait quitté le commissariat. Peut-être obtiendrait-il plus de renseignements auprès de Curt, avait-il songé.

A un coin de rue, il pénétra dans un petit bar. Dans la pénombre, un trio jouait une version discordante de *The Entertainer.* Il repéra Curt immédiatement, assis dans un coin de la salle, à une table couverte de papiers. Un verre de bière encore plein était posé devant lui. Le souvenir de son ami à l'époque de leurs études s'imposa alors à l'esprit de Matt. Pour la première fois depuis des heures, il sourit.

— Comment ça va, monsieur l'avocat ?

— Pardon ?

Curt leva un regard distrait.

— Oh, salut.

Il rassembla les feuilles étalées sur la table et les glissa dans un dossier.

— La même chose, demanda Matt à la serveuse en indiquant le verre de bière.

— Que se passe-t-il, Matt ?

— J'ai besoin de te consulter.

— Oh-oh…

Curt se frotta le menton. Cette habitude était sans

doute le seul point commun qu'il avait avec sa sœur, songea Matt avant de préciser :

— J'ai juste besoin d'une information, je te rassure. Pas des services d'un avocat.

— Oh, très bien.

Quand la serveuse revint avec la bière de Matt, Curt se souvint de la sienne.

— Si je décidais d'investir en Bourse, me conseillerais-tu la compagnie de navigation Trulane comme un bon investissement ?

Curt jeta à Matt un regard soudain aigu.

— Je dirais que c'est une question à poser à ton courtier plutôt qu'à ton avocat. D'autant plus que d'habitude, c'est toi qui me donnes des conseils dans ce domaine. Tu te souviens ?

— C'est une question purement théorique. Si je voulais investir dans une entreprise basée à La Nouvelle-Orléans, la compagnie Trulane représenterait-elle un bon choix ?

— C'est l'une des entreprises les plus florissantes de la région.

— D'accord.

Il fallait s'en douter, c'était une impasse, songea Matt avec philosophie.

— A ton avis, pourquoi Elise Trulane n'a-t-elle pas réclamé son héritage ? demanda-t-il.

Curt posa son verre.

— Comment le sais-tu ?

— Je ne peux pas révéler mes sources. Cinquante mille dollars… Une coquette somme. Les intérêts sur dix ans doivent également représenter une petite fortune. Même pour un homme comme Trulane.

— Il n'a aucun droit sur cet argent. Elise Trulane est l'unique légataire.

Devant la question muette de Matt, Curt haussa les épaules.

— C'est mon cabinet qui s'en occupe.

— C'est curieux de laisser dormir tout cet argent, non ? Ton cabinet n'a pas essayé de retrouver la trace d'Elise Trulane ?

— Tu sais bien que le secret professionnel m'interdit d'entrer dans les détails.

— D'accord. Adoptons un point de vue plus général. Quand quelqu'un qui a hérité d'une grosse somme d'argent ne se manifeste pas, que fait l'exécuteur testamentaire ?

— Il entreprend des recherches. En publiant une annonce dans les journaux, par exemple. Et en engageant un détective privé, le cas échéant.

— Supposons que la bénéficiaire ait un mari qu'elle veut éviter à tout prix.

— L'enquête et toute correspondance s'y rapportant seraient confidentielles.

— Mmm.

Matt fit tourner son verre dans ses mains. Dans le fond du bar, le pianiste se déchaînait.

— Elise Trulane avait-elle un testament ?

— Matt…

— Officieusement, Curt, s'il te plaît. C'est peut-être d'une importance capitale.

Curt connaissait Matt depuis trop longtemps pour

ne pas savoir que s'il lui demandait un service de ce genre, c'était avec une bonne raison.

— Non, répondit-il franchement. Louis et elle avaient rédigé chacun un testament, mais elle s'est enfuie avant la signature.

— Je vois. Quels bénéficiaires ?

— C'étaient des testaments classiques pour un couple sans enfants. Marion et Charles ont des biens propres.

— Substantiels ?

— Le moins qu'on puisse dire, c'est que Marion est une femme très riche.

Anticipant la question de Matt, Curt ajouta :

— Les investissements et l'épargne de Charles dorment comme ceux d'Elise.

— Intéressant…

Curt darda sur lui un regard pénétrant. Ses yeux n'étaient pas émeraude comme ceux de sa sœur, mais d'un vert plus pâle.

— Vas-tu m'expliquer pourquoi toutes ces questions ?

— J'essaie juste de ne négliger aucun détail.

— C'est lié à l'affaire sur laquelle vous travaillez, Laurel et toi… pour Susan ?

— Oui. Tu as rencontré Susan ?

— Oui, à la maison.

Les joues de Curt se colorèrent légèrement. Pensif, Matt le revit, des années auparavant, quand il était tombé éperdument amoureux d'une étudiante en médecine.

— Elle m'a parlé d'Anne et des lettres, dit Curt. Allez-vous pouvoir l'aider ?

Ce n'était plus un jeune étudiant émotif, songea Matt. Mais un excellent juriste doué d'une grande force de caractère malgré sa tendance à la rêverie.

— Nous faisons tout ce que nous pouvons. Puisque tu la connais et qu'elle s'est confiée à toi, tu peux peut-être la rassurer tout en l'incitant à se tenir à l'écart de tout ça jusqu'à ce que nos recherches aboutissent.

— C'est ce que j'avais prévu. De ton côté, tu veilles sur Laurel ?

Matt eut une moue de dérision en se remémorant en quels termes Laurel et lui s'étaient séparés quelques heures plus tôt.

— Personne ne prend soin de Laurel, marmonna-t-il.

— Non, tu as raison.

Curt glissa son dossier dans son attaché-case.

— J'ai un rendez-vous, mais quand nous aurons le temps de discuter plus longuement, j'aimerais bien avoir des détails sur cette affaire.

— Entendu. Et merci.

Resté seul, Matt but sa bière en ruminant. Trop de détails inexpliqués… Trop de pièces du puzzle qui ne s'emboîtaient pas. Un homme et une femme éperdument amoureux pouvaient éventuellement couper les ponts avec leurs amis et leur famille pendant les premiers temps de la passion, mais pas renoncer à des sommes d'argent aussi considérables. Pas pendant dix ans.

Soit l'amour les avait rendus idiots, soit ils étaient morts. La seconde hypothèse semblait la plus plausible, décida-t-il en allumant une cigarette. Mais à supposer qu'ils aient eu un accident après leur départ du *Domaine du chêne*, n'auraient-ils pas été identifiés ? Différentes théories se succédèrent dans l'esprit de Matt. Oui, la mort d'Anne Trulane avait forcément un rapport avec la disparition d'Elise et de Charles… Et s'il ne se trompait pas, il n'y avait pas eu *un* meurtre, mais *trois*.

Il suivit des yeux la mince volute de fumée bleue qui s'élevait vers le plafond et marmonna un juron. Il était trop tard dans l'après-midi pour vérifier où se trouvait Louis, le jour de la disparition d'Elise et de Charles. Et demain, c'était dimanche, il ne pourrait sans doute pas mettre la main sur les informations dont il avait besoin avant la fin du week-end. Lundi, songea-t-il en écrasant sa cigarette. Lundi, même si Laurel n'en avait pas envie, ils poursuivraient leurs investigations, jusqu'à ce qu'ils découvrent le fin mot de l'affaire.

Il se leva, jeta des billets sur la table et sortit. A propos de Laurel, peut-être était-il temps qu'ils aient une discussion.

Laurel était absorbée dans son article quand Matt regagna la salle de rédaction. Il se dirigea vers elle, mais, jetant un coup d'œil à la pendule, il se ravisa et s'assit à son bureau en silence. Pas question de la déranger dans son travail au moment du bouclage. Elle était de bonne humeur, à en juger par l'expression de son visage. Jubilation intense…

Laurel tapait à toute vitesse en réprimant un fou rire. Trois voitures qui se rentrent dedans à un carrefour, de la tôle froissée, rien qu'elle aurait trouvé drôle d'ordinaire. Mais il n'y avait pas eu de blessés. Et la femme du maire se trouvait dans le deuxième véhicule.

Mieux qu'une attraction… Perdant son calme et sa dignité, la femme du maire avait voulu frapper l'infortuné conducteur qui avait défoncé l'arrière de sa voiture.

Peut-être était-ce la chaleur écrasante, peut-être était-ce la pression qu'elle subissait depuis quelques jours, mais cette scène burlesque avait eu sur elle un effet libérateur. Comment rester morose en voyant cette femme d'ordinaire guindée et d'une élégance irréprochable, les vêtements tout froissés et les cheveux en bataille, agripper par le revers de sa veste un homme bâti comme un champion de boxe et le menacer de lui casser la figure, selon ses propres termes ? Cela juste avant que le radiateur de sa voiture n'explose, crachant un véritable geyser…

Ah, cela mettrait du baume au cœur à beaucoup de gens d'apprendre que des notables perdaient, eux aussi, leur sang-froid, se dit-elle en terminant son article. Cela méritait bien la première page.

— Copie ! cria-t-elle à l'adresse du garçon de courses en jetant un coup d'œil à l'horloge.

Juste dans les délais. Elle se retourna avec un sourire satisfait et rencontra le regard de Matt. Aussitôt, elle fut assaillie par une foule de sentiments contradictoires. Mais un seul dominait tous les autres. Son amour pour lui.

— Je ne t'ai pas vu arriver, dit-elle en mettant de l'ordre sur son bureau.

— C'était il y a quelques minutes. Tu étais en plein travail.

Autour d'eux, c'était l'effervescence, un brouhaha ponctué de cris, de bruits de pas précipités et de cliquetis de machines à écrire.

— Tu as fini ? demanda Matt.

— Dès que mon article sera approuvé.

— Il faut que je te parle. Pouvons-nous dîner ensemble ?

Laurel se sentit prise au dépourvu par le ton circonspect, presque cérémonieux, de Matt.

— D'accord. Matthew…

Son téléphone se mit à sonner. Tout en réfléchissant à ce qu'elle voulait dire à Matt, elle décrocha.

— Salle de rédaction, Laurel Armand.

Inquiet, Matt vit la jeune femme changer soudain de couleur. Quand elle leva les yeux vers lui pour lui faire signe d'écouter la conversation, il avait déjà décroché son téléphone.

— Je suis désolée, dit-elle dans le combiné. Il y a beaucoup de bruit ici. Pourriez-vous parler plus fort ?

— Vous avez déjà reçu deux avertissements.

C'était à peine un murmure, mais il semblait bien y avoir de la peur dans cette voix, se dit Laurel. Une voix de femme ? D'homme ? Impossible à dire.

— Cessez de vous intéresser à la mort d'Anne Trulane.

— Est-ce vous qui m'avez envoyé le serpent ?

Laurel vit Matt basculer son poste sur une autre ligne et composer un numéro.

— Le prochain sera vivant, répondit la voix.

Envahie par un grand froid, Laurel parvint néanmoins à garder un ton posé.

— La nuit dernière, vous étiez dans le marécage, n'est-ce pas ?

— Vous n'avez rien à y faire. Si vous y retournez, vous n'en ressortirez pas.

A l'autre bout de la salle, quelqu'un réclama en criant un café sans sucre. Etait-elle en train de rêver ? se demanda confusément Laurel avant de répliquer :

— Que craignez-vous que j'y découvre ?

— Anne aurait dû l'éviter, elle aussi. Souvenez-vous-en.

Il y eut un déclic, puis le bruit monotone de la tonalité. Quelques secondes plus tard, Matt raccrocha en jurant.

— Pas assez de temps pour localiser l'appel. Tes impressions sur la voix ? Elle t'a semblé familière ?

— Non.

Il se leva et prit le calepin de Laurel, sur lequel elle avait machinalement pris la conversation en sténo.

— En plein dans le mille, marmonna-t-il. Il y a quelqu'un que nos recherches rendent de plus en plus nerveux.

Quelqu'un qui avait peut-être déjà assassiné trois personnes, se dit-il en songeant à sa théorie.

— Tu penses de nouveau à faire appel à la police, devina Laurel.

— En effet.

Laurel se leva en passant une main dans ses cheveux.

— Ecoute, Matthew, je ne suis pas contre, mais je voudrais juste un peu de temps pour y réfléchir.

Ecoute-moi, s'empressa-t-elle de poursuivre alors qu'il ouvrait la bouche. Celui qui vient d'appeler veut que nous abandonnions nos recherches. C'est ce que nous allons faire de toute façon pendant le week-end. Je veux prendre le temps de relire mes notes, les comparer aux tiennes, et essayer d'en tirer des conclusions. Si nous décidons d'aller voir la police lundi, il vaudrait mieux avoir des arguments convaincants.

Matt s'efforça de masquer sa réprobation. Laurel avait raison, mais ce plan ne lui disait rien qui vaille. Comment l'écarter de l'enquête pour la mettre à l'abri du danger ? Plusieurs idées lui vinrent à l'esprit. Il avait le week-end pour choisir la meilleure, décida-t-il.

— D'accord. Mets Don au courant. Je vais rassembler mes notes.

Au lieu du dîner fin aux chandelles que Matt avait prévu, ils mangèrent des hamburgers et des frites dans la cuisine de Laurel, au milieu des notes éparpillées sur la table. Les gribouillis de Matt ressemblaient à des hiéroglyphes, alors que les notes de Laurel étaient rédigées d'une écriture très nette, parfaitement lisible. Par un accord tacite, ils n'avaient pas pris le temps de revenir sur leur querelle de l'après-midi. Pour l'instant, ils étaient deux journalistes en plein travail.

— A ce stade de l'enquête, on peut affirmer qu'il y a de fortes présomptions pour que la mort d'Anne Trulane ne soit pas un simple accident, déclara Laurel, en tentant de rédiger une synthèse cohérente de leurs notes.

— On dirait le début d'une plaidoirie de Curt, plaisanta Matt.

— Ne prends pas ton air supérieur, Matthew Bates. Et passe-moi cette bouteille de soda.

Elle but directement au goulot et plissa le front.

— A l'appui de cette hypothèse, nous disposons du témoignage de Susan, qui affirme qu'Anne avait la phobie de l'obscurité, et qu'elle redoutait le marécage au point de refuser de s'en approcher. Témoignage corroboré depuis par ceux de Louis, de Marion et de Binney. Par ailleurs, le vol des lettres d'Anne dans la chambre de Susan, et les intimidations dont j'ai été l'objet — paquet, agression et coup de téléphone anonyme — renforcent ces présomptions.

Occupée à écrire, Laurel ne remarqua pas que Matt écrasait sa cigarette avec une telle nervosité qu'il en arrachait le filtre.

— Première entrevue avec Louis et Marion… Pas grand-chose à en retenir, à part les émotions manifestes des personnes concernées, mais tu préfères ne pas en tenir compte.

— Les émotions peuvent être révélatrices, mais seulement quand on les considère avec objectivité, commenta Matt d'un ton neutre.

Laurel ravala une réplique cinglante. Ce n'était pas le moment de se quereller.

— D'accord… Brewster, poursuivit-elle. Nous savons qu'il était amoureux d'Anne — ou qu'il se croyait amoureux, ce qui revient au même — et qu'il voulait qu'elle quitte Louis. C'est un fait avéré, puisque c'est lui-même qui nous l'a avoué.

Elle souligna deux fois le nom de Brewster avant de poursuivre.

— Marion nous a confirmé les sentiments de Brewster pour Anne et nous a précisé comment celle-ci avait réagi. Ma seconde entrevue avec Louis m'a conduite à penser qu'il n'était pas au courant des sentiments de Brewster ou bien qu'il n'y attachait pas suffisamment d'importance pour s'en inquiéter, étant donné que Brewster fait toujours partie de ses employés.

Laurel se massa la nuque, premier signe de fatigue.

— En résumé, nous sommes d'accord sur un point. Il paraît très improbable qu'Anne se soit rendue dans le marécage sans y avoir été incitée. Pour ce qui est du coupable, selon moi, le plus vraisemblable est Brewster.

Matt feuilleta son calepin.

— J'ai discuté avec Curt, aujourd'hui.

— Ah ?

Laurel le regarda avec perplexité. Quel rapport avec leur enquête ?

— J'avais des renseignements à lui demander pour étayer une théorie que j'ai élaborée.

— Quels renseignements Curt peut-il avoir sur cette affaire ?

— C'est un juriste.

Matt alluma une nouvelle cigarette.

— A vrai dire, cette conversation a été encore plus fructueuse que je ne l'espérais. C'est le cabinet dans lequel travaille Curt qui gère l'héritage d'Elise Trulane.

— Quel rapport avec la mort d'Anne ?

— Je commence à penser qu'il y a justement un rapport très étroit entre les deux affaires. Ecoute ça.

Il feuilleta son calepin.

— Les cinquante mille dollars dont a hérité Elise Trulane, ainsi que les intérêts sur dix ans, n'ont jamais été touchés. Or, d'après Curt, le cabinet a obligatoirement effectué des recherches pour retrouver sa trace. De toute évidence sans succès. Par ailleurs, l'argent de Charles Trulane dort également. Jamais touché.

Matt feuilleta de nouveau son calepin, puis leva les yeux vers Laurel.

— De plus, ni Elise ni Charles Trulane n'ont été enregistrés dans le fichier des personnes disparues.

— Où veux-tu en venir ?

Matt posa son calepin.

— Tu vois parfaitement où je veux en venir, Laurel.

Eprouvant soudain le besoin de bouger, elle se leva.

— Tu penses qu'ils sont morts. Peut-être est-ce le cas. Ils ont pu avoir un accident, et…

Elle se figea.

— Tu penses qu'ils sont morts avant d'avoir quitté le *Domaine du chêne* ?

— C'est une possibilité, non ?

— Je ne sais pas.

Se massant les tempes, elle s'efforça de garder la tête froide.

— Ils ont pu changer de nom et partir en Europe ou en Asie, ou Dieu sait où…

— En effet. Mais ce n'est pas une certitude, n'est-ce pas ?

— Non…

Laurel prit une profonde inspiration.

— Si nous poursuivons le raisonnement, si nous admettons que leur disparition est liée à la mort d'Anne, ça innocente Brewster. Mais pourquoi ? s'exclama-t-elle. Qui aurait eu un mobile, à part Louis ? De toute façon, il était en voyage.

— En a-t-on la preuve ?

Matt se leva. Dès qu'on évoquait Louis Trulane, il fallait prendre des gants…

— Il possède un avion privé, n'est-ce pas ? poursuivit-il. Il pilote lui-même — ou, en tout cas, il pilotait. Tu comprends ce que ça implique.

Oui, elle comprenait… Retour à l'improviste, il surprend les deux amants, un moment de folie. Dans un avion privé, rien de plus simple que de transporter des corps. Très pâle, Laurel regarda Matt. Il s'attendait qu'elle proteste ou qu'elle fasse machine arrière, comprit-elle. Mais il n'était plus question de faire ni l'un ni l'autre.

— Il ne va pas être facile… peut-être même impossible de vérifier les vols de nuit effectués il y a dix ans, déclara-t-elle d'un ton très professionnel.

— Je m'y attellerai dès lundi.

Elle hocha la tête.

— De mon côté, continua-t-elle, je vais demander à Curt de me donner le nom de la société qui a effectué les recherches pour retrouver Elise.

— Non.

— Non ?

Elle le fixa avec stupéfaction.

— Il faut explorer toutes les pistes, voyons !

— Je veux que tu abandonnes. Je veux que tu arrêtes de poser des questions.

— Qu'est-ce qui te prend ? On ne résout pas une affaire sans poser de questions.

— Ecoute, nous partagerons tous les honneurs que nous vaudra cet article, quels qu'ils soient. Mais à partir de maintenant, je continue seul.

— Tu as perdu l'esprit.

Ce fut peut-être le ton très calme de Laurel qui déclencha l'orage. Matt oublia instantanément tous les arguments imparables qu'il avait longuement élaborés.

— C'est moi qui ai perdu l'esprit ? s'écria-t-il, hors de lui. C'est un comble !

Il se mit à arpenter la pièce à grands pas, mettant délibérément de la distance entre Laurel et lui pour éviter de la saisir par les épaules et de la secouer comme un prunier.

— Ce n'est pas un jeu, bon sang ! On ne joue pas à qui aura droit à la une !

— Je n'ai jamais considéré ma profession comme un jeu.

— Je ne veux pas t'avoir dans les jambes.

Elle plissa les paupières.

— Ne t'inquiète pas. J'éviterai de me trouver sur ton chemin. Et toi, évite de te trouver sur le mien.

— C'est trop dangereux ! Essaie de réfléchir un peu. C'est toi qui as été menacée. A trois reprises. Celui qui est derrière la mort d'Anne n'hésitera pas à tuer de nouveau.

Elle releva le menton. Dieu, qu'elle était belle quand

elle prenait cet air hautain ! songea Matt en crispant la mâchoire. Belle et horripilante…

— Dans ce cas, il va falloir que je me montre très prudente, n'est-ce pas ? dit-elle d'un ton ironique.

— Ne sois pas stupide ! Ce n'est pas à moi qu'on a téléphoné pour me demander de laisser tomber. Ce n'est pas moi qu'on a menacé.

La panique était nettement perceptible dans la voix de Matt, mais Laurel était trop submergée par l'indignation pour s'en apercevoir.

— Tu veux savoir pourquoi ? cria-t-elle à son tour. Parce que je suis une femme et donc soi-disant plus facile à intimider. La preuve, tu penses qu'en criant assez fort et en faisant pression sur moi, tu vas m'obliger à céder.

— Ne te fais pas plus idiote que tu ne l'es.

— Mais ce qu'ils ont oublié, poursuivit-elle avec la même véhémence, ce que *tu* as oublié, c'est que je suis journaliste. Et pour résoudre une affaire, pour découvrir la vérité, une journaliste est prête à tout. Tous les journalistes sont confrontés au danger, un jour ou l'autre. Ce sont les risques du métier.

— Je ne suis pas amoureux de tous les journalistes, bon sang ! Je suis amoureux de toi !

Matt se précipita vers la table pour prendre son paquet de cigarettes.

Laurel le regarda écarter les feuilles avec nervosité à la recherche d'allumettes. Elle était aussi essoufflée que si elle venait de monter plusieurs étages en courant. Et à présent qu'elle était arrivée en haut de l'escalier, elle ne savait plus du tout pourquoi elle s'était dépêchée à ce point. Ce fut seulement quand il cessa de jurer et de marmonner pour se tourner vers elle, qu'elle sentit une chaleur et un plaisir intenses l'envahir.

Matt reposa sa cigarette sans l'allumer et regarda Laurel. Que venait-il de dire ? Oh, mon Dieu, venait-il vraiment de tout gâcher en abattant ses cartes sans avoir assuré ses arrières ? Que faire, à présent ? Mieux valait laisser à Laurel une chance de se dérober si elle le souhaitait.

— Est-ce que… je viens vraiment de dire ce que je pense avoir dit ?

Laurel croisa les bras.

— Oui, j'ai un témoin.

— Un témoin ? Il n'y a personne ici.

— Je soudoierai quelqu'un.

Il enfonça les mains dans ses poches. Bon sang, comme il avait envie de la serrer contre lui !

— Tu es certaine que c'est ce que tu veux ?

Elle fit un pas vers lui.

— Je me demande comment j'ai pu penser que tu étais perspicace et observateur. Figure-toi que c'est une règle universelle, Matthew. Quand une femme est amoureuse d'un homme, elle préfère que ce soit réciproque.

Matt sentit son cœur s'affoler dans sa poitrine, des battements à la fois légers et frénétiques. Quelle sensation extraordinaire ! C'était la première fois de sa vie qu'il l'éprouvait.

— Dis-le-moi, murmura-t-il. Ne m'oblige pas à te supplier.

— Matthew…

Ne lisait-il donc pas ses sentiments sur son visage ? se demanda Laurel, déconcertée. Pourtant, ils devaient être évidents. Elle tendit la main vers lui.

— Tu es le seul homme avec qui j'ai fait l'amour parce que tu es le seul homme dont j'aie jamais été amoureuse. Ces deux vérités sont immuables, Matt.

— Laurel…

Matt ne put en dire plus. La bouche de Laurel s'offrait à la sienne. Sans réserves. Il la captura avec fougue, ivre de bonheur. Si longtemps… Il y avait si longtemps qu'il attendait ce moment, ces paroles.

— Encore, murmura-t-il. Dis-le-moi encore.

— Je t'aime. Je n'ai jamais aimé que toi.

Elle noua les bras sur sa nuque.

— Dire qu'il y a encore quelques minutes, je pensais que si je te faisais cet aveu, tu me croirais folle…

Prise de vertige, elle s'accrocha à lui.

— Quand ? Quand as-tu su ? demanda-t-elle dans un souffle.

— Tu ne me croirais pas.

Sans laisser à Laurel le temps de réagir, Matt s'empara de nouveau de sa bouche.

Son baiser prit rapidement une ferveur inédite. Jamais il n'aurait pu imaginer qu'un tel bonheur était possible. Son amour était partagé ! Emporté dans un tourbillon enchanté, il oublia tout ce qui n'était pas Laurel.

Elle avait l'impression de pouvoir se perdre dans un baiser de lui… Se perdre corps et âme dans cet océan de félicité. Savoir qu'il la désirait était excitant.

Savoir qu'il l'aimait était exaltant. Tant de choses, elle avait tant de choses à lui dire… Mais une fois qu'ils auraient assouvi la passion qui les dévorait… Vibrante de désir, Laurel entraîna Matt par terre avec elle.

Vite, vite… Sans avoir besoin de parler, chacun savait ce que l'autre voulait. Se débarrasser de tout ce qui faisait obstacle au contact de leurs deux épidermes. Les vêtements volèrent à travers la pièce. Oh, le plaisir inouï de sentir contre la sienne cette peau brûlante… Enivrée par le parfum subtil du corps de Matt, qui se mêlait à celui du savon, Laurel s'en délecta, pressant ses lèvres contre son cou, là où battait son pouls, rapide et léger.

Il murmura son prénom, et ce son délicieux se propagea dans tout son corps en une onde voluptueuse. Le plaisir qui l'envahissait était d'une nature toute nouvelle, surnaturelle. La bouche de Matt quitta son oreille et descendit le long de son cou, lui arrachant un soupir.

Une longue caresse, sensuelle et nonchalante. Ils avaient tout leur temps, à présent. Pourquoi se presser ? La passion se teintait d'émerveillement. « Mon amour est partagé. » Chacun se délectait de cette certitude, qui suffisait à son ravissement. Laurel sentait le bonheur circuler sans relâche de l'un à l'autre, tandis que leurs deux cœurs battaient au même rythme. Un bonheur parfait, absolu. Le désir, allié à ce sentiment de plénitude, gagnait en intensité. Le temps était aboli. Ils avaient l'éternité devant eux pour effectuer le voyage enchanteur qui leur ferait découvrir des contrées paradisiaques.

Les lèvres de Matthew effleurèrent l'épaule de Laurel avant de descendre lentement le long de son bras, puis de s'attarder sur la veine qui battait au creux de son coude. Envahie par une foule de sensations exquises, elle enfonça les doigts dans ses cheveux, jouant avec ses boucles épaisses, lui caressant la nuque. Il leva la tête vers elle et ils se regardèrent un long moment en silence. Puis, dans un sourire, leurs lèvres s'unirent.

Peu à peu, sans qu'ils en prennent vraiment conscience, la fièvre monta. Les soupirs étouffés devinrent des gémissements.

Les lèvres refermées sur la pointe d'un sein, Matt entendit le cœur de Laurel s'affoler. Il avait la sensation de baigner dans une brume vaporeuse, enivré par le parfum, le goût, le velouté de la peau de la femme qu'il aimait.

Ses mains poursuivirent leur descente.

Entre les cuisses de Laurel, il trouva la douceur incomparable de sa fleur humide et palpitante. Bientôt sa bouche prit le relais de ses doigts.

Parcourue de longs frissons, Laurel sentit la première vague monter lentement en elle avant de déferler, apaisant momentanément ses sens exacerbés tout en lui apportant la promesse d'un raz-de-marée plus dévastateur encore. Etourdie, elle s'allongea sur Matt pour lui rendre le plaisir si précieux qu'il venait de lui prodiguer.

Comme sa peau était chaude… Comme son corps était ferme… Elle promena les mains sur ses hanches, effleura son ventre. Savoura sa virilité frémissante.

Comme en état d'apesanteur, elle flottait dans l'air,

l'esprit délicieusement confus. Elle sentit les mains de Matt se refermer sur ses hanches, elle l'entendit prononcer son prénom d'une voix rauque. Puis il ne fit plus qu'un avec elle et une déflagration d'une violence inouïe la propulsa dans une autre dimension.

Matt contemplait Laurel. Il luttait pour retarder le moment où la lame de fond qui s'annonçait s'abattrait sur lui pour le précipiter dans le gouffre sans fond du plaisir. Il voulait graver dans son esprit cette image d'elle, en pleine lumière, la tête renversée en arrière, les cheveux ruisselant dans son dos, transfigurée. Elle n'était plus que jouissance… Il la contempla encore un instant avant de la rejoindre, emporté dans le même tourbillon.

Chapitre 11

Il faisait nuit. Matt n'avait aucune idée de l'heure et s'en moquait. Laurel et lui étaient blottis l'un contre l'autre dans le lit de Laurel, bien au chaud. Comme des enfants désordonnés, ils avaient laissé leurs vêtements éparpillés sur le sol du salon. C'était si plaisant d'imaginer qu'ils pouvaient rester au lit pendant tout le week-end — à somnoler, à faire l'amour, à se repaître l'un de l'autre.

Il savait tout de Laurel. Ce qui lui plaisait, ce qui la contrariait, ce qui la faisait rire. D'où elle venait, quelle enfant elle était. Il connaissait de multiples fragments de sa vie, qu'il avait glanés auprès d'Olivia, de son père ou de Curt. Elle s'était foulé la cheville à neuf ans. Elle avait collaboré au journal de son collège. Elle avait dormi jusqu'à l'âge de sept ans avec un chien en peluche qui n'avait qu'une oreille.

Matt réprima un sourire. Il trouvait ça attendrissant, mais apprécierait-elle qu'il soit au courant ? Sans doute pas.

Il y avait tant de choses qu'il ne lui avait pas dites… L'air blessé de Laurel quand il avait esquivé ses questions s'imposa à l'esprit de Matt. Oui, il y avait tant de choses qu'il ne lui avait pas dites. Mais elle l'aimait malgré tout…

Il la sentit bouger contre lui. Les yeux ouverts, elle poussa un soupir de bien-être.

— A quoi penses-tu ? demanda-t-elle.

Au bout d'un moment, il répondit :

— J'ai grandi dans ce tableau.

Elle lui prit la main en silence.

— Dans le quartier, les gens d'un certain âge évitaient de se promener la nuit et les autres ne sortaient qu'en groupe. Trop de ruelles sombres et de lampadaires brisés. Les flics patrouillaient par deux, en voiture. Je n'ai pas souvenir d'une seule nuit où je n'ai pas entendu les sirènes.

Laurel était si chaude et douce contre lui… La chambre était si confortable. Pourquoi faire revivre le passé ? Parce qu'on ne s'en débarrassait jamais complètement, se dit-il. Et parce qu'il avait besoin d'en parler à Laurel.

— Je travaillais pour un vendeur de journaux. Un été, nous avons été braqués six fois. Il en avait tellement assez que, la dernière fois, il a résisté. Je suis sorti de l'hôpital au bout de deux jours, mais lui y est resté deux semaines. Il avait soixante-quatre ans.

— Oh, Matthew…

Laurel pressa son visage contre son épaule.

— Tu n'es pas obligé d'en parler.

— Je veux que tu saches d'où je viens.

Il resta silencieux un moment avant de reprendre.

— Dans l'immeuble où j'habitais, les couloirs étaient imprégnés d'une odeur de renfermé et de sueur qui ne disparaissait jamais. En hiver, il faisait froid. Les fenêtres laissaient passer des courants d'air et le plancher était glacial. En été, c'était une véritable fournaise. On sentait l'odeur des poubelles qui montait de la ruelle, trois étages plus bas. La nuit, on entendait les bruits de la rue — dealers, prostituées, gamins, clients des uns et des autres. J'évitais les dealers parce que je n'avais pas envie de me détruire et j'allais voir les prostituées quand j'arrivais à rassembler suffisamment d'argent.

Il fit une pause. Ces aveux rebutaient-ils Laurel ? Allait-elle avoir un mouvement de recul ? A son grand soulagement, la main de la jeune femme ne quitta pas la sienne.

Le cœur serré, Laurel pensait à l'appartement de Matt. Le confort dont il avait tant manqué, il l'avait élevé au rang d'art, songea-t-elle. Comme il avait dû souffrir… Et, pourtant, il avait exposé les tableaux de New York dans son salon. Il était donc conscient de ce qu'il devait à son passé et il ne le rejetait pas.

— Je vivais avec ma tante, reprit-il. Elle m'a recueilli quand ma mère est morte et que mon père est parti. Rien ne l'y obligeait.

Il entrelaça ses doigts avec ceux de Laurel.

— C'est la personne la plus généreuse que j'aie jamais connue.

— Elle t'aimait, murmura Laurel, reconnaissante à cette femme d'avoir pris soin du petit garçon qui était devenu l'homme de sa vie.

— Oui. L'argent manquait toujours. Pourtant, elle travaillait dur et je l'aidais. Dès que j'ai été assez grand, j'ai apporté ma contribution aux dépenses. Mais le loyer ne cessait d'augmenter malgré l'état lamentable de cet immeuble répugnant et…

Il s'interrompit et haussa les épaules.

— La vie, reprit-il sobrement après un silence. Je me suis juré de nous sortir de là. Je me suis promis que d'une façon ou d'une autre je parviendrais à nous sortir de là. J'avais un but très précis et je voulais à tout prix l'atteindre, même s'il me paraissait inaccessible. Journaliste dans un grand quotidien new-yorkais avec un salaire qui me permettrait d'installer ma tante dans une coquette petite maison à Brooklyn Heights ou New Rochelle. J'ai commencé par travailler comme garçon de courses dans un journal pendant la journée, tout en étudiant la nuit. Bien sûr, j'aurais pu choisir une autre voie, moins honnête, et gagner plus rapidement l'argent dont nous avions besoin, mais ma tante en aurait été morte de chagrin. J'ai obtenu une bourse et je suis parti à l'université. Quand je revenais en été, il faisait une chaleur tellement insupportable dans l'appartement que je ne parvenais plus à m'imaginer le froid glacial qu'il y faisait au mois de janvier. Au milieu de ma dernière année d'études, j'avais économisé presque assez d'argent pour permettre à ma tante de déménager. Pas dans une maison de Brooklyn Heights, mais dans un appartement décent. C'était prévu pour l'été. Elle est morte au mois de mars.

Laurel embrassa tendrement son épaule.

— Elle aurait été fière de toi.

— Si je m'y étais pris autrement, elle serait peut-être encore en vie.

Laurel se redressa sur un coude.

— Ou bien tu l'aurais tuée de chagrin.

Les yeux de Matt étincelèrent dans la pénombre de la chambre.

— C'est ce que je pense aussi, mais parfois je me dis que j'aurais pu lui offrir ne serait-ce que six mois de confort.

Il enroula une mèche des cheveux de Laurel autour de son doigt.

— Malgré la pauvreté, elle était très joyeuse. Elle trouvait toujours des raisons de rire. Je lui en serai éternellement reconnaissant.

— Moi aussi.

Laurel embrassa de nouveau l'épaule de Matt.

— Je t'aime, Matt.

— Je me suis souvent demandé comment j'allais m'y prendre pour te séduire. Nous avons vécu des enfances si différentes. Je dois t'avouer qu'il y a même des moments où je me suis demandé si ce n'était pas uniquement à cause de ça que tu m'attirais.

Au grand soulagement de Matt, Laurel eut un sourire attendri.

— Idiot…

— Tu es si belle… Je n'oublierai jamais la première fois où je t'ai vue, sur cette photo que Curt avait posée sur le bureau de notre chambre, à l'université.

Laurel réprima de justesse une exclamation de surprise. Pas question qu'il puisse s'imaginer qu'elle ne le croyait pas. Elle avait une confiance aveugle en lui et elle voulait le lui prouver.

— Je t'imaginais à une de ces garden-parties très

chic, vêtue d'une robe de soie et coiffée d'une capeline, poursuivit-il à mi-voix. J'étais béat d'admiration. Mais je ne pouvais pas m'empêcher de te voir au bras d'un homme du même milieu que toi.

— Matt, j'ai horreur de me répéter, plaisanta-t-elle.

Mais il ne sourit pas.

— Tu penses à Louis, n'est-ce pas ? insista-t-elle.

— Non.

Il la serra contre lui.

— Pas ce soir.

— Ecoute-moi.

Elle plongea son regard dans le sien.

— Ce que je ressens pour lui n'a absolument rien à voir avec l'amour que j'éprouve pour toi. J'aime Louis depuis que je suis toute petite et mes sentiments pour lui n'ont pas changé depuis cette époque. Lui et Marion appartiennent à mon passé, ils sont intimement liés à mes souvenirs d'enfance. Quand j'allais chez eux, j'avais l'impression de vivre dans un conte de fées. Toutes les petites filles ont le droit d'en vivre un.

Matt se souvint d'une conversation avec Olivia. Elle lui avait dit la même chose. Il sentit les muscles de ses épaules se décrisper légèrement.

— Je crois que je comprends ça, Laurel. C'est ce que tu ressens pour lui aujourd'hui qui me préoccupe.

— Aujourd'hui, je suis triste pour lui, et pour Marion aussi. Aujourd'hui, je suis déchirée parce que au lieu de soulager leur douleur, je risque de l'aggraver en faisant mon travail de journaliste. Si j'étais amoureuse de Louis, ne crois-tu pas qu'au cours des dix dernières années, j'aurais tenté de renouer avec lui ?

Sans lui laisser le temps de répondre, elle ajouta avec feu :

— Dire que j'ai attendu toutes ces années pour tomber amoureuse, et qu'il a fallu que je tombe sur un idiot !

— C'est une question de chance, je suppose.

— En tout cas, il faut que tu saches une chose, Matthew Bates. C'est la dernière fois que je m'explique sur mes relations avec Louis. A toi de voir si ça te convient ou non.

Il poussa un profond soupir, feignant d'hésiter. Dans la pénombre, les yeux de Laurel étincelaient. Elle avait peut-être eu une enfance plus douce que la sienne, mais il n'y avait pas de couple mieux assorti que le leur. Il en était absolument certain.

— Veux-tu m'épouser, Laurel ? demanda-t-il.

Il perçut l'arrêt de sa respiration, il vit ses prunelles s'élargir. Le silence se prolongea un instant.

— Il t'en a fallu du temps, répliqua-t-elle simplement.

Puis elle se jeta dans ses bras.

Quand Laurel se réveilla, le soleil inondait son visage et Matt lui mordillait l'oreille. Elle n'eut pas besoin d'ouvrir les yeux pour savoir que c'était une journée magnifique. Pendant la nuit, la pluie avait enfin allégé l'atmosphère. Les paupières closes, elle s'étira en soupirant. Les lèvres de Matt effleurèrent son menton.

— J'aime ta façon de te réveiller, murmura-t-il en faisant glisser une main sur sa hanche.

— Mmm… quelle heure est-il ?

— C'est le matin.

Les lèvres de Matt trouvèrent enfin les siennes.

Alanguie, elle noua les bras sur sa nuque.

— T'ai-je déjà dit à quel point j'aime que tu m'embrasses comme ça ?

— Non.

Il l'embrassa de nouveau avant d'ajouter :

— Je t'écoute…

— Mmm… Si je te le dis… je n'aurai plus aucune chance d'avoir le dernier mot quand nous nous querellerons.

Avec un petit rire ravi, il déposa un baiser au creux de son épaule.

— Je suis fou de toi, Laurellie. Quand nous marions-nous ?

— Bientôt, répondit-elle avec fermeté. Même si grand-mère risque de…

Elle tressaillit.

— Oh, mon Dieu, le brunch !

— J'avais d'autres projets, murmura Matt en recommençant à lui mordiller l'oreille.

— Oh, non, tu ne comprends pas ! Quelle heure est-il ?

S'écartant de lui, Laurel prit le réveil sur la table de chevet.

— Oh, mon Dieu ! Il faut nous dépêcher, sinon nous allons nous attirer de graves ennuis !

Matt la saisit par la taille alors qu'elle s'apprêtait à bondir du lit.

— Si nous restons ici, nous…

— Matthew !

Elle voulut esquiver son baiser, mais celui-ci atterrit à la base de son cou, la faisant frissonner.

— Le brunch du dimanche à *Promesse d'amour* est sacré, expliqua-t-elle en s'efforçant de surmonter son trouble.

— Sais-tu faire la cuisine ?

— Quoi ? Oh, oui… enfin, du moment qu'on a un estomac très tolérant, on peut considérer que oui… Matthew ! Non…

Elle lui saisit la main et l'écarta de son ventre d'un geste brusque.

— Dans ce cas, pourquoi ne prendrions-nous pas un brunch en tête à tête, vers l'heure du dîner ?

— Matthew…

Prenant une profonde inspiration, Laurel l'agrippa fermement par les épaules.

— Puisque tu vas bientôt faire partie de la famille, tu as intérêt à t'habituer dès maintenant à respecter certaines traditions incontournables. Le brunch du dimanche est un rituel avec lequel on ne plaisante pas.

— Je suis un iconoclaste.

Laurel réprima un sourire.

— Tais-toi. Grand-mère me pardonnerait si je décidais de devenir strip-teaseuse. Et elle me pardonnera d'épouser un Yankee. Mais jamais au grand jamais elle ne me pardonnerait de rater le brunch du dimanche.

Arriver en retard suffit à s'attirer ses foudres. Or, nous en prenons dangereusement le chemin.

Poussant un soupir exagérément profond, Matt lâcha Laurel.

— Si c'est pour Mlle Olivia…

— Je vais prendre une douche, lança-t-elle en se précipitant vers la salle de bains. Si nous nous dépêchons, nous arriverons avant l'heure limite.

— Je vais la prendre avec toi pour gagner du temps, annonça-t-il en la suivant.

— Matthew !

En riant, Laurel posa les mains sur son torse pour le repousser.

— Si nous prenons notre douche ensemble, nous arriverons en retard à coup sûr.

Il l'attira contre lui.

— Je prends le risque.

— Matthew…

Il lui mordilla la lèvre inférieure.

— Tu oublies que je sais exactement quoi faire pour avoir le dernier mot.

— Oh, mon Dieu…

En soupirant, elle s'alanguit contre lui.

Ils étaient en retard.

— Nous sommes bons pour l'excommunication, marmonna Laurel, tandis que Matt s'engageait dans l'allée bordée de cèdres.

Il lui adressa un sourire irrésistible.

— Ça valait le coup.

— Evite la mine satisfaite du chat qui vient de manger le canari, s'il te plaît. Essaie plutôt d'adopter un profil bas.

— Nous pourrions prétexter un pneu crevé.

— Pour avoir droit au pardon, il faudrait au moins un accident. Or, ta voiture n'a même pas une éraflure.

Elle lui jeta un regard plein d'espoir.

— Pas question d'abîmer ma carrosserie, dit-il aussitôt d'un ton catégorique. Même pour toi.

— Oh, le côté matérialiste des Yankees ! marmonna-t-elle alors que la maison se profilait au bout de l'allée. Bon, il n'y a qu'une solution. Ça ne marchera probablement pas, mais on va essayer. Retarde ta montre.

— Pardon ?

— Retarde ta montre d'un quart d'heure, intima Laurel en reculant les aiguilles de la sienne. Dépêche-toi !

— De quoi as-tu peur ? demanda-t-il en se garant à côté de la voiture de Curt. Qu'Olivia te conduise au bûcher ?

— Tu ne crois pas si bien dire. Oh-oh, la voilà. Ecoute, je sais que c'est te demander un exploit, mais essaie de prendre un air innocent.

— Je vais peut-être me contenter de te déposer et retourner t'attendre en ville.

— Si tu fais ça, je te casse le bras, promit-elle en descendant de voiture. Grand-mère !

Un sourire éclatant aux lèvres, Laurel s'avança vers Olivia, les bras tendus. Elle embrassa les deux joues ridées en feignant de ne pas remarquer la froideur des yeux émeraude.

— Tu es splendide ! ajouta-t-elle avec chaleur.

— Et toi, tu es en retard.

— Pas du tout. J'ai même quelques minutes d'avance. J'ai amené Matthew avec moi.

Avec un peu de chance — non, beaucoup de chance —, la présence de Matt suffirait à distraire l'attention d'Olivia, songea Laurel.

— Mademoiselle Olivia.

Matt prit la main que lui tendait avec morgue la vieille dame et la porta à ses lèvres.

— J'espère que je ne vous dérange pas.

— Vous êtes en retard, répéta Olivia en les observant tour à tour.

— Comment est-ce possible ? s'exclama Laurel en regardant sa montre. Il est tout juste 11 heures !

Olivia releva le menton avec l'air de défi dont avait hérité sa petite-fille.

— Cette ruse est encore plus vieille que moi. Pourquoi êtes-vous en retard ?

Laurel s'humecta les lèvres. Pourquoi n'avait-elle pas pris le temps d'élaborer un mensonge convaincant ?

— Eh bien, vois-tu, grand-mère…

A son grand soulagement, Matt lui coupa la parole.

— C'est ma faute, mademoiselle Olivia.

— En quoi le retard de ma petite-fille a-t-il quelque chose à voir avec vous ?

— Je lui ai fait perdre du temps sous la douche, répondit-il d'un ton désinvolte.

— Matthew !

Le regard horrifié de Laurel contenait la promesse d'une vengeance terrible. Et son cri résonna dans le silence qui suivit.

— Je vois.

Olivia hocha la tête.

— C'est une excuse valable.

Laurel en resta bouche bée.

— Ferme la bouche, conseilla distraitement sa grand-mère tout en observant Matt. Vous avez pris tout votre temps, mais vous avez réussi. Vous allez bientôt l'épouser.

Ce n'était pas une question.

Matt se contenta de sourire, tandis que Laurel s'étranglait.

— Très bientôt, confirma-t-il.

— Bienvenue dans notre famille, Yankee.

Olivia lui offrit sa joue en souriant.

Avec un clin d'œil à l'adresse de sa petite-fille, elle tendit la main à Matt pour qu'il l'escorte cérémonieusement jusqu'à la terrasse, de l'autre côté de la maison.

Personne ne lui arrivait à la cheville, songea Laurel, submergée par une bouffée d'amour et de fierté. Absolument personne.

Olivia présida le repas avec son panache coutumier. Son fils était assis en face d'elle à l'autre extrémité de la table, tandis que la jeune génération avait pris place entre eux. Comme toujours, elle avait tenu à perpétuer la tradition dominicale avec le plus grand raffinement. Lin blanc, argenterie et cristal étincelants, fleurs fraîchement coupées, disposées dans des coupes qui dataient d'avant la guerre.

Le repas se déroula dans une atmosphère détendue. Susan était métamorphosée. Il était difficile de reconnaître la jeune femme désespérée qui s'était effondrée dans le bureau de Don quelques jours plus tôt. Ses mains ne tremblaient plus et s'il restait des traces de tristesse dans ses yeux, celles-ci s'estompaient de jour en jour. Devant le regard confiant que la jeune femme lui adressa, Laurel sentit le fardeau de ses responsabilités s'alourdir.

Pas maintenant, se dit-elle en buvant une gorgée de champagne, brut et délicieusement frais. Les tâches pénibles attendraient demain. Aujourd'hui, elle avait besoin de s'imprégner de l'atmosphère magique et intemporelle du brunch dominical à *Promesse d'amour.* Comment ne pas savourer le plaisir d'être réunis autour d'une table somptueusement dressée, sur laquelle des couverts en argent datant de plus d'un siècle étincelaient au soleil ? Le chant des oiseaux et une brise délicieuse qui ne durerait peut-être pas ajoutaient au charme de l'instant. Celui-ci était trop précieux pour le gâcher avec des pensées moroses. Et puis, surtout, elle était amoureuse.

Elle jeta à Matt un regard éperdu dans lequel elle lui renouvelait ses serments d'amour.

— Un jour, ce sera ton rôle d'organiser le brunch dominical, Laurellie, déclara Olivia en coupant délicatement la crêpe qui se trouvait dans son assiette. Les traditions comme celle-ci sont importantes… Pour les enfants plus encore que pour leurs parents. Toi et Matthew, vous êtes les bienvenus si vous souhaitez vous installer dans l'aile ouest quand vous serez mariés. De façon permanente ou seulement de temps en temps, au gré de vos envies. La maison est suffisamment grande pour que nous ne nous gênions pas les uns les autres.

— Reprends du café, maman, intervint William avec un regard réprobateur qui en disait long sur ce qu'il pensait des tendances de sa mère à vouloir tout organiser. Il faut que je vous parle à tous les deux, ajouta-t-il en se tournant vers Matt et Laurel.

Son regard effleura à peine Susan, mais ce fut suffisant. Il voulait leur parler d'Anne Trulane, comprit Laurel.

— Lundi matin, dans mon bureau, précisa William.

— Pas question de faire la moindre allusion au travail aujourd'hui, déclara Olivia. Parlons plutôt du mariage. Le jardin est idéal en cette saison. La terrasse est à votre disposition.

— Pourquoi pas le week-end prochain ? suggéra Matt en prenant sa tasse de café.

— Soyez prudent, Matt, conseilla William. Au moindre contretemps, Olivia est capable d'ordonner à Curt de vous poursuivre pour rupture de promesse de mariage.

— Tu as raison !

Olivia partit d'un grand éclat de rire et posa la main sur celle de Laurel.

— Mais, à mon avis, il n'y a aucun risque. Nous le tenons, à présent, Laurellie. William ! s'exclama-t-elle, alors que son fils tentait de masquer son fou rire sous une fausse quinte de toux, qu'attends-tu pour soumettre ce garçon à l'interrogatoire de rigueur ? Un père n'est jamais trop prudent avec l'homme qui a des vues sur sa fille… surtout si c'est un Yankee.

— Pour dire la vérité, intervint Laurel avant que son père ait le temps de répliquer, si Matthew veut m'épouser, c'est pour la maison et pour pouvoir plus facilement faire la cour à grand-mère.

Son père ouvrit de grands yeux.

— Tu plaisantes ?

— Pas du tout, répliqua Laurel avec le plus grand sérieux, tout en trempant une fraise dans de la crème. Matthew est fou de grand-mère.

— Laurel…

Un sourire aux lèvres, William se tut, ne sachant plus du tout quoi dire.

— Elle ne plaisante pas, murmura Curt en observant sa sœur.

Il se tourna vers Matt.

— Depuis tout ce temps ? demanda-t-il d'une voix douce, en se rappelant la fascination de son ancien camarade de chambre pour une certaine photo, et toutes les questions qu'il lui avait posées.

— Oui, répondit Matt en souriant à Laurel. Depuis tout ce temps.

— Le secret a été bien gardé, déclara William. Dire qu'un vieux limier comme moi n'y a vu que du feu…

Laurel posa la main sur le bras de son père.

— Tu nous en veux ?

— Rien ne pouvait me faire plus plaisir, répondit-il en pressant sa main.

Il regarda Matt.

— Rien. Mais pour tout vous dire, je pensais que vous ne vous entendiez pas du tout. Laurel, il y avait un adjectif qui revenait tout le temps dans ta bouche au sujet de Matt, si je me souviens bien.

— Insupportable, acquiesça-t-elle. Il est toujours valable.

— C'est ce qui donne du piment à la relation, commenta Olivia en reculant sa chaise.

C'était le signal que la cérémonie du brunch était terminée.

— Susan, soyez gentille de monter dans ma chambre, s'il vous plaît, dit la vieille dame. Et rapportez-moi un petit médaillon qui se trouve dans ma boîte à bijoux. En or, incrusté de perles.

Dès que la jeune femme eut quitté la pièce, Olivia se tourna vers son petit-fils.

— Mon cher, tu ne vas pas laisser ce Yankee te battre, j'espère ?

Curt se leva et concentra son attention sur un fil accroché à sa veste. Il prit tout son temps pour s'en débarrasser. Ensuite seulement, il se tourna vers sa grand-mère.

— Tu disais ?

— Matt a ramé pendant un an pour parvenir à ses fins avec ta sœur. Je pense que six mois devraient te suffire pour séduire notre locataire.

— Maman…

William se plaça derrière Olivia et lui posa une main sur l'épaule.

— Contente-toi d'une victoire pour aujourd'hui, dit-il en souriant.

— Pas question. Quand j'en aurai terminé avec Curtis, je m'occuperai de toi.

Avec une moue résignée, William se tourna vers son fils.

— Chacun pour soi… Au fait, Matt, j'ai quelque chose à vous dire.

— Poltron, murmura Olivia, tandis que son fils entraînait Matt à l'écart.

Susan revint quelques instants plus tard.

— C'est celui-ci, mademoiselle Olivia ? demanda-t-elle en tendant un bijou à la vieille dame.

— Oui, merci, répondit Olivia en souriant. Curtis, si tu emmenais Susan faire un tour dans le jardin ? Vous aimez vous promener dans le jardin, n'est-ce pas, Susan ?

La jeune femme baissa les yeux sur ses mains, puis jeta un coup d'œil furtif à Curt.

— Oui, en effet.

— Tu vois, Curt, elle aime se promener dans le jardin. Allez, sauvez-vous. A présent…

Olivia se tourna vers Laurel. Celle-ci la serra longuement dans ses bras.

— Grand-mère, je t'adore.

Olivia savoura la chaleur et le parfum de la jeunesse avant de repousser Laurel pour l'étudier avec attention.

— Tu es heureuse, apparemment.

— Oui.

Laurel rejeta la tête en arrière en riant.

— Si tu m'avais demandé il y a un mois — mon Dieu, et même il y a une semaine ! — ce que je pensais de l'idée de célébrer mon mariage avec Matthew Bates sur la terrasse, j'aurais répondu…

Elle pouffa.

— Il vaut mieux que je ne dise pas ce que j'aurais répondu.

— Tu as été attirée par lui dès le premier jour, mais tu t'en es bien cachée, n'est-ce pas ?

— Je suis assez fière de moi.

Olivia s'esclaffa.

— C'est normal, tu es comme moi, ma petite fille !

— Tu ne pouvais me faire de plus beau compliment.

Olivia posa le médaillon sur ses genoux et prit les mains de Laurel.

— Quand on aime, quand on aime vraiment, c'est avec tout notre cœur. Alors on ne le donne pas si facilement. Ton grand-père…

L'espace d'un instant, Olivia eut l'impression de rajeunir de plusieurs dizaines d'années et ses yeux s'embuèrent.

— Mon Dieu, comme j'ai aimé cet homme ! Quinze ans avec lui, c'était beaucoup trop court. Quand il est mort, je l'ai pleuré longtemps, mais ensuite, la vie… il faut la prendre comme elle vient. Les autres, après lui…

Elle secoua la tête avec un sourire rêveur.

— C'était pour le plaisir. J'ai éprouvé des sentiments pour tous les hommes que j'ai connus, mais il n'y en a qu'un seul à qui j'ai donné mon cœur. Tu dois comprendre ça, murmura-t-elle. Et ton Yankee aussi.

— Oui.

Laurel refoula les larmes qui perlaient à ses paupières.

— Je t'aime, grand-mère.

— Vous allez vous en faire voir de toutes les

couleurs, dit Olivia en pressant les mains de Laurel. Et je ne peux rien te souhaiter de mieux.

Olivia prit le médaillon sur ses genoux, et le garda un moment au creux de sa main.

— C'est pour toi. Ton grand-père me l'a donné quand nous nous sommes fiancés. Je le portais le jour où je l'ai épousé. Ça me ferait un immense plaisir si tu le portais le jour où tu épouseras Matthew.

— Oh ! grand-mère, il est splendide.

Laurel prit le bijou en or. Il était incrusté de minuscules perles blanches aux reflets bleus.

— Je ne t'ai jamais vue avec.

— Je l'ai enlevé quand ton grand-père est mort. Il est temps qu'il soit porté de nouveau. Et par une jeune mariée.

— Merci.

Laurel embrassa sa grand-mère, puis admira le médaillon de plus près. Il était magnifique… et il serait parfait sur une robe blanche vaporeuse et romantique. Peut-être avec de la dentelle et…

Assaillie par un souvenir, elle pressa une main sur sa tempe.

— Laurellie ?

— Ne t'inquiète pas, tout va bien.

Elle tapota distraitement la main de sa grand-mère.

— Tout va bien. Je viens seulement de me rappeler quelque chose. Du moins, je crois. Il faut que je téléphone.

Laurel se précipita dans la maison, en serrant le médaillon dans sa paume. De mémoire, elle composa le numéro du *Domaine du chêne*. Les yeux sur le médaillon, elle entendit à peine la voix qui répondit.

— Bonjour, Binney. C'est Laurel Armand.

Il y eut un silence. Elle s'empressa de le combler.

— S'il te plaît, Binney, je sais que tu m'en veux de t'avoir questionnée hier. Je te comprends. Je suis vraiment désolée si j'ai été trop insistante.

— Ce n'est pas mon rôle de vous en vouloir, mademoiselle Laurel, répondit la gouvernante. Ce n'est pas non plus mon rôle de répondre aux questions.

— S'il te plaît, juste une encore. C'est peut-être très important. C'est au sujet d'un médaillon.

Laurel insista, malgré le silence hostile.

— Le médaillon que Louis avait offert à Elise. Elle le portait le jour de son mariage et par la suite elle ne l'a plus jamais quitté, il me semble. Je ne me souviens pas de l'avoir vue sans ce bijou. Le médaillon en or orné d'une eau-forte. Tu t'en souviens, Binney ? Tu dois t'en souvenir. Elle avait mis la photo de Louis dedans.

— Je m'en souviens.

Le cœur de Laurel s'affola dans sa poitrine. Ce n'était pas de la peur… ni de l'excitation. Mais du désenchantement.

— Elle le portait en permanence, n'est-ce pas ? Il était petit et très élégant. Elle pouvait le porter tous les jours et le garder sur ses robes de soirée.

— Oui, elle le portait tout le temps.

Laurel déglutit péniblement.

— Binney, Elise avait-elle peur du marécage ?

demanda-t-elle en s'efforçant de maîtriser le tremblement de sa voix.

Elle connaissait la réponse. Cependant, mieux valait vérifier. Il n'était pas prudent de se fier aux souvenirs d'enfance. Le moment était venu de s'en tenir aux faits, même s'ils étaient douloureux.

— Il y a si longtemps…

— S'il te plaît, Binney. Tu la connaissais, tu étais là.

— Elle n'aimait pas le marécage. Elle connaissait la légende.

— Mais il… il lui arrivait d'y aller, n'est-ce pas ? murmura Laurel.

— Oui, mais seulement avec M. Louis.

— Oui, oui, je sais.

Laurel poussa un profond soupir.

— Seulement avec Louis. Merci, Binney.

Laurel raccrocha et regarda le médaillon au creux de sa main. Puis elle le glissa dans sa poche et partit à la recherche de Matt.

Celui-ci la vit traverser la pelouse. S'excusant auprès de William, il la rejoignit aussitôt. Malgré la distance, il avait reconnu la lueur dans ses yeux.

— Qu'y a-t-il, Laurel ?

Elle noua les bras derrière le dos de Matt et appuya la joue contre son torse. Pendant un moment, elle savoura sa force, la promesse du bonheur.

— Matthew, où est le fragment de médaillon que tu as trouvé dans le marécage ?

— Je l'ai porté au laboratoire de la police pour qu'ils effectuent des tests.

Il l'écarta de lui pour scruter son visage.

— Pourquoi ?

Elle soupira.

— Les tests vont prouver qu'il est resté dehors, dans la boue et la poussière… pendant dix ans.

— Dix ans… ? Il appartenait à Elise…

— Je me suis enfin rappelé où je l'avais vu. Je viens d'appeler au domaine pour vérifier auprès de Binney que je ne me trompais pas. Elise portait ce médaillon tous les jours…

Parce qu'elle était pâle, parce qu'il l'aimait, Matt évita de crier victoire.

— Pour l'instant, ça ne prouve rien. Elle a pu le perdre là-bas n'importe quand.

— Non, ça ne prouve rien. Mais je ne pense pas qu'Elise l'ait perdu lors d'une promenade. Non seulement elle y tenait trop, mais elle n'allait jamais dans le marécage. Il ne l'effrayait pas autant qu'Anne, mais elle connaissait la légende et elle préférait ne pas prendre de risques. Les rares fois où elle y est allée, c'était avec Louis. Binney vient de me le confirmer.

Matt vit la peine dans les yeux de Laurel. Cette fois, il ne ressentit pas la moindre frustration ni la moindre jalousie. Il lui prit le visage à deux mains.

— Je suis désolé, Laurel.

Elle lui saisit les poignets et les serra.

— Oh ! mon Dieu, Matthew, moi aussi…

— Je pense que nous devrions mettre ton père au courant immédiatement. Mais il serait peut-être préférable de ne rien dire à Susan pour l'instant.

— Tu as raison.

Au même instant, le rire de Susan retentit quelque part dans le jardin.

— Laissons-la en dehors de tout ça. Mon père peut sans doute user de son influence pour faire rouvrir l'enquête sur la mort d'Anne et en faire ouvrir une sur la disparition d'Elise et de Charles.

— Oui, cette fois nous avons suffisamment d'éléments pour faire bouger les choses, approuva Matt.

— Oh ! mon Dieu, Matthew, tu te rends compte ! Si ce que nous pensons est vrai… Louis doit être terriblement malade. Pour Charles et Elise, c'est sans doute une crise passagère déclenchée par la jalousie. Ç'a dû le ronger pendant toutes ces années. Et quand il a rencontré Anne…

Elle s'enfouit le visage dans ses mains. Allait-elle être capable de faire abstraction de ses sentiments ?

— Il a besoin d'aide, Matthew. Peux-tu imaginer quel cauchemar il vit depuis toutes ces années ?

— Il aura de l'aide. Mais, Laurel…

Matt la prit par les épaules et attendit qu'elle le regarde.

— Avant tout, il faut trouver des preuves. Je pense que si nous nous concentrons sur les premiers meur… sur Charles et sur Elise, se reprit-il prudemment, cela nous conduira à Anne. Mais ça ne va pas être facile pour toi.

— Non. Mais c'est nécessaire.

En voyant une lueur s'allumer dans les yeux de Matt, Laurel devina l'idée qui venait de germer dans son esprit.

— A quoi penses-tu, Matt ? demanda-t-elle pourtant.

— Il faut faire bouger les choses. Louis doit être sur le fil du rasoir, prêt à craquer. Il t'a déjà menacée trois fois. A ton avis, quelle serait sa réaction s'il voyait ce fragment de médaillon ?

— Je pense…

Laurel caressa machinalement le bijou qui se trouvait dans sa poche.

— … que ça le briserait.

— C'est aussi mon avis.

Il passa un bras autour de ses épaules.

— Demain, nous retournerons au *Domaine du chêne*.

Chapitre 12

La table était encore encombrée de feuilles et d'emballages de plats à emporter. Le sol était jonché de vêtements. Laurel referma la porte derrière eux et fit tinter ses clés.

— Quelle pagaille ! Tu devrais avoir honte, Matthew.

— Moi ? C'est ton appartement ! D'ailleurs...

Il écarta une chemise du bout du pied.

— ... c'est toi qui m'as renversé par terre, submergée de désir pour mon corps sublime.

Elle émit un grognement dédaigneux.

— Et c'est toi qui m'as obligé à partir en courant ce matin comme si l'immeuble était en feu, poursuivit-il, imperturbable.

Aucun des deux n'était dupe. Ils s'efforçaient l'un et l'autre de ne pas penser à ce qui les attendait le lendemain : la confrontation avec Louis Trulane.

— Et tu m'es si reconnaissant d'être une femme capable de faire preuve d'initiative que tu vas m'aider à ranger, déclara-t-elle d'un ton suave.

— J'ai une meilleure idée.

Il la prit dans ses bras.

— Semons un peu plus la pagaille.

— Matthew !

La bouche de Matt captura celle de Laurel, tandis que ses doigts cherchaient la fermeture Eclair au dos de sa robe.

— Arrête !

Mi-amusée, mi-sérieuse, elle se débattit.

— Tu es fou ! Ne penses-tu donc jamais à rien d'autre ?

— Il m'arrive de penser à manger, avoua-t-il avant de lui mordiller le cou.

— Matthew, c'est ridicule…

Mais Laurel était déjà envahie par une chaleur intense.

— Il y a seulement quelques heures que… oh…

— Je ne suis pas encore rassasié, murmura-t-il avant de dévorer sa bouche.

Seigneur ! Il était fou et il la rendait folle ! La robe baissée jusqu'à la taille, Laurel tenta de se dégager.

— Arrête. Nous avons des décisions à prendre, et…

— Mmm, une femme qui résiste… J'adore…

Il la plaqua contre lui.

— Ça excite mes cellules sensuelles.

— Tes quoi ? s'exclama-t-elle en pouffant.

— Regarde.

Avant qu'elle eût le temps de deviner ses intentions, il la souleva dans ses bras et la mit sur son épaule.

— Matthew ! As-tu perdu l'esprit ?

— Oui.

Sur le chemin de la chambre, il finit de lui ôter sa robe, puis il en fit autant avec ses chaussures.

— C'est la faute de mes cellules sensuelles.

— Je vais te dire ce que je pense de tes cellules sensuelles…

L'entraînant dans sa chute sur le lit, Matt réduisit Laurel au silence par un baiser.

Puis il l'emporta dans un tourbillon de sensualité brûlante, faisant jaillir en elle des sensations divines, surnaturelles. Des gerbes de flammes multicolores explosaient dans sa tête, tandis que son corps vibrait d'un plaisir fluide, lancinant, incandescent.

Plus de pensées. Plus de mots. Elle n'était que sensation pure. Ses vêtements s'étaient désintégrés et son corps était ouvert aux caresses, aux baisers, aux folies. A toutes les folies dans lesquelles Matt semblait déterminé à l'entraîner.

Au plus profond d'elle, des volcans se réveillaient, des torrents grondaient. Elle était libre. Si merveilleusement libre… Plaisir. Tout n'était que plaisir. Elle flottait dans un océan de volupté. Les mains de Matt sur son corps, ses lèvres sur ses lèvres, sa langue au plus profond de sa bouche, le velours de sa peau sous ses doigts…

Fièvre. Fièvre ardente, grisante. Liberté. Envol ébloui. Ivresse de l'amour. Promesse d'une vie éclaboussée de bonheur.

Matt l'entraînait dans une course éperdue. Abandonnée dans ses bras, le souffle court et le cœur battant à tout rompre, elle avait l'impression d'être en apesanteur.

Puis il plongea en elle, et ce fut comme si le monde chavirait.

Un long moment plus tard, lorsqu'elle eut recouvré son souffle et sa lucidité, Laurel posa une main sur le torse de Matt, allongé sur le dos à côté d'elle. Etait-il aussi épuisé qu'elle ? Peut-être. Elle posa la tête au creux de son épaule.

— Tu t'es plus soucié de mon plaisir que du tien.

Il eut un petit rire.

— Je suis le bon Samaritain. Toujours prêt à se dévouer pour son prochain.

— Matthew…

Laurel croisa les bras sur le torse de Matt et y appuya le menton.

— Tu as compris que j'étais tendue et que j'avais envie de me mettre la tête dans le sable. Tu as compris que je n'avais aucune envie de penser à ce qui nous attend demain, alors qu'il faudrait au contraire que je m'y prépare. C'était de la lâcheté.

— Mais non.

Il écarta une mèche de cheveux de son visage.

— C'est une réaction humaine. Tu avais besoin de faire le vide pendant un moment, de tout oublier. Moi aussi. C'était plus efficace qu'un cachet d'aspirine, ajouta-t-il avec un sourire malicieux.

— C'est vrai. J'espère que tu seras disponible chaque fois que j'aurai la migraine.

Elle déposa un baiser sur son torse.

— Je suis assez forte pour affronter la situation. Je t'assure.

« Peut-être, songea Matt. Peut-être pas. »

— D'accord. Je vais aller au labo reprendre le médaillon, que les tests aient déjà été effectués ou non. Je préfère le récupérer.

Laurel hocha la tête.

— Et demain matin, nous irons le montrer à Louis.

« J'irai seul », rectifia-t-il en silence. Mais il se contenta de hocher la tête. C'était un point qu'il réglerait le moment venu…

— Si ça ne suffit pas à le faire passer aux aveux, il faudra continuer à enquêter, mais nous ferons appel à la police.

— D'accord.

Matt se redressa. Où avait-il jeté ses vêtements ?

— Tu veux venir avec moi au labo ?

— Non.

Elle inspira profondément. Qu'avait dit sa grand-mère ? La vie… il fallait la prendre comme elle venait.

— J'ai une surprise pour toi, Matthew Bates. Et crois-moi, c'est un privilège immense dont tu es le premier à bénéficier.

Matt, qui était en train d'enfiler son pantalon, eut un sourire amusé.

— Je vais te préparer à dîner.

— Laurel, je suis… bouleversé.

— Tu risques de l'être bien plus encore quand tu auras mangé, murmura-t-elle.

— Nous pouvons dîner dehors, tu sais ?

— Allons, un peu de courage ! plaisanta-t-elle tout en se demandant ce qu'il y avait dans le congélateur. Il faudrait que tu rapportes du vin.

Elle s'agenouilla sur le lit et lui boutonna sa chemise.

— Et du bicarbonate, ajouta-t-elle en riant.

— Du bicarbonate… Ce n'est pas très engageant.

— Non, mais c'est plus prudent.

— A tout de suite. Je n'en ai pas pour longtemps.

— Prends mes clés au cas où je serais trop occupée dans la cuisine. Et…

Elle noua les bras sur sa nuque.

— … contrôle tes cellules sensuelles jusqu'à ton retour.

Il l'embrassa, puis lui donna une petite tape sur les fesses.

— Je serai là dans une heure au plus tard, promit-il avant de quitter la pièce.

Une heure, songea-t-elle en s'étirant. Cela devrait lui laisser le temps de s'essayer à jouer à la femme d'intérieur…

Elle commença par ranger le désordre. Matt s'était débrouillé très habilement pour échapper à cette corvée… Toutefois, manger le dîner qu'elle allait préparer serait une punition bien assez cruelle, songea-t-elle en réprimant un sourire. Elle gagna la cuisine et ouvrit le réfrigérateur.

Du jus de fruits, du lait, deux livres de beurre. Deux livres… Par quel miracle ? En tout cas, il y avait de quoi préparer une salade. C'était un début. Et elle allait tenter un ragoût. Il devait bien y avoir un livre de cuisine quelque part…

Un quart d'heure plus tard, elle faisait de son mieux pour suivre à la lettre la recette de la timbale de thon aux macaronis, garantie inratable par son livre de cuisine. Promenant son regard sur le chaos qui régnait dans la cuisine, elle soupira. L'auteur du livre était bien optimiste… Elle s'apprêtait à entamer vaillamment l'étape suivante quand le téléphone sonna.

Matt, songea-t-elle en s'essuyant les mains pour

répondre. Il voulait sans doute lui proposer de prendre des plats chez un traiteur chinois. S'il s'imaginait échapper aussi facilement à sa punition, il se trompait… Un sourire malicieux aux lèvres, elle décrocha.

— Allô !

— Oh, Laurel ! Dieu merci, tu es là !

Les doigts de Laurel se crispèrent sur le combiné.

— Marion ? Que se passe-t-il ?

— Laurel, je ne savais pas quoi faire… Qui appeler… C'est Louis…

— Que se passe-t-il ? Il s'est blessé ? demanda Laurel, la gorge nouée.

— Non… enfin, je n'en sais rien… Oh, Laurel…

La voix de Marion se brisa.

— Marion, essaie de te calmer et dis-moi ce qui s'est passé.

— Je ne l'ai jamais vu dans un tel état. Il n'a pas prononcé un mot de toute la journée, et… Oh, Seigneur ! Laurel, c'est tellement éprouvant ! Et c'est encore pire depuis qu'Anne… Laurel, j'ai besoin d'aide, supplia Marion d'une voix tremblante.

— Je vais t'aider, répliqua Laurel aussi calmement qu'elle le put. Que s'est-il passé ?

— A l'instant… il y a quelques minutes…

Laurel entendit Marion prendre une profonde inspiration.

— Il est entré dans une rage folle. Il… il tenait des propos incohérents. Il parlait d'Elise et d'Anne. Je ne sais pas… C'est comme s'il les confondait.

Laurel pinça les lèvres. Il fallait absolument qu'elle garde son sang-froid.

— Que fait-il à présent ?

— Il s'est enfermé dans sa chambre. Il est déchaîné. Je l'entends cogner dans les meubles… Laurel, il ne veut pas m'ouvrir !

— Appelle un médecin.

— Oh, mon Dieu, Laurel ! tu crois que je n'ai pas déjà essayé ? Il refuse catégoriquement d'en voir un et il n'a jamais été aussi… aussi violent qu'aujourd'hui. S'il te plaît, viens. Tu as toujours été notre amie. Louis était si proche de toi avant… avant tout ça. Tu parviendras peut-être à le calmer et ensuite, si j'arrive à trouver un moyen de lui faire accepter que… qu'on l'aide… Laurel, je t'en supplie, je ne veux pas que des étrangers le voient dans cet état. Je ne vois personne d'autre que toi en qui je peux avoir toute confiance.

— D'accord, Marion.

Des images insoutenables se bousculaient dans l'esprit de Laurel.

— J'arrive tout de suite.

— Laurel… en tant qu'amie, s'il te plaît. Pas en tant que journaliste.

— Bien sûr, Marion.

Matt introduisit la clé de Laurel dans la serrure.

— Comme tu ne m'avais pas dit ce qu'il y aurait au menu, j'ai pris du rouge et du blanc ! lança-t-il joyeusement.

Il jeta un coup d'œil dans le salon. Laurel avait déjà rangé. Nul doute qu'il allait en entendre parler ! songea-t-il en réprimant un sourire.

— C'est bizarre, je ne sens pas d'odeur de brûlé.

Il se rendit dans la cuisine. Le spectacle qui s'offrit à ses yeux l'impressionna. Apparemment, la recette dans laquelle elle s'était lancée n'était pas des plus simples. En tout cas, sa préparation requérait tout l'espace disponible sur le comptoir…

Il déposa le vin dans l'évier — seul endroit où il restait encore de la place — et secoua la tête. Etait-ce bien la même femme dont les notes étaient toujours parfaitement lisibles et structurées ? Dont le bureau était toujours impeccablement rangé ? Plongeant la main dans une casserole, il en retira un macaroni froid et spongieux.

— Dis-moi, Laurel, tu dois connaître ce petit restaurant de poissons, dans Canal Street. On y mange très bien. Si nous…

Il se figea sur le seuil de la chambre. Vide.

— Laurel ? appela-t-il en ouvrant la porte de la salle de bains.

Vide, elle aussi. Une vague de panique le submergea, qu'il s'efforça de réprimer. Laurel était juste sortie acheter quelque chose qui lui manquait pour sa recette. Elle avait dû lui laisser un mot.

Il regagna le salon et trouva le mot près du téléphone.

« Matthew, Marion a téléphoné, bouleversée. Louis perd la tête. Il s'est enfermé dans sa chambre. Il a besoin d'aide. Je ne pouvais pas refuser. Laurel. »

— Bon sang !

Etreint par une angoisse insupportable, Matt laissa tomber le bout de papier et se précipita dehors.

*
* *

Laurel tourna dans l'allée qui conduisait au Domaine du chêne. C'était la fin de l'après-midi et les ombres s'allongeaient. L'air était immobile. Le cri d'un oiseau troua le silence, puis le calme revint aussitôt. Alors qu'elle arrêtait la voiture au bout de l'allée, Marion sortit de la maison et courut vers elle.

Ses cheveux étaient défaits, son visage d'une pâleur extrême et son regard affolé. Jamais elle ne l'avait vue aussi peu maîtresse d'elle-même, songea Laurel, le cœur serré.

— Oh, mon Dieu, Laurel !

Marion se cramponna à son bras comme à une bouée.

— Je n'ai pas pu l'arrêter ! Je n'ai pas pu l'arrêter !

Laurel leva vivement les yeux vers la fenêtre de la chambre de Louis. Une image horrible s'imposa à son esprit. Il gisait par terre, mort. Suicidé.

— Que se passe-t-il, Marion ? Qu'a-t-il fait ?

— Le marécage. Il est allé dans le marécage.

Marion se cacha le visage dans les mains et éclata en sanglots.

— Je crois qu'il a perdu l'esprit. Il disait des choses… Il m'a bousculée.

Louis n'était pas mort… Laurel prit une profonde inspiration. Il fallait rester calme.

— Il a dit quelque chose ?

Marion écarta ses mains de son visage. Ce dernier était hagard.

— Oui. Il a dit… Il a dit qu'il allait chercher Elise.

— Elise ?

Laurel inspira de nouveau. Ne pas céder à la panique…

— Il faut faire quelque chose !

Marion l'agrippa par le bras.

— Laurel, il faut faire quelque chose ! Il faut aller le chercher. Le retrouver ! Il est en train de sombrer…

— Marion, comment le retrouver là-dedans ? Il faut appeler la police.

— Non ! Pas la police.

Marion lâcha Laurel et sembla se ressaisir.

— Je vais le retrouver. Je connais le marécage aussi bien que lui. Tu n'es pas obligée de venir avec moi. Excuse-moi. Je n'aurais pas dû t'appeler.

Laurel se passa nerveusement les mains dans les cheveux, tandis que Marion s'éloignait en direction du marécage. Louis l'avait mise sur son premier poney, se souvint-elle. Il lui avait appris à jouer aux échecs, il l'avait toujours écoutée avec bienveillance. Quoi qu'il ait fait, comment pourrait-elle repartir sans tenter de l'aider ?

— Marion, attends ! Je viens avec toi.

Marion s'arrêta et lui tendit la main.

Les deux femmes gagnèrent le marécage à grands pas. Au moment d'y pénétrer, Laurel fut submergée par une vive répulsion. Une répulsion qu'elle s'efforça de surmonter. C'était un endroit comme un autre, avait dit Matt. Et Louis avait besoin d'elle.

Le jour déclinait et les ombres s'allongeaient de plus en plus. Il leur restait environ une heure, peut-être un peu plus, avant qu'il fasse trop sombre pour se repérer, se dit Laurel pour tenter de se rassurer. D'ici là, elles auraient retrouvé Louis.

Elle suivit Marion d'un pas déterminé.

— Je pense qu'il est peut-être allé près du bayou, dit celle-ci. Là où on a trouvé Anne.

Que savait exactement Marion ? se demanda Laurel. N'avait-elle que des soupçons ou bien des certitudes ? De toute façon, ce n'était pas le moment de lui poser la question.

— Ça va aller ? demanda-t-elle en regardant la jupe vaporeuse de Marion et ses élégants escarpins. Ce n'est pas facile de marcher dans les herbes.

— Ça ne fait rien, répliqua Marion d'un ton impatient. Louis est mon frère.

— Tout va bien se passer, affirma Laurel autant pour elle-même que pour Marion.

Pendant un moment, elles avancèrent côte à côte, puis le chemin se rétrécit et Laurel passa devant Marion. On entendait des petits bruits très divers… oiseaux, insectes. Quand elle vit un héron bleu s'envoler gracieusement, Laurel comprit qu'elles arrivaient à proximité du bayou.

— Il faudrait peut-être l'appeler pour lui signaler notre présence, suggéra-t-elle.

— Il ne t'entendra pas.

— Pas s'il est parti plus loin. Mais s'il est resté sur la rive, il…

Laurel se retourna et se figea.

Marion avait un pistolet à la main. Un rayon de soleil fit étinceler l'arme. L'espace d'un instant, Laurel ne discerna plus qu'un blanc aveuglant. Puis elle vit le visage de Marion. En dépit de ses yeux gonflés et de ses cheveux en bataille, celle-ci était manifestement très calme. Laurel entendit ses oreilles se mettre à bourdonner, sans comprendre que c'était l'effet de la terreur. La gorge nouée, elle gardait les yeux fixés sur le visage de Marion.

— Marion, dit-elle en s'efforçant de prendre un ton posé. Que fais-tu ?

— Ce que j'ai à faire.

Le pistolet était-il censé intimider Louis ? se demanda Laurel en tentant de faire le tri dans toutes les hypothèses les plus folles qui se bousculaient dans son esprit. S'il était pour Louis, pourquoi était-il pointé sur elle ? Pas question de le regarder — pas encore. Il fallait continuer de fixer les yeux gris pâle de Marion.

— Où est Louis ? Le sais-tu ?

— Bien sûr. Il travaille dans son bureau. Il n'en a pas bougé de tout l'après-midi.

— Tout l'après-midi…

Laurel sentit un grand froid l'envahir.

— Pourquoi m'as-tu appelée ?

— Je n'avais pas le choix.

Marion eut un sourire très doux.

— Quand tu as parlé du médaillon d'Elise ce matin, j'ai compris que les choses étaient allées trop loin. Que *tu* étais allée trop loin.

— Quand je t'ai parlé ? Mais c'est Binney que… C'était toi ?

— Je suis surprise que tu ne te souviennes pas que Binney passe tous ses dimanches chez sa sœur. Tu m'as vraiment simplifié la tâche, Laurel. Tu croyais parler à Binney, alors j'ai été Binney.

Le sourire de Marion s'estompa. Elle fronça délicatement les sourcils, comme quand elle était contrariée.

— Tu me déçois beaucoup. Je t'ai pourtant avertie que tu devais rester en dehors de tout ça. Peux-tu imaginer les problèmes que tu aurais causés si Binney t'avait répondu ce matin ? Comment as-tu osé questionner une domestique sur des affaires de famille ?

Marion secouait la tête, une lueur d'irritation dans les yeux.

— Tu as pourtant reçu une bonne éducation.

Une bonne éducation ? Laurel fut prise de vertige. Marion était-elle folle ? Oh, Seigneur ! Bien sûr, elle était folle…

— Marion, que vas-tu faire ?

— Tu dois être punie, répondit Marion d'une voix très calme. Comme les autres.

Dans un dérapage contrôlé, Matt arrêta sa voiture à côté de celle de Laurel. Il n'avait pas cessé de jurer depuis qu'il avait lu son mot. Jurer lui permettait de tenir l'angoisse à distance. « S'il lui a fait du mal…, songea-t-il en montant les marches du porche quatre à quatre. Mon Dieu, s'il lui a fait du mal… »

Il tambourina à la porte.

— Trulane !

Il tambourina de nouveau, la peur au ventre. Quand la porte s'ouvrit, il s'engouffra dans la maison et agrippa Louis par sa chemise.

— Où est Laurel ?

— Qu'est-ce qui vous prend ?

Louis se tenait raide, les yeux étincelants de fureur.

— Qu'avez-vous fait à Laurel ? hurla Matt.

— Rien du tout ! Pourquoi ? Je ne l'ai pas vue.

Il baissa les yeux sur les mains de Matt.

— Lâchez-moi, Bates.

Cet homme avait envie de se battre, comprit Matt. Il avait envie de se défouler dans un combat physique, poings contre poings. Ça se voyait dans ses yeux.

— Ne vous inquiétez pas, Trulane, nous nous battrons, promit-il d'un air sombre. Rien ne pourrait me faire plus plaisir… mais pas avant que vous m'ayez dit ce que vous avez fait de Laurel.

Louis sentait quelque chose bouillonner en lui. Une émotion qui, pour la première fois depuis des semaines, n'avait rien à voir avec le chagrin. C'était de la colère pure. D'une certaine façon, elle lui faisait du bien.

— Je vous ai dit que je ne l'avais pas vue. Elle n'est pas là.

— Inutile de mentir.

Matt pointa son doigt vers la porte d'entrée, restée ouverte.

— Sa voiture est là.

Louis jeta un coup d'œil dehors et plissa le front. Le doute s'insinua en lui, atténuant un peu sa colère.

— Elle a dû venir voir ma sœur.

— C'est elle qui lui a téléphoné.

Matt poussa Louis si brutalement contre le mur que ce dernier faillit perdre l'équilibre.

— Elle lui a demandé de venir parce que vous aviez perdu la tête et vous étiez enfermé dans votre bureau.

— Vous êtes fou !

Louis repoussa Matt et ils se toisèrent un moment en silence, chacun s'efforçant de réprimer une furieuse envie de sauter à la gorge de l'autre.

— Je ne vois pas pourquoi Marion appellerait Laurel si j'étais enfermé dans ma chambre, déclara sèchement Louis. De toute façon, j'ai travaillé tout l'après-midi.

Le souffle court, les poings crispés, Matt s'exhortait au calme. S'il frappait Trulane, même une fois, il ne pourrait peut-être plus jamais s'arrêter. Il sentait la fureur se déchaîner en lui, prête à le déborder. Non, pas avant d'avoir retrouvé Laurel, se dit-il. Mais ensuite…

— Laurel m'a laissé un mot pour me prévenir qu'elle venait ici. Elle a reçu un coup de téléphone de Marion lui réclamant de l'aide parce que vous aviez perdu la tête.

— Je ne comprends strictement rien à ce que vous racontez.

— La voiture de Laurel est garée devant la maison. Et vous, vous êtes là.

Louis darda sur Matt un regard glacial.

— Fouillez la maison, si vous ne me croyez pas.

— C'est exactement ce que je vais faire. Au fait, pendant que nous y sommes, si vous jetiez un coup d'œil là-dessus ? ajouta Matt en fouillant dans sa poche.

Il tendit la main et l'ouvrit sous les yeux de Louis.

Au creux de sa paume se trouvait le fragment de médaillon. Louis lui saisit le poignet avec violence, lui enfonçant les doigts dans la chair.

— Elise… Où avez-vous trouvé ça ?

A présent dénué de toute colère, son visage exprimait seulement le tourment.

— Où avez-vous trouvé ça, bon sang ?

— Dans le marécage.

Matt referma la main sur le médaillon.

— Laurel l'a reconnu, elle aussi. Et ce matin, au téléphone, votre gouvernante lui a confirmé que ce bijou appartenait à Elise.

— Binney ?

Louis fixait la main fermée de Matt d'un air hagard.

— Non, c'est impossible. Binney n'est pas là aujourd'hui. Le marécage ? Dans le marécage ?

Louis releva la tête. Il était livide.

— Elise n'y allait jamais sans moi. Et elle portait ce médaillon en permanence. En permanence. Elle le portait le jour où je suis parti pour New York, avant qu'elle…

Il secoua la tête et le sang afflua de nouveau à ses joues.

Matt prit une profonde inspiration pour tenter de maîtriser la nouvelle angoisse qui l'envahissait.

— Laurel m'a dit qu'elle avait téléphoné ici, vers midi, et qu'elle avait parlé à votre gouvernante.

— Je vous dis que Binney n'est pas là ! Elle est absente pour la journée. Comme tous les dimanches. Tous les domestiques sont en congé le dimanche.

Binney est chez sa sœur. Il n'y a que moi et Marion dans la maison.

— Marion ? murmura Matt.

Marion, qui avait téléphoné… Marion, qui, à cause de sa nervosité manifeste, avait orienté leurs soupçons vers Brewster. Marion, se rappela soudain Matt, qui leur avait affirmé que Brewster rendait Anne nerveuse. Comment aurait-elle pu le savoir, si… si elle n'avait pas vu les lettres ?

— Où est-elle ? demanda-t-il en s'avançant dans le hall, l'estomac noué. Où est votre sœur ?

— Attendez un peu !

Louis le retint par le bras.

— Qu'insinuez-vous ? Où avez-vous trouvé ce médaillon ?

— Dans le marécage ! hurla Matt, à bout de nerfs. Bon sang ! Vous ne comprenez pas que Marion a attiré Laurel dans un piège ?

Il prit une profonde inspiration.

— Dans le marécage, répéta-t-il d'un ton plus calme. Votre sœur a attiré Laurel dans le marécage. Comme les autres.

— Les autres ?

Louis se jeta sur Matt avant que celui-ci ait le temps de l'esquiver.

— Que voulez-vous dire ?

— Votre sœur est une meurtrière. Elle a déjà tué trois personnes. Et, aujourd'hui, elle a tendu un piège à Laurel.

— Vous êtes fou !

— Non, malheureusement.

Matt rouvrit la main. Au creux de sa paume, le médaillon semblait narguer les deux hommes.

— Nous sommes allés dans le marécage, l'autre nuit… Quelqu'un l'a attaquée. La même personne lui a envoyé un paquet contenant un serpent mort. La même personne lui a téléphoné ce soir… Laurel est venue ici pour vous.

Matt plongea son regard dans celui de Louis.

— Allez-vous m'aider ?

Le souffle court, Louis baissa les yeux sur le médaillon.

— Nous y allons. Attendez-moi un instant.

Il traversa le hall à grands pas et ouvrit une porte, en face du salon. Quelques secondes plus tard, il revint avec un petit revolver qu'il tendit à Matt. Il était de nouveau livide.

— Elle a pris le pistolet. Le pistolet ancien que nous conservions dans la vitrine.

« Ne panique pas. Surtout, n'essaie pas de t'enfuir, se répétait inlassablement Laurel sans quitter Marion des yeux. Elle paraît si calme à présent, comme si d'une seconde à l'autre, elle allait te proposer du thé et des gâteaux avec un sourire affable. Depuis combien de temps est-elle folle ? » Laurel déglutit péniblement, tout en prenant soin de rester parfaitement immobile. « Incite-la à parler. Elle en meurt d'envie. »

— Punie ? Tu as puni les autres, Marion ?

— Il le fallait.

— Pourquoi ?

— Tu as toujours été une enfant très intelligente, Laurel. Mais pas assez, cependant.

Elle sourit. Un sourire de connivence.

— Je n'ai eu aucun mal à diriger tes soupçons sur Brewster en ne disant que la stricte vérité. Anne n'aurait jamais quitté Louis. Elle l'adorait.

— Dans ce cas, de quoi l'as-tu punie, Marion ?

— Elle n'aurait pas dû revenir.

Marion laissa échapper un petit soupir tremblant.

— Elle n'aurait jamais dû revenir.

— Revenir ?

Laurel s'autorisa à jeter un coup d'œil furtif derrière Marion. Si elle parvenait à distraire son attention, à prendre ne serait-ce que quelques secondes d'avance, réussirait-elle à la semer dans les broussailles ?

— Je n'ai pas été dupe, dit Marion, de nouveau souriante, mais l'air absent. Oh ! elle a trompé tous les autres — surtout Louis — mais moi, j'ai tout de suite su. Bien sûr, je me suis bien gardée de le laisser paraître, je suis très douée pour ça. Elle avait peur du marécage. Je savais pourquoi, naturellement. Elle y était déjà morte, et elle devait y mourir de nouveau.

Laurel sentit sa gorge se nouer. Seigneur ! Marion avait vraiment perdu l'esprit ! « Continue à lui parler, surtout continue à lui parler », se dit-elle, tandis qu'une grive se mettait à chanter dans un cyprès, derrière elle.

— Pourquoi as-tu tué Elise ?

— Elle n'avait aucun droit ! hurla Marion.

Surprise, Laurel eut un mouvement de recul.

— Elle n'avait aucun droit sur la maison ! Le

Domaine du chêne est à moi. Depuis toujours. Louis allait le lui léguer par testament. A elle ! Alors qu'elle n'avait pas la moindre goutte de sang Trulane dans les veines. Elle ne faisait pas partie de la famille. C'est moi l'aînée ! cria Marion, visiblement folle de rage. En toute justice, la maison me revient. Mon père n'aurait pas dû la laisser à Louis.

Marion fut parcourue d'un frisson. Mais la main qui tenait le pistolet restait ferme, constata Laurel, le cœur battant.

— Le *Domaine du chêne* m'appartient. Je l'aime. J'aime tout ça.

Elle promena autour d'elle un regard soudain attendri.

— C'est la seule chose que j'aie jamais aimée.

— Mais pourquoi Elise ?

La maison ! songea Laurel avec effarement. Pouvait-on vraiment tuer pour une maison, un bout de terrain ? Oui, bien sûr, se rappela-t-elle. C'était un mobile classique, depuis la nuit des temps.

— Pourquoi n'as-tu pas tué Louis, Marion ? Tu aurais hérité.

— Voyons, Laurel, Louis est mon frère, protesta Marion d'une voix douce.

— Mais… Charles… ?

— Je n'ai jamais eu l'intention de lui faire le moindre mal.

Les yeux de Marion se noyèrent de larmes.

— Je l'aimais. Mais il nous a vues et il est intervenu.

Une larme roula sur sa joue.

— Je n'avais pas le choix. Elise et moi, nous étions parties nous promener. Elle se sentait seule sans Louis.

Lorsque nous nous sommes trouvées suffisamment loin de la maison, j'ai sorti le pistolet. Ce pistolet, dit-elle en levant le bras. Le reconnais-tu, Laurel ?

Laurel réprima un frisson. Oui, elle l'avait vu dans la vitrine de la bibliothèque. Le même pistolet qu'un autre Trulane, des années auparavant, avait utilisé pour tuer… pour punir.

— Oui.

— Je savais qu'il fallait que je m'en serve.

Marion caressa le canon du bout du doigt.

— C'était comme s'il m'avait attendue, comme si quelqu'un m'avait confirmé qu'il était juste que je m'en serve pour punir Elise. Tu comprends ?

— J'essaie.

— Pauvre Laurel, murmura Marion. Toujours si compréhensive, si attentionnée. Quand je t'ai téléphoné, j'étais sûre que tu viendrais.

Laurel avait toutes les peines du monde à tenir debout sur ses jambes tremblantes.

— Tu me parlais de Charles.

— Oui. Il nous a vues. Il m'a vue entraîner Elise dans le marécage sous la menace du revolver. Du moins, je crois… Je n'ai pas eu le temps de lui poser la question. Tout s'est passé si vite. Nous étions ici quand il est intervenu. Exactement au même endroit.

Marion jeta un regard autour d'elle comme si elle craignait de voir surgir de nouveau un témoin. Laurel en profita pour faire un pas prudent sur le côté.

— Non, Laurel, murmura Marion en crispant les doigts sur le pistolet.

Laurel s'immobilisa.

— Elise s'est affolée, poursuivit Marion. C'est à ce moment-là que son médaillon a dû se casser. J'aurais dû être plus attentive. J'ai été obligée de lui tirer dessus. Et ensuite, Charles s'est jeté sur moi. Mon propre frère s'en prenait à moi ! Le coup a semblé partir tout seul. Et Charles était mort.

Les yeux de Marion étaient secs, à présent.

— Je ne savais pas quoi faire, et puis, tout à coup, l'idée s'est imposée à moi. Ils étaient amants, comme les deux autres qui étaient morts dans le marécage des années plus tôt. Il fallait que j'écrive une lettre, dans laquelle Elise informerait Louis qu'elle le quittait pour Charles. C'était mieux. Vraiment, c'était beaucoup mieux ainsi. J'ai dû les traîner jusqu'aux sables mouvants…

— Oh, mon Dieu…

Laurel ferma les yeux, mais Marion, perdue dans ses souvenirs, ne s'en rendit pas compte.

— J'ai mis une partie de leurs vêtements dans une valise. C'était un dimanche. Tous les domestiques étaient absents. Le matériel de peinture de Charles, également… J'ai failli l'oublier. Il ne serait jamais parti sans ça. J'ai tout jeté dans les sables mouvants. C'était si simple. Bien sûr, Louis a souffert. Il a beaucoup souffert.

Le regard de Marion s'assombrit furtivement.

— Je savais qu'il se sentait coupable, mais je pouvais difficilement lui expliquer que tout était pour le mieux. La maison était de nouveau à moi. Il était pris par son travail. Mais parfois…

Marion baissa la voix.

— Parfois, je les entendais s'agiter dans le marécage. La nuit.

Laurel déglutit péniblement, un goût métallique dans la bouche.

— Charles et Elise ?

— Je les entendais… Ça me réveillait et il fallait que je sorte, que je vienne jusqu'ici. Je ne les ai jamais aperçus…

Marion regarda de nouveau autour d'elle, comme si elle attendait quelqu'un.

— Mais je les entendais.

Cela l'avait rendue folle, songea Laurel. Comment était-il possible que personne ne s'en soit aperçu ? Que personne ne se soit douté de rien ? Elle revit Marion à un gala de bienfaisance, quelques mois plus tôt… élégante, raffinée, un petit bouquet de violettes à la boutonnière. Elle regarda le pistolet.

— Et un jour, elle est revenue, poursuivit Marion d'une voix monocorde. Elle a prétendu s'appeler Anne et Louis l'a crue. Mais moi, je savais. Elle me regardait avec son air doux, timide, et elle riait ! Je lui ai laissé croire que j'étais dupe.

— Et tu l'as ramenée ici.

— Il fallait prendre plus de précautions, cette fois. Louis ne la quittait pratiquement pas et elle ne s'approchait jamais du marécage. Ce soir-là, il travaillait tard. Je les ai entendus dans le bureau. Il lui a dit qu'il en avait sans doute encore pour quelques heures et qu'elle ferait mieux d'aller se coucher sans lui. J'ai su que le moment était venu. Je suis allée dans sa chambre, je l'ai étouffée avec un oreiller. Oh ! j'ai dû faire très attention. Je ne pouvais pas la tuer à ce moment-là. Cette fois, il fallait simuler un accident. Elle était toute menue et n'avait aucune force. Elle a perdu très rapidement connaissance. Ensuite, je l'ai portée jusqu'ici.

A ce souvenir, Marion eut un sourire.

— J'avais le pistolet, mais elle ne savait pas que je ne pouvais pas me permettre de m'en servir. Quand elle est revenue à elle, Elise a été terrifiée. Elle a compris qu'elle allait mourir une seconde fois. Elle m'a suppliée de la laisser partir, mais je l'ai obligée à se lever. J'avais l'intention de la noyer dans le bayou. Mais lorsqu'elle s'est mise à courir, je n'ai pas cherché à la rattraper. J'ai pensé que ce serait plus simple de la laisser s'épuiser en attendant à proximité. Puis je l'ai entendue crier. Le serpent. Elise avait marché sur un nid. Tu vois, c'était écrit. Ce n'était que justice. Il ne me restait plus qu'à attendre que le poison fasse son effet et à la laisser une nuit entière dans le froid et l'humidité. J'ai attendu qu'elle arrête de courir et qu'elle perde connaissance, à l'endroit même où elle était déjà morte dix ans plus tôt. Ensuite, je suis rentrée.

Marion sourit, mais son regard était vide.

— Cette fois, elle ne reviendra pas.

— Non. Elle ne reviendra pas.

— J'ai toujours été très attachée à toi, Laurel. Si seulement tu m'avais écoutée, nous n'en serions pas là.

Laurel s'humecta les lèvres. Pourvu que sa voix ne tremble pas…

— Si tu me tues, ils t'emmèneront loin du *Domaine du chêne.*

— Non !

Les doigts de Marion se crispèrent sur la crosse du pistolet, puis se détendirent.

— Non. Je ne te tirerai dessus que si tu m'y obliges. Et dans ce cas, il faudra que j'accuse Louis. Je n'aurai pas le choix. Ce sera ta faute.

Seigneur ! Elle avait de plus en plus de mal à respirer, constata Laurel. C'était si difficile, tout à coup, d'inspirer et d'expirer. Mais si elle se concentrait sur sa respiration, peut-être parviendrait-elle à s'empêcher de hurler jusqu'à ce que Marion soit obligée de la réduire au silence…

— Je n'entrerai pas dans le bayou ni dans les sables mouvants.

— Je sais. Tu n'es pas comme les autres. Tu n'es pas aussi facile à effrayer. Mais il y a quand même une chose…

Sans cesser de viser Laurel, Marion fit un pas de côté vers un bouquet de joncs.

— Tu es venue fouiner jusqu'ici. Tu n'as pas pu t'en empêcher. Et tu as eu un accident tragique. Comme Elise… Anne.

Marion prit un panier en osier caché au pied des joncs.

— Ceux-ci ne sont pas morts, déclara-t-elle d'une voix suave.

Laurel comprit aussitôt et se sentit submergée par une terreur insurmontable. Une épouvante sans nom. Avec un long bâton, Marion poussa le panier devant elle, puis souleva son couvercle. Pétrifiée, Laurel sentit un froid glacial l'envahir, tandis que le serpent se glissait hors du panier en ondulant. Bientôt suivi par un second.

— Je n'ai voulu prendre aucun risque, murmura Marion.

Elle posa le pistolet et prit le bâton à deux mains en souriant à Laurel.

— Tu les as toujours eus en horreur, n'est-ce pas ? Je me souviens parfaitement de la fois où tu t'es évanouie devant une petite couleuvre d'eau. Une créature inoffensive.

Elle titilla avec le bâton les vipères cuivrées, qui se tortillèrent en sifflant.

— Celles-ci ne sont pas inoffensives.

Mieux valait mourir d'un coup de pistolet, songea frénétiquement Laurel. Elle voulut courir, s'enfuir en hurlant. Mais ses pieds restaient ancrés dans le sol et sa gorge était incapable d'émettre le moindre son. Elle sentait la sueur dégouliner sur tout son corps.

— Ça ne changera rien de rester immobile, déclara Marion d'une voix suave. Ils sont furieux. Et je peux les irriter encore davantage.

Elle recommença à donner des petits coups aux serpents tout en les rapprochant de Laurel. L'un deux se jeta sur le bâton. Marion s'esclaffa.

Ce fut ce rire qu'entendit Matt. Un rire qui le glaça jusqu'aux os.

Lorsqu'il les vit, les serpents étaient à moins d'un mètre de Laurel. Ils sifflaient, se tortillaient frénétiquement, enragés par les coups de bâton de Marion.

Matt saisit son pistolet à deux mains, fit une rapide prière et tira.

— Non !

Le hurlement rageur de Marion vibra dans l'air, tandis qu'un des serpents se tordait, agité de secousses violentes, et s'immobilisait. Pivotant sur elle-même, Marion trébucha sans même sentir les crochets qui s'enfonçaient dans sa cheville, avant que Matt ne tire de nouveau. Puis, comme un animal traqué, elle partit en courant à travers les joncs.

— Laurel !

Matt courut vers la jeune femme et la serra contre lui à l'étouffer.

— Dieu merci, tu n'as rien !

Il captura sa bouche dans un baiser éperdu.

— C'est fini. Je t'emmène.

— Matthew…

Laurel s'efforçait de réprimer les sanglots qui soulevaient sa poitrine.

— Elle a perdu la raison. Elle les a tous tués… tous. Mon Dieu, Matthew ! Les serpents…

— Morts, dit-il en l'attirant contre lui. Ils sont morts. Tout va bien.

— Pour la maison, dit Laurel, le visage contre son torse. Elle les a tués pour la maison ! Louis…

Matt tourna la tête. A quelques mètres, Louis les regardait, livide. Seuls ses yeux semblaient vivants.

— Elle a été mordue, dit-il d'une voix si basse que Matt l'entendit à peine. Je vais la chercher.

— Louis…

Matt hésita. Que dire ? Il n'y avait rien, absolument rien à dire…

— Je suis désolé, murmura-t-il.

— Emmenez Laurel, dit Louis avant de s'enfoncer dans les joncs.

— Viens.

Matt pressa les lèvres sur la tempe de Laurel.

— Tu peux marcher ?

— Oui.

Elle sentait les larmes ruisseler sur ses joues, mais elle en éprouvait du soulagement.

— Oui, ça va.

— Lorsque je serai tout à fait convaincu, je t'étranglerai, marmonna-t-il en la serrant contre lui.

Lorsqu'ils furent sortis du marécage, il la fit s'allonger dans l'herbe. Elle posa la tête sur ses genoux.

— Je serai complètement remise dans une minute. Il faut appeler la police.

— Louis l'a fait avant de quitter la maison. Ils seront là d'un moment à l'autre. Tu peux me raconter ce qui s'est passé ?

Au début de son récit, elle garda la tête sur les genoux de Matt. Puis, peu à peu, la peur et l'émotion se dissipèrent et elle eut la force de se redresser. Quand elle entendit les sirènes des voitures de police, elle prit la main de Matt et la serra.

Une confusion indescriptible… la police dans le marécage, toutes les questions. Un article fantastique, songea Laurel, au bord de l'hystérie. S'efforçant de se calmer, elle enfouit son visage dans le cou de Matt. Encore quelques minutes, se dit-elle. Encore quelques minutes et elle serait d'aplomb.

Elle se laissa entraîner jusqu'à la maison, où elle but le cognac que Matt lui servit.

— Je vais mieux, dit-elle au bout d'un moment. S'il te plaît, arrête de me regarder comme si j'étais sur le point de me désintégrer.

Il la contempla un instant en silence, puis la prit dans ses bras et enfouit le visage dans ses cheveux.

— Je te préviens, Laurel, dit-il d'une voix tremblante. Ne me refais jamais ça. J'ai cru qu'il était trop tard. Cinq minutes de plus…

— Plus jamais, promit-elle en lui caressant la nuque. Plus jamais, Matthew. Oh ! comme je t'aime…

Lui prenant le visage à deux mains, elle l'obligea à relever la tête.

— Je t'aime tellement.

Elle répondit avec ardeur à son baiser possessif, tandis que les dernières bribes de peur s'évaporaient. Matt était là, il la serrait dans ses bras… Rien d'autre ne comptait.

Soudain, elle entendit la porte s'ouvrir.

— Voilà Louis.

Ce dernier pénétra lentement dans le hall. Echevelé, il avait les vêtements en désordre et maculés de boue. Son regard n'était plus froid ni distant, mais las et vulnérable, constata Laurel. Spontanément, elle se leva et le rejoignit.

— Oh ! Louis…

Il la prit dans ses bras et la serra contre lui, posant le menton sur le sommet de son crâne.

— Nous l'avons retrouvée. Elle est… Ils l'emmènent à l'hôpital, mais je ne sais pas si… Elle délire.

Il s'écarta légèrement.

— Elle t'a blessée ?

— Non, non, je vais bien.

Il regarda Matt.

— Je vous dois bien plus que des excuses.

— Pas du tout.

Avec un hochement de tête reconnaissant, Louis alla à son tour se servir un cognac.

— Vous sentez-vous le courage de me raconter toute l'histoire, maintenant ?

Louis garda le dos tourné pendant que Laurel lui répétait tout ce que lui avait dit Marion. A un moment, voyant ses épaules secouées de légers tremblements, elle s'interrompit. Il secoua la tête et d'un geste de la main lui fit signe de poursuivre.

— Il faut que je parle à Susan, dit-il quand Laurel eut terminé.

— Elle est chez ma grand-mère.

Louis se servit un autre cognac.

— Si elle accepte de me voir, j'irai là-bas demain.

— Elle acceptera, Louis. S'il te plaît, ne culpabilise pas. Tu n'es pour rien dans ce qui est arrivé.

Il se retourna lentement.

— Tu veux bien faire quelque chose pour moi ?

— Bien sûr. Tu sais bien que oui.

— Je sais, acquiesça-t-il avec un pâle sourire. Ecris ton article. Ecris un bon article. Tout. Je veux que toute la vérité soit révélée. Ensuite, peut-être, je parviendrai à la supporter.

— Matthew et moi allons écrire cet article.

Laurel rejoignit Louis et lui prit la main.

— Et tu trouveras la force de supporter la vérité. Je reviendrai pour t'y aider.

Elle posa une main sur sa joue. Avec une ombre de sourire, Louis l'embrassa sur le front.

— Vous êtes faits l'un pour l'autre, murmura-t-il à l'oreille de Laurel en jetant un coup d'œil à Matt. Tu es aussi entêtée que lui.

Il lui pressa les mains.

— Oui, reviens. Je vais avoir besoin de toi.

Lorsqu'ils quittèrent la maison, quelques minutes plus tard, Laurel inspira profondément, avec délectation. Juste le parfum de la nuit. Le parfum de la vie.

— C'est beau, n'est-ce pas ?

Elle pencha la tête en arrière pour regarder les étoiles.

— Il faut appeler mon père pour lui annoncer que nous lui préparons une exclusivité fantastique, ajouta-t-elle.

— La prochaine fois que tu décides de partir en reportage, souviens-toi que nous sommes coéquipiers, déclara Matt d'un ton pince-sans-rire. Plus de rendez-vous en solo.

— Tope là. Prenons ta voiture, dit-elle, trop surexcitée pour conduire. Nous reviendrons chercher la mienne demain. Oh, mon Dieu, Matthew !

Elle se laissa tomber sur le siège passager et se renversa contre le dossier.

— Je ne veux plus jamais vivre une nuit comme celle-ci ! Même pour le Pulitzer.

— C'est ta punition pour avoir déguerpi avant d'avoir terminé le dîner.

Ses mains ne tremblaient plus, constata Matt avec satisfaction en mettant le contact.

— C'est un coup à se demander quel genre de femme on est sur le point d'épouser, dit-il d'un ton taquin.

— Une perle. Tu vas épouser une perle, Matthew Bates.

Elle se pencha vers lui et l'embrassa.

— Je ne t'ai pas remercié de m'avoir sauvé la vie.

— En effet.

Posant la main sur sa nuque, il prolongea leur baiser.

— Comment comptes-tu me témoigner ta reconnaissance ?

Elle eut un sourire malicieux.

— En te rendant la pareille. Nous dînons dehors.

Dès le 1er Février,
4 romans à découvrir dans la

collection NORA ROBERTS

Le secret du bayou

Parce qu'elle ne veut pas croire à la version de la police, qui a conclu à un accident quand le corps sans vie d'une femme a été retrouvé dans le bayou, Laurel Armand décide de mener l'enquête de son côté. Même si, pour cela, elle va devoir faire équipe avec son rival, le reporter Matthew Bates…

Une plongée pleine de suspense et de passion au cœur de la Nouvelle-Orléans.

L'éclat d'une passion

Bien moins à l'aise face aux hommes que face aux fauves qu'elle dresse depuis son plus jeune âge, Jo Wilder est bouleversée par l'arrivée du nouveau propriétaire du cirque dans lequel elle a grandi. Car cet homme éveille en elle des sentiments intenses et contradictoires qu'elle n'a jamais ressentis auparavant…

Quand une jeune femme innocente se trouve emportée dans le tourbillon de la passion.

La fierté des MacGregor

Comme tous les MacGregor, Serena, la benjamine de cette puissante famille, est incapable de résister à un défi. Qu'il s'agisse de se faire embaucher sur un paquebot de croisière pour prouver qu'elle est capable de gagner sa vie sans l'aide des siens, ou de tenir tête à Justin Blade, un passager aussi mystérieux que séduisant…

Le premier tome d'une saga captivante, qui nous entraîne dans l'histoire mouvementée des MacGregor, un clan fier de ses origines écossaises.

Un printemps au Maryland

De retour dans le Maryland, où elle espère renouer avec sa mère après des années de séparation, Vanessa est bouleversée de retrouver Brady, son amour de jeunesse. L'homme qui a brisé son cœur d'adolescente et qu'elle croyait avoir chassé de sa mémoire à jamais…

Le roman d'une renaissance à soi-même, à la vie, et à l'amour.

Prochain rendez-vous le 1er juin 2011

BestSellers

A paraître le 1er mars

Best-Sellers n°455 • suspense

Le secret de Black Falls - Carla Neggers

De retour dans son village natal de Black Falls pour fuir un scandale qui menace sa carrière d'agent secret, Jo Harper vient chercher un peu de calme et de sérénité sous le rideau neigeux des montagnes de son enfance. Mais au lieu du havre de paix dont elle rêve, elle retrouve son village en état de choc : une adolescente a mystérieusement disparu dans la montagne. Incapable de laisser cette jeune fille seule en pleine tempête, Jo propose de participer aux recherches… pour découvrir qu'il lui faudra s'associer à Elijah Cameron, l'homme qui lui a brisé le cœur quinze ans auparavant. Malgré ses douloureux souvenirs, Jo se résigne à faire équipe avec Elijah. D'autant plus que des indices la conduisent à soupçonner l'adolescente disparue de ne pas s'être seulement perdue, mais aussi et surtout de fuir un danger – un danger redoutable qui pourrait bien les placer eux aussi dans la ligne de mire d'un tueur.

Best-Sellers n°456 • suspense

L'ombre du soupçon - Laura Caldwell

Izzy McNeil n'en revient pas : la voilà présentatrice d'une nouvelle chaîne de télévision. Après des mois particulièrement difficiles, la chance semble enfin lui sourire à nouveau. Il ne lui reste plus qu'à retrouver confiance en elle et à remettre de l'ordre dans sa vie sentimentale. Mais tout cela passe d'un seul coup au second plan quand elle retrouve Jane, sa meilleure amie, sauvagement assassinée. Anéantie, Izzy doit en outre affronter les attaques d'un odieux inspecteur de police qui la soupçonne du meurtre de son amie. Comment se défendre face à ces accusations quand des coïncidences incroyables la désignent comme la coupable idéale – tandis que de sombres secrets que Jane aurait sans doute voulu emporter dans la tombe commencent à remonter à la surface ?

Best-Sellers n°457 • thriller

Au cœur du danger - Alex Kava

Des cauchemars, qui la hantent nuit après nuit… Des insomnies, de plus en plus fréquentes. Maggie O'Dell n'aurait jamais imaginé que son travail de profiler du FBI s'insinuerait de la sorte dans sa vie privée, jusqu'à troubler son sommeil. Déstabilisée mais décidée à conserver son sang froid, elle n'hésite pas un instant à se rendre en Floride pour une nouvelle enquête qui se révèle ardue. D'étranges paquets non identifiés ont en effet été repêchés par les garde-côtes, dans les eaux de Pensacola. Des paquets qui ne laissent hélas aucun doute sur le fait que des meurtres ont eu lieu. Sur place, Maggie ne tarde pas à trouver une piste, celle d'un trafic terrifiant. Mais son enquête se complique quand un terrible ouragan se déclare. Au cœur de la tourmente, elle est alors soulagée de pouvoir compter sur l'aide du médecin militaire Benjamin Platt, un homme qu'elle connaît de longue date et à qui elle accorde une confiance absolue. Car ils ne seront pas trop de deux pour exhumer la vérité… au risque d'être ensevelis avec elle.

Best-Sellers n°458 • roman

La baie des promesses - Debbie Macomber

C'est dans la petite ville de Cedar Cove qu'elle ne quitterait pour rien au monde qu'Olivia Lockhart exerce avec passion son métier de juge aux affaires familiales. Un métier qui réserve souvent bien des surprises, comme par cette belle matinée d'été, où elle a affaire à un jeune couple décidé à divorcer alors que leur amour semble encore possible. Mais des surprises, la vie en réserve aussi en dehors du tribunal. Ce journaliste, par exemple, qu'Olivia vient de rencontrer et qui lui fait une cour assidue. Et puis, il y a sa fille, Justine, qu'elle aimerait aider dans ses choix de vie ; sa mère, Charlotte, qui a toujours un nouveau projet en tête ; et sa meilleure amie Grace, qui cherche son mari mystérieusement disparu. Bref, des gens qu'elle aime et qui ont besoin de toute son affection. Des gens qui ne peuvent que se croiser et se retrouver car à Cedar Cove, on n'est jamais loin les uns des autres…

Best-Sellers n°459 • paranormal

Le piège des ténèbres - Gena Showalter

Immortelle dotée de pouvoirs maléfiques qu'elle a toujours rejetés, Gwendolyn désespère d'échapper un jour aux hommes impitoyables et cruels qui la retiennent prisonnière. Pourtant, elle nourrit encore l'espoir secret de voir son père, cet ange aux yeux d'azur et aux grandes ailes blanches dont elle conserve précieusement le portrait depuis son enfance, la libérer de ses ravisseurs – et surtout de la moitié sombre de son être. Mais au lieu de cela, c'est Sabin, un guerrier ténébreux, un prince des seigneurs de l'ombre, qui se présente à elle pour la délivrer. Et semer le trouble dans son esprit. Car comment accorder sa confiance à cet immortel qui ne songe qu'à se battre et dont la violence est légendaire ? N'est-il pas en train de lui tendre un piège encore plus redoutable que celui dans lequel elle est déjà enfermée ? Suivre Sabin, n'est-ce pas prendre le risque de renoncer à jamais au monde dont elle a toujours rêvé ?

Best-Sellers n°460 • suspense

Le silence des anges - Dinah McCall

« Dors, mon ange, dors. » L'inscription, gravée sur le pendentif, est de celles qui vous glacent le sang. Car l'enfant que l'on vient de retrouver, portant ce collier, a été assassinée…
A l'annonce de cette nouvelle, Olivia Sealy est sous le choc. Car la petite fille est morte vingt-cinq ans plus tôt – au moment même où Olivia était enlevée, séquestrée, puis libérée contre rançon. Plus troublant encore : comme Olivia, la petite fille assassinée a une légère déformation à la main… Pour la première fois de sa vie, Olivia se sent en danger, à la merci d'une vérité sur laquelle elle n'a aucune prise. Car il est possible que, vingt-cinq ans plus tôt, on l'ait confondue avec la petite morte…

Best-Sellers n°461 • historique

La duchesse scandaleuse - Nicola Cornick

Angleterre, Régence

Depuis le décès de son mari, Laura, duchesse de Cole, est déterminée à rester libre et sans attaches, excepté ce lien fort qui l'unit à Hattie, sa fille adorée. Une décision irrévocable, croit-elle, jusqu'au jour où elle apprend l'arrivée en ville de Dexter Anstruther. Dexter, le véritable père de son enfant. Le seul homme qu'elle ait jamais aimé et avec lequel elle a passé, jadis, une scandaleuse nuit d'amour… avant de se résoudre à le quitter, dans l'espoir de l'oublier. Peine perdue : quatre ans plus tard, les souvenirs de Laura sont plus vivaces que jamais, tout comme l'attirance irrépressible qu'elle éprouve pour Dexter. Pourtant, cette fois, elle devra tout faire pour l'éviter. Car non seulement Dexter n'a manifestement jamais digéré l'affront qu'elle lui a fait, mais en plus, il ignore tout de sa paternité. Et s'il venait à découvrir la vérité, nul doute qu'il s'en servirait pour se venger d'elle…

Composé et édité par les

éditions Harlequin

Achevé d'imprimer en France (Malesherbes)
par Maury-Imprimeur
en janvier 2011

Dépôt légal en février 2011
N° d'imprimeur : 160649 — N° d'éditeur : 15519